U0057554

AQUARIUS

AQUARIUS

AQUARIUS

AQUARIUS

每個人心中都有一座島嶼，
藉文字呼息而靜謐，
Island，我們心靈的岸。

鳥看見我了
阿乙

〈推薦序〉

不逃避的小說家

朱宥勳（作家）

現在我看一本小說，能很清楚地看到別人寫的過程，哪些地方他加力了、哪些地方逃開了，看到逃避的地方我就很氣憤。……我記得其中有一句寫道「這一夜也不知道是怎麼過的」，我就在旁邊批注：「傻子，你又在逃避！」

——阿乙訪談〈模仿之後，它就成了你的東西〉

阿乙的小說很「硬」，在《鳥看見我了》這本他最具代表性的小說集當中，更是可以清楚感覺到。「硬」指的不是艱澀難讀，而是隱藏在段落字句中間的一股剛勁力道。他的小說語言質樸，情節、時空的流動也不複雜，但並不因此貧弱單薄；正好相反，這些小說的質地是極為堅實的。對於台灣的文學讀者來說，這是一種很難在我們的文學史當中找到比附對象的作家。台灣作家更善於細緻的抒情，精巧的營構，或者是對於抽象概念的開展變幻，但如同阿乙這樣的硬氣，卻幾乎不可得見。

這究竟是作家的稟賦差異，還是一種大陸的風土有以致之，這難有定論。但毫無疑問的是，阿乙並不是那種依賴「小說幻術」的作家。小說本質上是一連串經過選擇的符號陣列，聰明的小說家可以有非常多的方式，利用讀者在認知、心理上的盲點避重就輕，比如對某個細節沒有把握，就跳過不寫而宣稱「留白」；比如在情節結構有不周全之處，就利用時空壓縮流轉的技巧閃過。這些寫法不見得不好，確實能達到某些特定的藝術效果，但很多時候只是提供了濫竽充數的方法，讓寫作者揚長避短，以展示來遮蔽，以「出格」粉飾失敗。阿乙的小說則和這些「幻術」保持距離，他對它們一清二楚，卻從不放縱自己走這些好走的路。對於小說，他有一種不糊弄的虔誠，全力衝撞的執著。「傻子，你又在逃避！」不只是一句他在訪談中批評其他作家的話，顯然也是他時時刻刻拿來錐刺自己的話。

絕對不逃。所以，我們才能讀到《鳥看見我了》這樣的小說。這本書收錄十個短篇，每一個短篇都不因其短而放棄故事的完整性，縱容小說在敘事動力上的薄弱（正如很多台灣的作品那樣）；但是，它們也並不會因為過於專注去述說獵奇的鄉野怪譚，而顯得雜蕪無當、深度有限（正如很多中國的作品那樣）。阿乙有說故事的能力，但知道節制；他有現代派的那種對人類存在的思索，但不流於知識分子的蒼白夢囈。因此在他身上，我們能看到一種接合，一種作家的砥礪與修行：那是閱讀過大量好作品之後，試著整治出小說理想狀態的努力。從第二篇〈意外殺人事件裡〉起，我們看到阿乙展開了他再三致意的卡繆式命題，一場突如其來的殺戮指向了人性不可理解的隨機性。但同時，我們卻又看到在此命題之外，他花了更多的篇幅去鋪陳那六個被殺的人如何走入現場，走入毀滅，而周邊的每個人又是如何不斷釋出無意義無必要的惡，累積到炸毀一切，這彷佛又隱隱有種前現代的小說觀點在其中。性格決定命運？或者，暴力是弱者最後的控訴與道德審判？就是在這裡，我們不只應該看到阿乙對於「荒謬」的思索與模仿，也應該看見他的獨特性：其實阿乙是一個很想要給出答案的作家，與他相比，大多數的現代主義者都是犬儒的。現代小說家會說：「小說的任務是提問而非解答。」再一次，這句話不能算錯，只是容易成為遁詞：其實他們很可能根本沒有想過應該怎麼解答，他們以為說出遁辭就能推卻問題。然而阿乙不會這樣縱容自己，他始終逼迫自己，在每一篇小說中都要站定明確的位置。〈小人〉結尾的顛覆，〈先知〉詩學正義始終沒來，〈隱士〉裡能同理而不能同情的困境，〈鳥看見我了〉、〈巴哈〉、〈翡翠椅子〉……他的小說最後總還是要抓到兇手的，不願意像現代小說的慣常套路那樣，付諸一種「人性就是不可解」、開放式結局的虛無論。

就此而言，〈情人節爆炸案〉描寫刑事偵查專家張老的段落，應可讀作阿乙的小說創作自白：在一列火車爆炸之後，血肉橫飛的現場裡，張老細緻地檢視每一塊碎屍和零件，試圖重建爆炸前一秒的整個車廂——扒手正在偷錢包，有人正在接吻，引爆者的念頭流轉，各種如同小說一般能使某一瞬間更豐厚，但不見得更有實用性質的生命細節……張老時而焦躁，時而充滿自信，終於完成了「三四張不同的重定圖，彼此炸點誤差不足一米。我以前見到的爆炸示意圖，多是線標向外奔，但這些卻是向裡奔，向電車奔的。就好像屍體們沿著拋物線飛回去了。」對於再現與心象、心象與世界的「嚴絲合縫」的追求，這之間的煎熬形狀，正是每一個全心投入創作的人最熟悉不過的鏡像。但是這樣的煎熬是值得的嗎？我想阿乙自己也不全然是無惑的吧。一切檢驗過後，張老說：「我用經驗，推測出具體的炸藥成分，和炸量。我還確定了具體的炸點。我什麼都復原好了，但是復原好有什麼用？你們只要上車，去找車皮的坑，你們看哪裡損壞最大，哪裡就是炸點了……我記得你第一次見到我，就說那具屍應該靠近爆炸中心。你說你都知道了，我論證這麼久有什麼用？」是啊，如果苦苦追查了一整篇小說，所能得到的也不過是「一對同志情侶殉情」這樣的答案，小說論證這麼久有什麼用？如果扣問世界、扣問人到極處，我們還是沒能找到更好的說法怎麼辦？還有什麼只有小說才能提出的理論嗎？

對我來說，這樣的自我詰問，正是阿乙這位小說家最動人的精神。他的硬氣、不逃避，使得他每一篇小說都試著去提出一個關於「人到底是怎麼一回事」的解答。也正是這樣的底蘊，使他總是不能停止懷疑自己，不能滿足於卡繆或寫實主義批判觀點已能給出的答案；並且，他不會故作瀟灑，裝作對此毫不在意，而是明確地在小說裡讓我們看見他思維搏鬥的痕跡，敢於落下甘冒暫時性失敗的暫時性結論。因此，即便我非常喜歡《鳥看見我了》這本書，但我並不打算說這是阿乙最好的作品，因為我覺得他是那種會全心全意奔向小說的「最後的問題」的作家。對於這樣的人來說，我們永遠可以用等待來換取還沒出現的，最好的作品。——這種「期待未來」的話術，在某些語境的推薦文章當中，正是「我不喜歡現在這本書」的逃遁之辭。但至少在此刻的這篇文章裡不是這樣的。一個連失敗犯錯都不害怕，也敢於談論自己對自己的不滿的小說家如阿乙，永遠值得這樣一種無需逃避的期待。

鳥看見我了

目錄

情人節爆炸案

情人節爆炸案

1

天空很灰，浩渺，一隻鳥兒猛然飛高，我感覺自己在墜落，便低下頭。影子又一次疊在殘缺的屍體上。就像我自己躺在那兒。

以前也見過屍體，比如刺死的，胸口留平整的創口，好讓靈魂跑出來；又比如喝藥的，也只是喉管黑掉一點。但現在我似乎明白了肉身應有的真相。他的左手還在，胸部以下卻被炸飛。心臟、血管、肌肉、骨節犬牙交錯地擺放在一個橫截面裡。這樣的撕裂，大約只有兩匹種馬往兩個方向拉，才拉得出來吧。

五米外，躺著他燒焦的右手；八米外，是他不清不楚的腸腹，和還好的下身；更遠的橋上，則到處散落著別人的人體組織和衣服碎片，血糊糊，黏糊糊。橋中間的電車和計程車，像兩隻燒黑的魚，趴在那裡，起先有些煙，現在沒了。

上午我往橋上趕時，已看到小跑而回的群眾在嘔吐。我看到後，也受不了，我給女友打電話：我愛你，保護你一生一世。她感到可笑。她不知道，一顆很小的炸彈，像撕一疊紙一樣，撕了很多人。很多人，虎背熊腰的，侏儒的，天仙的，卡西莫多（註一）的，突然平等了。

2

我在這片距離大橋一十七米的樹林裡等專家，已經等了四五個小時。有好幾次，我覺得屍體坐了起來，在研究自己的構造，在哭泣。我擦擦眼，他又躺在那裡。我有些孤獨。

天快黑時，一個眉毛吊豎、鼻子碩大的白衣老頭才走了過來。他邊拿樹枝撥屍塊，邊說：「嗯，會陰還是好的。」「臀部也不錯。」在看到那隻燒焦的右手後，他甚至有些欣喜地把它舉起來看。

老頭問我：遠處還有屍體嗎？

我說：沒有。

老頭又問：你看，胸部以下沒了。是個什麼情況？

我說：距離炸彈應該很近。

老頭說：不，是炸藥，你沒聞到硝銨的味道嗎？

然後他脫下橡膠手套，從包裡掏出礦泉水和麵包，狼吞虎嚥地吃，吃到剩渣渣了，才說：孩子，我來考考你，你知道這一路有多少具屍體嗎？

我說：大概七八具吧。

老頭說：能一個個形容出來嗎？

我說：都是血肉模糊……可能有的傷重點，有的輕點。

老頭有些失望，說：你想想看，車旁邊是不是有兩具整屍？他們的衣服還在身上，上邊也只

註一：雨果名著《鐘樓怪人》中長相醜陋、心地善良的敲鐘人。

有些麻點，這說明他們不是炸死的，而是被衝擊波活活衝死的。你想，人飛出來時先和車架有個接觸，出來後又和地面有個接觸，是鋼人也報廢了。接著，還有一具失去右手的屍體，情況和這具有點像，但軀幹保存得不錯，說明什麼呢？說明他的右邊是朝向炸藥的。如果是左肢壞了，那就代表他左邊是朝向炸藥的。這個道理很簡單，在和這裡正對著的西南方向，就多半是左肢缺損的。

我有些暈。

老頭見狀，拿起樹枝在土上畫火柴人、炸藥和箭頭，一畫就簡單了。

老頭說：那些正面完好的，就是背部挨炸了；背部完好的呢，定然又是正面挨炸了。這炸傷還分炸裂傷和炸碎傷，你看這具炸空了，半個身軀都沒了，說明什麼呢？說明他待在爆炸中心。你看他右手飛了，說明什麼呢？你說說看。

我說：他右邊身軀靠近炸藥。

老頭說：不，是他用右手點著了炸藥，你沒見手爛成那樣。

老頭又說：他的會陰部分和臀部保存得不錯，又說明了什麼呢？

我愚蠢地想到會陰和臀部對位，不可能同時完好，有些支吾不清。

老頭恨鐵不成鋼：他是蹲著點的！蹲著，火藥就炸不到屁股和雞巴了！

老頭又說：在西南方向，離電車三十米處，我們找到另一具胸腹缺損的屍體，他是兩隻手都炸飛了。你說因為什麼呢？

我說：可能兩隻手抱著炸藥。

老頭說：這才對了。現在我們基本可以畫出電車爆炸前的模樣了。左邊多少位置，右邊多少位置，坐了什麼年紀、什麼身高的人，坐在哪裡，什麼坐姿，我相信都可以畫出來了。司機的位置在這裡，毋庸置疑。我聽說司機受傷不大，這就說明他距離爆炸點偏遠。這樣我們可以基本判定，爆炸點在後車廂。到目前為止，我們只找到兩具胸部以下缺損的屍體，而且這兩具屍體分別被拋到西南方向和東北方向的最遠處，這說明是他們引爆了炸藥。情況就是這樣，他們待在一起，一個面向司機坐著，雙手抱炸藥，一個背對司機蹲著，點著了它。至於其他的人，重定也很容易，損傷重的靠炸藥近，損傷輕的靠炸藥遠，右邊受傷的說明右邊靠著炸藥，左邊受傷的說明左邊靠著炸藥。這樣，我們就可以把幾具特點鮮明的屍體請上電車了。我感覺那個背部一塌糊塗的男子，當時一定是歪著身子親別人，因為距離他不遠的一具屍體正襟危坐，只是炸掉了手臂。我感覺還有一個小偷，他的手被條縷狀的皮革包裹，像是抓牢什麼東西，卻什麼也沒有，我估計是錢，錢燒掉了。我還聽說售票員也沒事，但是面部一片漆黑，我估計她當時應該發現了情況，想過去看，結果剛一抬腳，炸藥就炸了。

老頭說的時候，我感覺炸藥像石頭一樣，一遍一遍地在天空砸出漣漪。他一收聲，我又覺得天空是寧靜的，乘客們都還坐在車上。

後來，我們戴上橡膠手套，把屍塊和物品小心撿到編織袋裡。我扛起後，老頭說：你啊力大無窮，小心有殘餘炸藥啊。我咧嘴笑笑，很快又被暮色鎮住了。我看到遠近的人和警車，在渾濁一體的背景裡疲憊地遊動。像是屍體一個個站起來，像是收割完莊稼，相約回家。

3

我們把屍袋扔到刑偵大隊操場上時，發現那裡已經堆了很多屍袋。副大隊長像收糧幹部，在昏黃的光下，辛勤點數。據說點出了兩百零二袋。

副大隊長讓我招呼老頭去澡堂，表情殷勤。我和老頭走到澡堂，蒸汽已經冒得像毒氣，籠罩著同事們一具具痛苦的肉身。水柱砸在馬賽克磚上時，發出巨大聲音，我們狠命搓手、胳膊和大腿，像清洗證據一樣。

出來後，老頭喊我一起去吃飯。進了包廂，我看到副市長起立鼓掌，介紹老頭：這位就是張其翼張老，公安部首批特聘的四大刑偵專家之一。大家歡迎。

老頭雙手合十，理所當然地坐上位。

我和同事，有些與大人物同席的興奮，不過接著就知道什麼是伴君如伴虎了。張老看到一桌菜，不過是些百合、土豆、苦瓜、茄子、青菜、玉米，便黑下臉來，冷言冷語地說：你們做番茄雞蛋湯是不是連雞蛋也不下？

副大隊長面紅耳赤地答：主要是空氣不好。

張老把可樂杯一砸，說：空氣不好算什麼。空氣不好也要吃飯啊。

副市長連忙招手把服務員和菜譜喊過來，搖晃著頭說：有什麼貴的，儘管上。我們小地方東西不多，也不懂規矩，張老莫見怪。

張老擺擺手，說：不怪不怪。小妹，就來一瓶二鍋頭，一盤紅燒肉，一盤腔骨，一碗豬肘子。速去。

眾人不敢吭聲，眼睜睜看著紅絲絲的肉片、肥碩碩的肉塊和攔腰斬斷的骨頭，冒著歡騰的沼氣，晃晃悠悠飄過來。我想這斷然是地獄十三層，卻不料張老還以愛護後進的姿態，給眾人輪番夾肉。張老說：聞一聞，很香的，我就好這口了。

眾人躬身要吐了。

張老有些忿忿，夾上三片，自己吃了。我們像看行刑一樣，看到黑牙關起，面頰隆起，整個面部上下運動起，而血汁不時從嘴角飆出來。我們魂飛魄散、五內俱焚，喉裡像堵了塊大石鎖。

張老吃到興起，又從碗內牽出一條肘子，好似趙高牽出一隻鹿，我們唯恐被點名，埋頭裝吃，其實四周只有張老牙腔發出的吧嘰吧嘰聲。

這樣吃了幾趟，張老是一點意思也沒有，便拍桌子，說：你們幹什麼公安！實話說，每次出現場回來，我都要喝上幾杯，吃上幾斤。不吃晚上睡不著覺。

這邊副市長見油膩的湯從碗內飛揚而出，又灑回肘子上，已然控制不住，吐了。旁人受領導啟發，個個放馬吐起來。張老大嗤，拂袖而去。我們面面相覷，不敢賠罪，也不敢挽留，只盼他走快一點，他一走，我們就自由了，就歡快地吐起來，有的吐完了，覺得不到位，抬頭看張著血盆大口的腔骨，繼續吐起來。

我擦嘴時，旁邊同事還在掐虎口，我問：你白天不是收屍嗎，怎麼也怕了？

同事說：白天收的是東西，晚上吃人啊。說完眼淚出來了。我也出了些眼淚。

我恍恍惚惚回到大隊時，被門口嘈雜的聲音嚇醒過來。他們揪我的衣服，摸我的頭，給我下跪磕頭，一陣忙亂。我麻木地說：往好裡想吧。有個把粉底哭花了的中年婦女衝過來說：什麼叫往好裡想？我沒工作，我孩子要讀書，我怎麼往好裡想！

我想奪路而去，卻不料她用手箍住我的腿。我甩不是，蹬不是，只能乾耗著，聽她夢囈。她大概說自己老公加班去了，廠裡卻說沒去，本應上午坐電車回的，也一直沒回。她要求我帶她進去看看那些屍骨，就是化成灰她也認得。

我不能答應，我沒那個權力。

4

夜晚開過總攻會後，副大隊長喊我去服侍張老。他大概覺得老頭吃飯帶我，就對我有好感了。其實我在那間煙霧繚繞的辦公室，是一個擺設。張老抽菸，喝茶，覺得口裡濕了，又抽，根本投入在自己的世界。有時痰嘩地飛出，我還覺得自己是容器。

我也曾湊近看，張老不停划撥堆積如山的草圖。這裡面也有一張我的，我按照一比二十五的比例把自己看管的一塊現場複製出來，我想張老是在把這些草圖實現拼接，便說，這張應該是拼在這裡的。張老惱怒地說：走開。

我傻掉了，一動不動，張老歪過頭來，說：求求你走開行不行？

我不知這個走開是應該走到桌邊還是走到門外，我壓抑著自尊心，許久才敢落坐於牆邊的沙發。我把手機設為靜音，顫巍巍地點上一根香菸。中間張老的手機響了，聽口氣，來者應是他的妻子。張老大吼，你不打電話會死啊。然後掛掉。我還沒見過這樣暴怒的獅子。

後來，張老拿出尺、筆和白紙，抱頭尋思。起先他畫了幾筆，又揉掉了。如此往復幾番，才好似有了點進展。誰料副市長親自端西瓜來了，後邊還跟了一串祕書。副市長體恤地說：不急這會兒，不急這會兒。張老把筆砸下，痛苦地起身迎接。只見他取了一片，一口吃掉，然後說：還要吃嗎？副市長一夥灰溜溜而去。

被打斷思維的張老倒在沙發上，翻來覆去，焦躁不安。我不敢吭聲，許久才聽到他說：他媽的，那嚴絲合縫的世界又破碎了。

那個夜晚我想自己是遇見瘋子了。張老最後完工時，把鉛筆一拋，興奮地喊我去看。我看到的是三四張不同的重定圖，彼此炸點誤差不足一米。我以前見到的爆炸示意圖，多是線標向外奔，但這些卻是向裡奔，向電車奔的。就好像屍體們沿著拋物線飛回去了。

張老拍著我的肩膀說：怎麼樣？

我說：很好。

當然很好，現在車裡坐著的，站著的，躺著的，蹲著的，死亡的，重傷的，一目了然。死十五人，傷二十三。完全貼合。

張老說：還差一個具體物證，B41那張草圖上註明有螺絲釘，我已看過原物。現在我需要核查這顆螺絲釘是哪裡的。我們可以搞排除法。你打電話給公交公司，命令他們開一輛同樣的電車到橋上。

我說：現在？

張老說：現在。

那夜，我們為張老的心血來潮再度封鎖大橋，一輛同品牌、同品相的電車開到被炸電車旁邊，張老腳套塑膠袋、手提電筒在兩輛車間來回奔波，不厭其煩。最後他說：這車螺絲扎實，有的螺絲雖然也脫離了，但基本能尋找到，就是倒數第二排連車座帶螺絲都飛了。炸點在那裡。

張老說得興奮，還掀了自己老底，說解放前他做過修鎖學徒，每天就是把鑰匙固好，然後複製它。張老說，道理一樣啊。

後來，張老又找了兩個刑警去未被炸車輛上類比。張老手拿相機，讓他們時而側坐，時而正坐，時而抱物，時而蹲，時而頭垂，時而頭歪，拍下不少照片。我們看到閃光燈忽閃忽閃，便想到美國大片了，很多鏡頭沒法做，就上活人做電腦特技。我們突然覺得事情特別簡單，但就是沒想到。

回駐地後，張老對其中一張草圖做了修改，寫了個說明，把副大隊長叫了過來，冷淡地宣讀——

爆炸中心距離地表九釐米，距車廂左壁五十二釐米，距後壁一百零二釐米。即被炸車倒數第二排單人座右下方。排除是路上引爆，應是車上引爆。

根據對爆炸殘留物進行硝酸銀、銨離子等檢驗，確定爆炸物係硝銨炸藥；根據現場類比試驗和經驗公式測量，炸藥應為十公斤。考慮到地板反射作用，硝銨量可保守估計為八至九公斤。現場未搜查到導火索，但可基本考慮為導火索引爆。你們可查炸藥來源。

爆炸前一刻，乘客的基本動作已基本測出，目前估測，除待在倒數第二排單人座的兩位乘客有參與引爆的嫌疑外，其餘人大致處在渾然不知狀態。因此，嫌疑人應基本鎖定這兩人。根據爆炸原理，我已把這兩具屍體核查出來，分別是第十二號和第十三號，你們可重點查訪。

5

我在沙發上醒來時，已是第二天下午。張老關切地問：你醒啦？然後又自語：我又說廢話了。我問：餓嗎？張老歉疚地說：不用了，找來找去挺麻煩的。

此時的張老已然與昨日不同，已然是蔫了的茄子，我想他應該是被什麼給教訓了。

張老搬椅子過來，說：你覺得我的圖紙很精細，很詳細，像藝術品吧。我每次做時都興奮，我對被破壞的東西天生有一種修補欲，茶杯摔壞了，我用膠黏好，玻璃碎了，我用膠布貼好。我總是想看到事物應有的狀態。現在，我把車上人畫回到二月十四日上午十時八分的那個狀態，我看到他們渾然不知地坐在車上，有的想著上班，有的想著回家，有的想應該吃點什麼，有的想儘量多賺點錢，有的色膽包天，有的困倦不堪，我看到市井生活的清明上河圖，靜默的上河圖。我也看到那兩人臨終前的狀態，一個閉著眼，用顫抖的手抱炸藥，等待粉碎時刻的到來，一個把頭湊到炸藥包上看了幾次，鎮靜地把火苗湊向導火索。火苗湊過去的過程極快，但火光一定照過他的臉，一定顯現出他緊咬的腮幫，和略微興奮的眼神。我看到了這一切，但我看到又有什麼用？我也做出了藝術品，但藝術品又有什麼用？

張老繼續說：我用經驗，推測出具體的炸藥成分，和炸量。我還確定了具體的炸點。我什麼都復原好了，但是復原好有什麼用？你們只要上車，去找車皮的坑，你們看哪裡損壞最大，哪裡就是炸點了，你們也很快就知道是路爆還是車爆了。而炸藥成分，你們也可以化驗出來，民間用藥都是礦藥，礦炸都是硝銨。學名叫硝酸銨，有的也有硝酸鈉。都知道。還有，即使你們在現場查不出引爆人，你們也還能通過調查和認屍，找到具體懷疑對象。關鍵一點，我記得你第一次見到我，就說那具屍應該靠近爆炸中心。你說你都知道了，我論證這麼久有什麼用？我不是花拳繡腿嗎？

我說：張老您別這麼說，沒您，案件無法定性。

張老不理會這套，繼續自我批判：我關注了這件案件的反饋，到目前為止還沒有國際組織聲稱負責，也沒有同夥自首。不過，重大爆炸案，特別是自殺性爆炸案，兇手往往留有遺書。你說，人家遺書都留下了，我還論證個屁？好像人家留遺書是為了讓人炸一樣，不可能！寫遺書就是為了炸人，炸自己。

張老越說越激動，說到後來，就說自己一把老骨頭，一生毀在這荒謬的工作上了。

張老說：最荒謬的是，兇手無法起訴。兇手自己也死了，你能揪他的衣領問他嗎，能抽他耳光嗎？不能，你什麼都幹不了。你沒有力量，沒有力氣啊。因為老天判他五馬分屍，他先把自己五馬分屍了；老天判他凌遲，他先把自己凌遲了。你不解恨，再剮幾刀，剮得有意義嗎？我昨晚那麼興奮地去現場複查，其實也是想推理推理，看有沒有可以起訴的活人。我想還有一種微小的可能，就是這兩人也是無辜的，他們處在炸藥中間，但導火索卻是別人點的。我想導火索夠長的話，人在遠處引爆不是不可能。但我在現場找人一類比，就知道不可能了。光天化日之下，長距離引爆很艱難，而那個座位的格局也只允許兩人在那裡互相遮擋，完成此事。我徹底排除完陷害的可能後，心裡很失落。我知道，炸藥一爆炸，一切便結束了，便無意義了。

張老說：我經歷無數爆炸案，真正感覺自己有用的次數太少。也許我一生都等著五〇一國道的那起案件再發生一次。那次爆炸發生在夜晚，臥鋪車上的人都睡了。現場表明，一個上鋪女子，腹部和雙腿正面被炸嚴重，損傷情況超越其餘。當地公安花大量工夫論證，研究，認定是自殺案。但是我在復原現場屍體及查看傷員傷勢後，斷定它是他殺案。因為我看到一個傷員的腋窩和腳板有炸傷。我的理由就是，只有點了導火索，然後找地方趴下的人，才會暴露腋窩和腳板。後來案件告破，情況就是這樣。女死者的家屬還說，怎麼也想不到是他。但這樣讓我感覺到聰明的案件，卻再也沒有發生過。

我見老頭憂傷，便扯閒話，問他為什麼不懼酒肉。張老說：你見了一般的屍體，也能喝酒吃肉。我和你們一樣，只不過看多了爆炸的屍體，就一般了。

張老說：其實也吐過。吐是因為那次爆炸，超出我的想像力了。那次是在一個破廟，我趕到時，就見一個銅鐘立在殘垣斷壁間，黑乎乎，發了裂，沒什麼大不了的，但是一撬起鐘，一股濃烈的味道便衝出來，又嗆又熏，幾乎要放倒我們。我們起先看到裡邊黑糊糊的，什麼都沒有，擦擦眼，又看到肉漿和骨頭渣塗抹於壁，就像一種叫土掉渣的肉餅。我馬上意識到自己沒看到一滴血，血被劇烈的高溫烘乾了，我嘩啦嘩啦吐了。我眼淚花花、楚楚可憐地向旁人說：我是公安部的鍾馗，我都嚇壞了。我從來沒見過對人這麼徹底的玩弄，我感覺那個壯漢被五花大綁罩在鐘裡後，求饒叫喊了很久，一定叫了很多次媽媽，而外邊的人則站在安全的田野，對他進行一道道宣判，然後點著導火索，看著它慢慢往前燒。那火苗在寂靜的時空裡慢慢行走，聲音一定能讓壯漢聽到，壯漢也一定拉出了一泡絕望的尿。然後鐘裡面發出一股極悶極重的響聲，鐘自己大概也受不了，跳了幾跳，才落在地上……在爆炸那一瞬，火藥末子一定像密集子彈射穿壯漢的軀殼，又像風扇一樣把散落的軀殼刮到鐘壁上。你看不見任何完整的組織和器官，你被徹底消滅了。

6

後來，我問了一個問題——人為什麼會用炸藥呢？問完了覺得傻。不過張老卻擊掌，說他一生都在想這個問題，這問題和吃喝拉撒一樣重要。

他說：剛開始研究爆炸時，受現場刺激，老覺得這事應該是人害怕碰上也害怕去做的，想想都是可怕的。但是一離現場，碰到情緒不服，比如女人被人拐跑了，就又恨不能把人祖宗八代，活著的死著的，都炸個稀巴爛。人有時奇怪，殺人前氣勢洶洶，殺完了，殺得人沒呼吸了，就稀拉拉哭起來，知道自己做錯了。我想那兩人要是能看見爆炸後的自己和人們，也一定後悔。

我說，死了看不見嘛。

張老說：是呀，但生前卻做了炸藥的奴隸。或者說，做了力量的奴隸。我這麼說，你可能不理解。我就問你，你小時做夢是不是老盼望自己是大孩子，虎背熊腰，力扛千斤的？你點頭，那就是了。我也這樣。我也盼望自己是個成人。成人和小孩的唯一區別是力量，成人可以把小孩一腳踢飛，小孩不能反過來這樣。這個世界就是這樣，當你有力量時，你總會受這個力量誘惑。大孩子會打小孩子，不是他要打，是他身體內的力量驅使他要打。你看你原來的同學，能考上大學的，都是瘦弱不堪的，考不上的，都是身強力壯的。這就說明，個子大的人占有力量，他會自覺地用這個力量去占有社會資源，占有了就不會考大學了。

張老說：沒有力量的呢？當然就想工具了。工具是肉體的外延，是猴子變成人的原因。我打不過你，還殺不過你？所以基本可以說，這就是人為什麼會用炸藥的原因。從猴子變成人的那刻起，人們就懂得使用工具，來克服自己的弱勢，起先是棍棒，後來是冷兵器，及至現在，變槍炮了。我看香港黑幫片，民間組織都用上火箭炮了。炮筒一瞄，嘌地一聲，多大的人都到空中去了。這種工具力量，起初是弱者需要，後來不弱的人也需要，互相抬槓，發展速度越來越快，人類也就越來越危險了。扯遠了，你看我們國家又禁槍又禁炸藥的，其實道理簡單，就是減少人們在工具面前的非理性衝動。有段時間，我迷武俠片，我看古代的漢子，單槍匹馬，在幾十人當中拚殺，毫無懼色，非常自信，但往往在最後，總有某個小人放出冷箭來，讓他死得不明不白。這個時候我就想到一個天平，偉大的漢子本來把天平一端壓了下去，但是小人加上一個叫暗器的砝碼，雙方就平等了，如果暗器夠陰險，那天平還要傾斜到小人一邊。小人這個詞有偏見性，但是換成弱者呢，就中性了。弱者在和強者對話時，總是想得到器具的幫助，心理成因就是想贏得多餘的砝碼。所以我想說，炸藥是一種砝碼。而炸藥所具有的三種特性，也使它被弱者廣泛採用。一是速度快，比傅紅雪（註二）的天下第一快刀還快，省去具體對話過程中的成本，規避好事多磨的風險；二是殺傷力大，你想，就那麼一瞬，形成了大規模的爆炸面，鋼都炸癟了，何況人乎；三是能掩埋罪證，你應該注意到，在爆炸現場很難提取痕印的。如果設計得足夠好，就是誰死了都查不出呢。

張老又說：弱者的不安心態，很容易轉化為對工具的迷戀。我們小時候就喜歡刀槍子彈，都做了木剁殼槍，喜形於色地用它，其實就是想在裡邊找點男人氣，假裝自己有說話資格。對炸藥也是這樣，很多人可以捕魚，可以刺魚，但他們就是覺得這種方式太溫柔，所以用炸藥炸魚。彷彿一炸，全村人都投來畏懼的目光。這種炫耀性暴力廣泛存在，就像健美先生要展現胸肌一樣，一天不展現個幾回會死。說到炸魚，我見過不少沒有手掌的先生，蠢得要死，炸藥響了，才知往水裡扔。說明什麼呢？說明緊張，緊張了想扔，又怕扔到水裡導火索滅了，同夥笑話，所以就不鎮定了。就是這樣一個顯見的懦弱證據，他們還樂於展露，人家一看，用過炸藥的啊，畏了三分，其實狗屁。還有搞笑的，一隻手炸了，不服氣，又炸了另外一隻手。兩隻手都沒了，乖了，屎揩不成了，悲哀啊。

張老說：我相信每個用炸藥的人，都會被那種破壞性迷惑住，無論是把它丟到哪裡，都會哈哈大笑。有了炸藥，別說人，山都可以炸翻。

我說：也許有的情況不是這樣，比如這樣的自殺性爆炸。他們抱定犧牲自己，讓自己公平於受害者。又當何解？

張老說：事物是多樣性的，我說的是普遍性，你說的是特殊性。你說的適用於這種大規模的爆炸案件。但是特殊性也要服從普遍性。有一點是不變的，就是爆炸人對炸藥本身的破壞力是極度迷戀的。還有一點就是他意識到自己是弱者。你看新聞聯播播的那些國外自殺性爆炸，如果引爆者強大到可以震懾別人，管理別人，就不至於要採取這種手段。採取這種手段的理由就是，我扳手勁扳

註二：古龍武俠小說《邊城浪子》、《天涯明月刀》中的主角人物。

不過你，打架打不過你，我在自身力量方面處於弱勢，所以要依靠炸藥來突破。就像人和牆，我對牆提出要求，牆根本不回答，我毆打牆，牆還手都不會。但是一上炸藥，牆和你的區別就消失了。對那些自殺性爆炸來說，牆也許只缺一個角，但這個角足以讓整面牆都意識到。昨天的爆炸案也是這樣，全國都知道了，整個社會也知道了。如果兩個兇手有什麼遺書，就很明顯了，大家就會好好看他的遺書，看他說了些什麼。而平時呢，他們說話誰聽？我上次看群眾出版社一本英國學者寫的書，就說這是一種幼稚的惱怒，無能的惱怒。這和我們小時候想和大孩子魚死網破一樣。

我說：您說，會不會有人僅僅為了自殺而使用炸藥？

張老說：不排除。但若自殺，何苦不搞煤氣，不吃安眠藥呢？我覺得用炸藥還是想說出點什麼，不想說，就費不了這麼大的勁。這炸藥就是擴音器，就是講話前劇烈的乾咳。就是提醒大家，注意聽我說，我不滿。

7

張老仙人一樣飛走了。據說華北有個炸藥車間出事了，死的人比這邊還多。我心裡剛開的花滅了，空空蕩蕩。我像失去父親庇護的孩子，要獨自面對試卷上那個X。

X=?

目前的解題條件是操場上躺著的十五具屍體。省市區幾十號法醫用了一天時間，提著胳膊、腿、骨頭、皮塊、內臟和腸子，走來走去，總算把它們拼出了樣子。而局裡一個叫神筆馬良的老人也基本完成了對屍體面貌的素描——現在要做的是，把群眾放進來，讓他們領屬於他們的親人，誰領到十二號、十三號屍體，就意味著誰對他們知情。

我的眼睛一直盯著鐵門，我看到它被拉開，焦急的群眾踉踉蹌蹌衝進來。他們看完一具，又匆匆看另一具，看得差不多，哭起來。那哭聲原和嘔吐一樣，會傳染，一時操場裡尋到的沒尋到的都捶地哭起來。我一直想有人跑到我面前的屍體哭，但一直沒有等到。這樣喧鬧很久，像是有個抽水馬桶，把喧鬧又抽走了，大家燒了一會兒紙，抬好屍骨，悲哀地走了，只有我昨天碰到的撲粉底女人，還在屍體前念叨著：他爸你享福了，享大福了。我不忍心看，因為她的丈夫背部模糊，恰如張老說的，到死還色膽包天地吻人。後來，幾個花枝招展的髮廊妹被帶到這裡，交頭接耳地指著男屍懷裡的女屍說：是她，就是她。撲粉底的婦女聞聲，撲上去就掐，掐得一個個落荒而逃。撲粉底的婦女見手裡什麼也沒有，跺腳大罵：你們這些眾人養的！婊子養的！雞！雞！

我看得頭痛欲裂，閉眼坐於凳上，彷彿眼睛一閉，麻煩事就會自己過去。等我醒來，也恰恰是這樣的，夕陽消失了，操場上的群眾消失了，十三具屍體也消失了。張老認為不會有人來認領的兩具屍體，還在面前一動不動躺著。

我在暮色下重新審視他們，像審視沒有謎底的謎面。我看到他們躺在流逝的光陰裡，慢慢萎縮，失去皮肉，直到骨頭也風化了，碎了，被風吹走。他們飄走時，在空中挑釁地哈哈大笑。

從醫院回來的同事也很失望，他們說二十三個傷者有三個快死了，六個暫時脫離危險，剩餘十四個什麼也講不出來。司機傷得不重，頭髮卻瞬間白了，醫院裡掉下一個茶缸，他就尿床，一直在聲嘶力竭地要求轉院。售票員正面受到炸藥末衝擊，毀了容，醫生懷疑她已經精神失常，建議不要驚擾。還有些傷員雖然神智清醒，但卻提供不了有價值的線索。有一個甚至還說：就是你們坐車，也不會去研究別人呀。

後來幾天，我們陸陸續續接待了十幾位來認屍的群眾。我們一次次心懷期待地拉開冰櫃，讓那些群眾歪著頭，瞇著眼，像參觀古墓一樣，參觀屍體。他們一會兒說是，一會兒說不是，磨蹭很久，才羞澀地說，有百分之八十的可能不是。其中一位最傷人，哭得洋洋灑灑，讓我們以為找到屍主了。結果他接了一個電話，就笑起來，說：沒死，沒死，通了電話呢。我們一次次氣急敗壞地推上冰櫃。

本省炸藥廠傳來的交易紀錄、炸藥樣品，也讓人絕望。它們的產銷儲渠道，據說每筆帳都對得上號，每件炸藥都能說清去處，而且炸藥的包裝，和目下這起爆炸案也不匹配。從解題角度說，這是災難。這意味著我們省這個可控範圍被排除了，嫌疑犯可能來自湖南、四川，也可能來自陝西、遼寧，只要屬於廣闊的九百六十萬平方公里，就都有可能。而如果從屍體外觀上做大膽聯想，嫌疑犯來自柬埔寨、越南、日本、韓國也不是不可能。

至於各類社會調查，本是可遇不可求之事，如果投入全部精力去做，則成本支出巨大，到最後結果還可能是零。就像花畢生精力到海裡去找根冰棍一樣。就是這樣的。

重新回到大橋時，那輛燒黑的電車和計程車已然不見，路面上也無黑塵，路邊的護欄像從來沒有損壞一樣，立在那裡。仔細看，路心還殘留著鍋蓋大的坑和眾多麻點大的小孔，但已經阻擋不了一輛輛車穿越過去。那些車油門粗重地嗷叫著，氣勢如長江後浪推前浪。

車一輛輛開過去是個好比喻，就像日子一天天開過去，新聞一天天開過去。我們起初不能接受由部長、廳長、局長、大隊長、中隊長疊次累加的批評，但是習慣就好了。就好比一個人被鋸了手，起初哀傷，想自殺，一段時間後，就學會用一隻手吃飯、如廁、做愛了，就學會帶著缺失生活了——就像我們學會了帶著不能破解的謎生活一樣。張老不是還要吃肉喝酒，我們不是還要出勤領工資？我們從來就沒有實現過破案率百分之百。

老百姓也這樣，第一次看耶路撒冷爆炸時，心疼得不行，看多了，今天看到三十個人沒了，明天看到四十個人沒了，就麻木了，就只看到一個數字了。彷彿炸飛的不是肉，是數字，是一二三四五。我們這裡也這樣，接下來的大規模停水事件，騷擾了半個城市的日常生活，這樣，那十幾具屍體便被忘記了好些。十幾具是什麼，是這個城市三百萬人口的幾分之幾？是不能復生的他們重要還是活著的我們重要？我們沒有水，不能喝不能吃不能洗澡，渴死啦，臭死啦。

這個故事講到這裡本應結束。

8

下面絮叨一個叫周三可的人，每個城市都有一些這樣的人。所謂三可，是可笑、可恨、可愛。有時人們也叫他寄生蟲，或者持之以恆的人。他從不理鬍子和頭髮，從不扣褲釦子，從來夾著一個溫州假皮包，從來能掏出很多名片來。如果你不怎麼懂法，他會掏出律師的名片，並且真的給你出庭，在問被告時，他會扶著墨鏡說：現在我所有問你的問題，你只需回答Yes or no。Understand？如果你家裡有人出車禍，他會掏出調查公司的名片，信誓旦旦地說他握有現場證據，能證明是你家人闖紅燈還是司機闖紅燈，是你家人軋死了車還是車軋死了你家人；如果你活在某個資訊集中的區域，他會掏出報社特約通訊員的名片，名片上寫著「家事、國事、風流事，事事關心」，動員你向他舉報線索，一經採用，好處費二十元到五十元不等，其實他在向報社記者爆料時，採用的好處費至少是一百元。

就是這個周三可，在爆炸案硝煙散盡、大橋恢復通車，而我們也妄圖以偵破新案件來洗刷恥辱時，衣衫襤褸、神經衰弱地走到刑偵大隊值班室，說他找到了一個寶貝。我們要看，他擺擺手說：一看就簡單了，就只值五萬了，讓我先跟你們算下勞動支出，從爆炸案發生的二月十四日算起，我開展獨立調查已有三個月，以一天八個工時計算，我出工七百二十個小時，以一個工時十元計算，你們應該支付我七千兩百元；另外，因為每次趕到大橋我需要搭乘交通工具，一天來回的車費是二十元，三個月是一千八百元；還有，為了更好地獲取證據，我購買索尼照相機一台，價格是三千四百元，購買膠捲六十卷，價格是三千元，都有發票的。這樣加起來，是一萬五千四百元。你們如果要看，至少應該付我六萬五千四百元。

我們說，誰知道是不是寶貝呢？我們的狼狗去幾百遍了，也沒搜出來。

周三可受了委屈，從包裡倒出一個紙包來。裡三層外三層揭開後，我們看到一張殘缺的身分證，上邊保留有名字和民族，但沒有頭像，下邊號碼區的前半段數字也被燒掉了，缺損邊沿有燒焦後結的痂，和爆炸案很是貼題。我們拿出抽屜內的爆炸案死傷名單要核對，誰知周三可也從包裡抽出這樣一份名單來。周三可說：我核過了，死傷人數共三十八位，有名有姓的三十六位，這張身分證的名字與這三十六人不符，我斷定他是兇手。

我們又說：誰知道是不是你隨便找張身分證燒的呢？

周三可勃然大怒，收起身分證說：我到北京交給公安部去。我們趕忙說別呀，倒茶的倒茶，打菸的打菸，算是把他勸住了。眼見他按捺不住又要走，就又按照他的要求，用帶刑偵大隊字頭的文件紙寫了字據，言明證據一旦有效，即支付人民幣六萬五千四百元。

現在想起來，我們總是被誤托。在小說和電視劇裡，我們被神話為福爾摩斯、包青天或者大胖子莫洛，其實不然。至少從這起爆炸案來說，我是無用的。過去無用，現在無用，以後也是，你會看到的。我講這個故事，知道很多，只是因為我始終在場。權力命令我始終在場。真正解決問題的是那個沒有任何權力的下崗工人周三可。他後來領走了七萬元，其中六萬元還債，一萬元賭博輸掉了。再後來他被我們這裡唯一一家都市報給拒絕了，因為一個記者眼含熱淚義憤填膺地問他：為什麼你一定等我到了現場才撥打一二〇和一一〇呢，你沒見他們活活淹死了嗎？再後來他捉襟見肘，開始買足彩，每天瘋言瘋語地說，一百萬給老丈人，一百萬給二弟，一百萬給孩兒，一百萬做生意，一百萬養老。他就靠著這一周兩塊的希望支撐著，和曹雪芹一樣，舉家食粥酒常賒，倒也沒有差池。只是有天，教皇忽然駕崩，致意甲停賽，又致足彩開獎推遲。本來資訊廣通的周三可走到兌獎處，聽到賣彩票的說：別來啦，足彩不能玩了，便以為賭博這東西遲早是要關門的，讓五百萬的夢碎了一臉，濕漉漉的，清醒得不得了。回家後，他找到菜刀，對著鏡子，把頸大動脈割了。

我在講這個故事時，曾寫有前言，只有一句：獻給在天空之下起床、種田、上班、吃晚飯的人們。想想刪了，太煽情了。我現在大概能揣測的，也只是周三可找到寶貝時的驚喜表情。他像尋找螃蟹一樣，翻開一塊又一塊石頭，最終看到這張還帶有泥水痕跡的身分證時，對著江面上飛起的鳥狂呼：老子找到了，老子發達了。他的手應該顫抖很久，他不敢相信握著的是五萬懸賞金，不敢相信自己破了一九九八年公安部三大案件之一，不敢相信副市長和公安局長會上門送錦旗，不敢相信自己要到中學演講。他看了好幾眼，拚命默念證件上的名字：周力苟，周力苟，周力苟。他想，就是這證不小心被老婆扔了，被小偷扒了，他還可以到公安局報告這個名字。他眉飛色舞，手舞足蹈，又提醒自己冷靜，一定要冷靜。他想回家先睡一覺清醒清醒，但是在回家路上，又猛然想到夜長夢多，便令計程車司機掉頭，直接往刑偵大隊開，請直接往刑偵大隊開！

那天，周三可應該和老婆做三次愛，對街道居委會表三次功，和棋友喝三趟酒，不醉不歸。所謂洞房花燭夜、金榜題名時、他鄉遇故知、久旱逢甘霖，也不過如此了。

我們在以後的偵破報告裡，當然地弱化了周三可這三個字，有時他占一段話，有時占一句話（根據市民周三可提供的線索），有時在一句話裡連名字也沒有（根據群眾反饋）。我們以他是來賣錢的自寬。

我們還應該感謝那個身分證上的人叫周力苟，正是這怪異的名字讓我們很快在大橋附近的幸福彼岸旅社，查到他活動的紀錄。大橋派出所民警帶領我們到達那裡時，旅社老闆還在拍腦門，說這麼大的電視怎麼就不看一眼呢，看一眼就能認出兇手來，這樣累死累活地做，天上砸下個五萬塊怎麼不知道撿呢？

我說：炸藥都進店了，你有沒有基本的治安防範意識啊？

老闆老實了。

9

爆炸案後三個月的夜晚，我住在幸福彼岸旅社兩百八十元一夜的三〇五房間，試圖體驗周力苟及其同夥當時的心情。四壁用柔和的淡黃色鋪成，讓我想到打在穿毛衣美女身上的光芒，溫暖而愉悅。天花板中間掛著一盞吊燈，讓人想到油畫風格。而牆壁上還真有一幅碩大的油畫，是安格爾（註三）的〈汲泉女〉，女人在山澗全裸，坦然露著紅色的乳頭和有弧度的腰部，因為右臂彎過來扶水罐的緣故，腋窩對著觀者，卻沒有一根掃興的腋毛。雙腿夾著的私處也如此，雖有陰毛少許，也是馴服地收攏於肉體的交際線，彷彿書法裡的一勾。

我的腦海總是想到女人應該有飛揚跋扈、令人不堪的毛髮，我妄圖找到這間旅社的惡俗之處。（很多旅社飯店都掛了安格爾的油畫，都很粗俗，為什麼這裡這麼乾淨？）我的耳朵貼在牆上，想聽到隔壁叫床的聲音，卻始終聽不到。拉開玻璃窗時，想像中的垃圾場也不在，倒是撲過來的江風讓人感懷，我又想給女友打電話了。我看到一間間白色的度假旅社，在銀色的月光下向前蔓延，通過青翠的龜壽山，到達橋下，而橋上，以珠元寶作頂的橋堡正閃著歸來的紅色光芒。我也聽到水流的慈聲，和輪船牧牛一般的叫喚。我得山水樓台之靈，無話可說。

就是在這裡，二月十三日下午四點，周力苟和他的同夥登記入住，關上門住了一夜，又於二月十四日上午九點離開。他們離開時背著包，一定好好吃了頓早飯，附近有幾家不錯的早餐店，賣絲滑入口的皮蛋瘦肉粥、沁人心脾的銀耳燕窩湯、滾燙發熱的茶葉蛋和香味四溢的蔥煎餅，他們一定做了飽死鬼。他們吃完後，打著愉悅的飽嗝，呼吸著新鮮的空氣，走到勝春北路公交站，或者勝春南路公交站，反正都不遠，他們擠在一夥哈欠連連的人當中上了九路電車。他們背著十公斤重的包，在車上走啊走，走到倒數第二排，他們坐在那裡，看著電車路過一間又一間德國風格的房子，一棵又一棵製造氧氣的樹木，一陣又一陣清新的風，晃晃悠悠爬到了引橋。引橋長達三百米，電車踩足油門，發出老將軍式的劇烈呻吟，他們或許自小就崇拜這種濃重的汽油味道。他們最後看了眼車窗外藍色的天穹，和折射到車窗上的早晨陽光，覺得夠了，點點頭，掩護著拉開包的拉鏈，一個抱著包，痛苦地閉上眼睛，一個反方向蹲下，鎮靜地點著導火索。在文靜的炸藥接觸到吱吱叫的火苗，在那十萬分之一秒內，炸藥體積變大幾萬倍，瞬間產生幾十萬個大氣壓，好似打翻了人間和天堂的界限，穿透了不幸與幸福的鐵門，將他們炸離了這個世界。跟隨他們一起到達天庭的是嫖娼的，扒竊的，上班的，回家的，想事的，做夢的，他們帶著不甘的靈魂和憤怒的氣魄，揪著周力

註三：Jean-Auguste-Dominique Ingres（1780—1867），法國新古典主義畫派著名畫家。

苟及其同夥的衣領，向上帝吵嚷著回家，但是上帝說不用回去了，這裡到處是棉花朵似的雲彩，這裡霞光萬道，這裡不用吃飯不用如廁，不用憤怒不用憂傷，不用擔心工資、房子、老婆、孩子、老人、疾病、地震、火災、欺壓和下一頓飯，這裡歲歲平安。

後來，張老同意了我這個判斷。張老在電話裡說，他在來到大橋現場時就已經感受到窗外的秀麗景色，就已經被美抓住了。他想到長達三百米的引橋讓路面形成了一個好看的弧度，好似橋的上行盡頭就是虛無，就是極樂世界，就是天堂，就是歸宿。

張老說，想不開的人都有一個歸宿觀。

張老還說，一九八〇年北京站那起爆炸案就是如此，九人死亡，八十人受傷，不過是為了一個知青的訣別。這個知青初中畢業後從北京去山西萬榮縣插隊，插秧割穀，手漸漸糙了，不像城裡人了，便苦心費力、忍辱負重去爭當兵指標。當上兵後，站崗放哨，積極表現，想從軍營榮歸北京城。叵耐（註四）復員之時，組織經研究，又把他分到山西運城縣拖拉機廠。在地圖座標上看，萬榮和運城距北京的路程一樣遠，努力來努力去，一公里的便宜也沒占到，這知青便埋下大委屈。後來事物發展的邏輯鏈則讓委屈升級為憤怒了。這知青的回京報告一次次上交，又一次次被打回，而本來說好的女友也終是嫁作他人婦，所謂北京，此生便只是他鄉了。他鄉的糖葫蘆，他鄉的風箏，他鄉的明城牆，他鄉的天安門。這知青一定在悲哀的探親路上，看到了北京站彌勒佛式的身軀，想到了其大肚能容天下不能容之胸懷，想到了其永遠樂呵呵的笑容，想到了嘲諷，也一定聽到了角樓兩端的鐘聲，鐘聲一聲聲響過，傳出廣播裡催促乘客上車的女子聲音，那聲音端莊而不容置疑，他被無形的東西驅趕著往檢票口走，這樣走了十來步，他越來越覺得北京站正廳長得像一個字，他說：這不是「門」嗎？前天我從這個門出來，昨天我從這個門回來，今天又被趕出這個門了。他想不開，就點著早已備好的炸藥。後來，大家發現他留了遺書，遺書說：我去的地方雖不理想，但終究是個歸宿。

張老說：其實他在爆炸的那一瞬，可能覺得沒有比這更理想的。周力苟他們也一樣，可能計畫在橋中間炸，或者過了橋再炸，但他們在上坡時猛然看到天堂，便下手了。毛主席不是寫過這偉大的橋梁嗎，所謂「一橋飛架南北，天塹變通途」啊。

10

幸福彼岸旅社就如一針雞血，打在我們死去的肉軀。在我們開往鄰省文寧縣時，還在談論它的神奇。比如它的打掃其實很不細心，以至於三個月後我們還能在床墊夾層找到四十八釐米長的導火索；比如旅社本是人來人往，專為忘記而生，那裡的老闆卻偏偏記得周力苟，還說他的臉就是畫像上那樣的；比如登記入住時，只填一人的身分證號便可，服務員卻在周力苟填完後，還看了眼他同夥的身分證，把名字也記上去了——周的同夥原來叫汪慶紅。

幸福彼岸旅社老闆之所以對二月十四日凌晨保留記憶，也是因為走腎（註五）。平日他走腎，來去鰥寡孤獨，那日卻猛然見著一男子伏牆嗷嗷地哭，好似還不單是嘴巴在哭，胸腔、大腿也在哭，身軀抖得怕人。老闆等哭盡興了，才問，怎麼啦，那人便轉過涕淚四溢的臉來，老闆看清楚了，闊闊的，眉眼大，痘痕多，本是個剽悍的種。那人就是周力苟，周力苟麻木地看了眼旅社老

註四：意指怎料到。
註五：指小便。

闆，失望地走回三〇五房間。老闆抖完尿回走，又恰好聽到屋內傳來不可遏制的聲音：別哭啦！哭什麼哭！老闆說，那聲音穿牆過壁，高尖入耳。這是老闆對汪慶紅唯一的印象。

我們的車現在只需往文寧縣吉祥鄉周家鋪村六組開就可以了，享年二十八歲的周力苟生前就住在那裡呢。我們已然迫不及待，像禁區內的門已經空下，就等著補一腳了。這樣爽了一陣，就見前方有輛臥鋪車聳了下肩膀，停在路邊了。我們的車嗖地飛過時，我好似感覺那掃視過來的乘客，個個是周力苟，個個是汪慶紅，他們在艱難地等待汽車修好，好去我們省，好去二月十四日，而我們這輛馬力十足的三菱吉普，則朝著他們省，朝著二月十四日以前，朝著歷史，朝著祕密，一路狂奔。

我想到他們兩人在臥鋪車停下後，擔心車頂放著的編織袋。汪慶紅說：路上顛簸，爆炸了怎麼辦呢？周力苟說：炸藥這東西文靜得很，你錘它砸它它都沒脾氣，你點它才麻煩。汪慶紅又說：要是別人把菸頭往窗外扔，菸頭被吹到車頂呢？周力苟說：那風還會把它再吹走。即使吹不走，那火也吹小了，想燒透編織袋，沒那麼容易。汪慶紅說：司機和售票員沒發現吧？周力苟說：發現了他們還不說！汪慶紅說：可是現在停車了呀。周力苟說：停車又怎的，停車也沒見他們跑啊，他們知道有炸藥，還不跑？傻乎乎拿鉗子幹嘛呢？汪慶紅說：萬一發現了呢，我們要被揍啊，要被扭送到公安局啊。周力苟說：揍吧揍吧，送吧送吧。人總有一死，老子卵朝天，老子不怕死。汪慶紅說：你這麼說，我就好受了，我還以為是我逼你死呢。

我這樣想，又覺不妥，因為旅社老闆所說的周力苟，原是可憐軟弱的。這樣想還有個麻煩，就是周力苟是有形象的，而汪慶紅是沒有形象的。作為十三號屍體，神筆馬良沒有畫出他生前的模樣，頭頂、鼻骨和面頰骨全破壞了，像被牛踩了幾十腳。

後來天黑下來，路難走。也許我們還走錯了，下了高速，過了省道，竟跑到河裡去了，車輪在河泥裡轉圈，甩了我們一身泥漿，我們罵司機，司機說地圖上就是這樣的啊。爬過河，又是山，那山路似糾纏於杜的鐵絲，窄而薄，車燈一會兒照向驚愕突兀的山壁，一會兒照向虛渺，我們實在害怕，便讓車停在高處一個平地，搬大石固好四只輪胎，睡車裡了。清晨，我們醒來，發現文寧縣城在眼下，那裡擺了幾十個積木大的樓房，一個花殘柳敗的公園和一個被灌木叢埋好的烈士陵園，好似一個小盒子。我們看它如此之近，興奮不已，卻不料又走了半個上午。

後來去吉祥鄉則索性沒有一絲柏油的意思了，有時小心開了很久，還得倒車，因為對面裝豬的車沒有倒車功能。到了吉祥派出所，隨行的文寧縣公安局副局長又勒令吃土雞和土雞蛋，如是酒行三巡，我們著急，局長說，人都死了，急什麼？

我們複核派出所的戶口檔案，發現周力苟確有此人，但是檔案上的照片被撕了，問為什麼，派出所內勤說，是補辦身分證時缺相片，撕下的。我們想，管他呢，找到周力苟家就可以了，就有數了。這樣到了傍晚，我們坐摩托，才走到周家鋪村六組四十五號，卻發現傳說中的周力苟臉變瘦，痘變沒，赫然坐在屋內抽菸呢。我說：你是周力苟？周力苟說：我是周力苟。

我們跑了七百多公里，爬了山，過了河，像是哥倫布坐了船，過了海，冒千辛萬苦，想看死人，結果死人健在。我後來不死心，還問，你說身分證兩年前掉了，知道掉給誰嗎？周力苟說：娘啊，我也想知道呢。

婊子養的。好好的，丟什麼身分證。

回來後，那副局長安撫我說，還有汪慶紅呢，汪慶紅還可以查嘛。但是我的雙手已然空空，心裡也是這樣，我們原盼以周力苟帶出汪慶紅，現在卻只剩這個光溜溜的名字了。這個光溜溜的名字，一無民族，二無生日，三無住址，從哪裡查？而且慶紅慶紅，全國慶紅多矣，鬼知道是哪個慶紅。

11

又回到文寧縣城後，我們用一周時間，查到十二個汪慶紅，接見十二個汪慶紅。我一個個地問：去過隔壁省嗎？長江大橋是怎樣的？有沒有掉身分證啊？有沒有把身分證借給別人？他們答：沒有，沒有，沒有。

我繼續說：這樣吧，你發發聲，發高點，發尖點。這些老頭、小孩、年輕人，努力配合，有的還飆起〈青藏高原〉，但我始終聽不出有多高尖入耳，也聽不出有多不高尖入耳。我糊塗了。糊塗得不行。人都死了，怎麼會給你唱歌呢？但是大家覺得是大事，唱唱無妨，唱唱就清白了。

更糊塗的是，周力苟的身分證掉在本縣鄉下，基本上是本縣人撿了，這樣，兇手就在本地。但是查遍本縣，也沒聽說一個五大三粗的人失蹤。如果是外地人撿到，就要全國協查，或許能查出三五十萬的失蹤人口。汪慶紅更可怕，他要真的是汪慶紅，文寧縣沒有。以文寧縣有十二個估算，全國恐怕得有三萬六千個吧。萬一是假冒的汪慶紅呢，怎麼辦？又得讓這三萬六千個汪慶紅回憶身分證都借給誰了。萬一是掉了，又怎知是掉給誰呢？又或者，那十三號屍體本來就做了個假身分證呢，怎麼查呢？大海裡的冰棍看來是要化完了。

我們灰溜溜地上車回家，上路前，還問有沒有別的路可走，他們說，沒有，就只這條山道，保重。吉普車蹬腿上山，蹬腿過河，在省道上撒開腿子跑，跑了半天，上了高速，等我們在高速公路上加油時，文寧縣公安局副局長來電話了，竟然說又有一個汪慶紅來自首了。我們覺得人不能這樣被耍。

但事情就是這樣，山窮水盡疑無路，柳暗花明又一村。在孫悟空灰頭土臉得不行時，他的神仙朋友就出來了。這個神仙一見到我就下跪了，說，我不該把身分證借給吳軍。

這個人其實不叫汪慶紅，叫汪慶虹，從小到大都叫汪慶虹，只是戶籍警筆誤，把身分證上的虹寫成紅了。結果戶口檔案上叫汪慶虹，身分證又叫汪慶紅，像張錯幣。你覺得很奇妙，但很多人，登記的是王耀文，自寫的又是王躍文，全國有幾人又分得清國林耀和國林躍，侯耀文和侯躍文呢？事情既然峰迴路轉，就不怪人馬虎了。

我問汪慶虹：吳軍聲音尖不尖？

汪慶虹說：尖！

我問：尖到什麼程度？

汪慶虹說：像是鳥兒叫。

我心想是這麼回事，幸福彼岸旅社的老闆也是這麼說的，像是鳥兒叫。

汪慶虹說身分證是一九九七年八月份借給吳軍的，當時吳軍和他在食品廠共事，吳軍說身分證在澡堂掉了，汪慶虹抽了吳軍一耳光，說賠錢，吳軍咬著腮幫賠了二十元。吳軍沒過多久就被廠裡開除了，原因可以去問廠裡的每一個人，就是他喜歡唱戲，入了迷，有一天以為是自己一人揉麵，偷偷在車間對鏡子畫鬢角，畫口紅，畫完了咿咿呀呀唱起來，唱完又揉麵。當時有個工友恰好回來，看到油彩跑麵團裡去了，噁心了，就報告廠長了。廠長心說這是搞衛生防疫檢查呢，提著五十塊錢就去甩他臉了，滾，滾，滾。吳軍氣鼓鼓地滾了。後來聽說去東街孔孟旅社做事了，去那裡不奇怪，那裡的老闆愛聽戲。

汪慶虹說，吳軍長得凶，臉瘦，能見骨頭印，眼窩深陷，目珠卻嚇人，牙齒也突出。很多人識他，卻不知他是哪裡來的。人問，就說是黃山賣過畫，嵩山練過武，廬山寫過詩，唐山學過戲，號四大山人。

我們去食品廠調查，得到的結果和汪慶虹差不多。廠長說，他被開除時，用雞爪子抓我下襬，說父母早亡，命運多舛，食飯不易，生活困頓，你不愛才也愛人啊。我覺得不是那回事，揮手撣他，他又暴怒地說：「別以為你是主宰，我犯什麼錯啊，你說清楚，不說清楚，我告去。」我說，告去！告去！他卻仍然抓我衣服，不是抓了，是揪，我就著人把他扔出門了。這人來路不對，進廠也沒登記身分證，這是我們不對，我們只要能做事就留，出了這麼大的事情，我檢討。

12

穿過文寧縣城瘦長起伏的東街，在十字路口拐角處能找到孔孟旅社。旅社四層，像透明電梯一樣嵌在一間瓷磚民房裡。進去後能見到幾張木桌，後頭擺了財神爺，掌上托著紅燈泡，閃一下滅一下。老闆是七十來歲的老人，鬍子花白，道骨仙風，見到我們就說：你們是找四大山人吧，走了很久了。

我說，你怎麼知道我們找他？

老人說：這等人物總會死的，死了就有人找了。

我問，怎講？

老人說：四大山人是去年十二月初七（一九九八年一月五日）投我店的，初九那天便和我們這裡的羅漢鬧事情，當時四大山人把菜刀斫在桌上，你看這裡有痕吧。結果羅漢把他提起扔街上了，四大山人瘦，一下扔到街心了，但他站起來和人打，打了幾回合，變擋了，擋了幾回合，又變受了。四大山人不求饒，只說打吧打吧，打死拉倒。羅漢們不打了。人家不打，四大山人找磚頭自己打了，眼見那磚頭往自家腦門上拍三次，拍出血了，羅漢個個來攔，卻是攔不住，便溜了。後來還是跑出來的何大智救了命，何大智流淚說，力氣真大，掰都掰不下來。

我說：何大智又是誰？

老人說：臉大，大得和臉盆一樣。

我就知道這茬，趕緊送上神筆馬良畫的十二號屍體畫像，老人說，正是。這師傅畫得好，和四大山人畫的一般好。

我們本欲繼續追何大智，見老人又自顧說四大山人去了，便由他說。老人說，四大山人和我有個同好，就是唱戲，我們這裡唱黃梅，他唱京戲，說是會唱秦香蓮。我和他交流不下去，不過聽他擺過一次。他原是帶戲服的，也帶妝品的，唱起來還真是那麼回事，高尖入耳，但拖得太長，聽不懂唱什麼。我問是哪裡學來的，他說是拜名師梅葆玖學的。他還會畫畫，畫得像模像樣，他走後我收拾，就有一張他的畫，畫了個女人披頭散髮，明眸皓齒，很是個人物，旁邊還配了詩呢。我問畫畫又找誰學的呢，他說是拜名師齊白石學的。我說你大小是人物，待在我們這裡可惜啊，他說才這東西就是用來可惜的。我終歸是生意人，也不多說。正月十四（一九九八年二月十日）那天，天沒亮他就不打招呼走了，不但他走了，大智也走了。

我問：兩人關係好嗎？

老人說：好，還當著這財神爺拜把子結義呢，說是不求同生但求同死。那天還擺酒請我做中（註六），說工資不用發了，充酒錢。我後來還是發了。

我問：何大智你知道是哪裡人嗎？

老人說：富強啊，富強是出人的地方，出了何大智這個假把式。

我說：怎麼個假把式（註七）法？

老人說：四大山人打架，他躲到廚房；羅漢們走了，他又提刀出來。你不知道他長多高，長多壯吧，就是那麼一個五大三粗的漢，貪生怕死。我就不知道，四大山人這樣的人物怎麼交上這樣一個飯桶。

我問：他們都住哪裡呢？

老人說：四大山人說是外地人，沒地方住，就在四樓雜物間和何大智搭鋪了。

我問：四大山人有沒有說自己是哪裡人？

老人說：沒有。他寫了詩，就是那個畫上配的，來本無根，去也無影。

我說：詩在嗎？

老人起身從財神爺抽屜內取出一張紙來。我一看，那詩如此：來本無根，去也無影，我本無形，卿本無情，就在美麗地結束不美麗的生命。我的心閃了一下，這不正合了大橋的風光嗎？所謂美麗地，又有什麼能比得上那段上天入地的引橋呢？我說：死意早定啊。

老人說：是啊，當時只作是戲詩，現在看來是死了。

我說：是死了。

老人默然，也不問怎麼死了。

我又問：他們還留下什麼嗎？

老人跺跺腳，說雨鞋是四大山人留下的，他穿著，表個紀念。老人又帶我們上雜物間，我們翻了很久，在一間床鋪下翻出一個香菸盒，在另一間床鋪下翻出兩張身分證，一個名字叫艾保國，一個名字叫涂重航。我問老頭，這是四大山人的床鋪嗎？老人說是。

我心說，這人到底叫什麼呢？

13

站在羊腸小徑的頂端，我看到高坑小組，原是山頂凹下去的一塊地，一層灰濛濛的蒸汽，從濕潤的土地、石塊、灌木叢和曬在穀場的衣服上生起，聚於屋頂、竹林和村子半空，一動不動。我們進村後，也只聽到一聲雞鳴。家家戶戶開著門，露陰暗的內壁和年畫，午飯沒人收拾，尿布是濕的，不見人蹤。

這麼講，有點死人村的意思，事實卻是人們長在床上或椅上了。同行的富強鄉政法幹部搖醒小組長劉遵禮後，這個村落也逐漸活過來。劉遵禮的眼球大而渾濁，看到著制服的我們後，露出驚慌，旋即他喊媳婦倒茶。那媳婦揭了開水瓶，發現沒熱氣，噤若寒蟬地請示劉遵禮要不要燒點，我們說不麻煩了。

去何大智家時，一群小孩圍在後邊，劉遵禮斥了一聲，他們便像鳥兒飛沒了，那些大人則推開窗戶，敬畏地窺探，我們回頭看，他們就拉上窗戶。到達何大智家時，我們發現廳堂內擺著兩個遺像，一個是男老人，一個是女老人，劉遵禮說這是劉春枝的父母，兩年前先後故了。劉遵禮喊春枝

註六：指做中間人的意思。
註七：外強中乾的人。

春枝，一個丹鳳眼、柳梢眉的婦女從內屋走出來。她也驚慌，不知出了什麼事。我說：你是何大智的妻子吧？何大智可能死了。

劉春枝看了劉遵禮，又看了我們，軟癱於地。一旁婦女去拉，卻是越拉越躁。眾人意欲拖她上床，她的手指又摳在地上，摳出一道槽印。我們很尷尬，不好追問喪夫的人，便四散找村裡的人。

劉遵禮說：何大智是三年前倒插門（註八）來的，本是外姓，但我們不見外，魚塘分魚不短他，祠堂也領他進。何大智老實，能吃虧，我們劉家人也很喜歡他。兩年前劉春枝父母故了後，他們夫妻越發恩愛和睦，有句黃梅戲怎麼唱的？你耕田來我織布，就是這樣的。我想不出他有什麼想不開的，他在縣城打工，或許在那邊有些問題吧。劉遵禮還說：文寧縣都是礦山，哪裡都能找到炸藥。

我走到穀場，發現有個婦女收衣，便上去問。她羞澀地笑笑，一連跟我說聽不懂。我想也是，她說的我也聽不懂呢。我走了，她又喊：關係很好的，男耕田來女織布。喊完不好意思地笑了，我也笑了。後來我見一個長鬍子老頭坐在門前，欲要去問，不料老頭轉身進屋，只撂下一句：我不曉得，莫找我。

我們一行問出的東西都差不多，要嘛是不曉得，要嘛是夫妻很好，你耕田來我織布。我說這裡人都愛聽黃梅戲嗎，政法幹部說是呀，幾十年只作興嚴鳳英。有戲團來，全村都去看。

劉春枝情緒緩和後，抽抽答答地說了一些情況。何大智是去年底從縣城回來的，除夕（一九九八年一月二十七日）那日，他們中午在高坑吃飯，拜祠堂，晚上就去何山和他父母、弟弟過年了，在那裡住到正月初二（一九九八年一月二十九日），劉春枝回高坑了，何大智去母舅表叔那裡拜年，直到正月十一（一九九八年二月七日）才回來，第二天就走了，說是和結拜兄弟打工去了。

劉春枝說：我和大智是媒人撮合，我說倒插門，他也肯了。他是好人，好人怎麼會死呢？大智在家時挑糞砍樹，打工時送錢回家。我總是說別打工了，在家種田也能活，他不聽，說我沒好吃的好穿的。現在他死了，房梁倒了。

我說別難過。

劉春枝擦擦新冒出的淚，說：大智和我們劉家無怨無仇，要說壞肯定是壞在他結拜兄弟上了。我聽說他兄弟在縣城打架，往死裡打。我不識他兄弟，肯定不是好人。

劉春枝給我看了結婚證，我一看那上頭的何大智，便像被電觸了。因為他的眼竟然是閉著的，只留了條小縫，情人節那天我在爆炸現場，看到的屍身也是這樣，眼閉著的，只留了條小縫。張老說，他是害怕。

我們離開高坑時，劉遵禮出來送，我記得他握手時很用力，都能感受到手窩裡濕暖的氣息。走了十幾步，我回頭望，卻發現他不見了，全村人也不見了，只有蒸汽還懸浮在屋頂。

14

何山距高坑八哩，在山那頭，同為富強鄉管轄，景致差不多。我們看到何大智父母家原是個矮屋，土磚被雨水沖刷，囫圇不清，屋旁有根黑木頂著，以防倒塌。小組長幫我們找了一會兒，便把何父、何母和何大智的弟弟找回來了。這何父老相畢露，一張臉皺紋縱橫，像是蜘蛛在上邊縱橫拉網，何母則是個黑瓜子臉，嘴唇下扣，一看就知嘴惡。而何大智的弟弟，老大不小的，掛鼻涕，吊

註八：意指入贅。

口水，以為我們有糖。

我說了情況後，何母大嚎大叫，何父趕忙推開她。何父的眼睛裡既無悲傷，也無詫異，只有麻木。何父鞠躬，說：給國家添麻煩了。

何父說沒什麼可說的，人都死了。何母則似乎被剛才的阻攔激怒了，大聲搶辯：怎麼沒說的，人不能這樣死了！何父想攔，看到她站在我們這邊，便失望地走開，然後又拿小鋤頭和小籃子出了門。我們很詫異，何母說：挖藥去了。

何母說話其實艱難，因為牙齒磨得厲害，手抖得厲害。何母說：都是劉春枝這個妖精害的，我兒子是被他們劉家人逼死的。我兒子死，我早知道，劉家人也早知道了，他們裝不知道吧？小學訂了報紙呢，報紙說長江大橋爆炸了，我兒出門時跟劉春枝說了，他過不下去了，要去炸長江大橋，炸得全國都知道。現在你們來了，有公理了。

何母說：我兒在劉家可憐，劉春枝把錢管了，不給他吃好的，好的都給老烏龜劉遵禮吃了。劉遵禮和她扒灰（註九）呢，扒了多年，全村都曉得。我們也是窮，窮才娶這樣的浪蕩貨，還倒插門。我們原以為結婚了，大家就都收斂了，誰知劉遵禮還去偷食，被發現了還打我兒。我兒太老實了，後來劉遵禮竟然不顧廉恥，和劉春枝睡到一床，叫我兒去煮麵。我心想，你煮就煮啊，放老鼠藥毒死他們。我兒幹不出這事情。每次我兒回何山，我都讓他翻衣服，我看到他的背總是一條一條的紫痕。造孽啊。我兒後來就被逼著去打工，說是礙著眼睛了。你說我兒有活路沒有？沒有。他受了委屈，他也有脾氣啊。今年過年，劉春枝也來了，我們做好肉好菜，她不吃幾口，一臉不耐煩，磨到初二就回去了，來拜年的親戚還說你們媳婦呢，我不好說，我能說她趕回去和劉遵禮那個老烏龜戳癟嗎？我就不知道，人怎麼有那麼多癟要戳！

何母說：初四（一九九八年一月三十一日）那天，我兒從母舅那裡拜年回來，喝得醉醺醺的，出老眼淚了，我惱了，揪他耳朵說，你一個七尺男漢，連老婆都管不住，頂卵用（註十）。我兒當時發脾氣，說別說了，別說了，知道了。我兒卻是磨到正月十一回高坑，十二就打工去了。現在看來不是打工，是要去炸橋。你說他不炸橋炸什麼，他戴那麼人一頂綠帽子，他就要炸橋。

我說：他怎麼不炸高坑呢？

何母說：他敢！我們這裡誰敢！劉家光是一個老二，就能把人吃了。我們這裡都怕劉家人，劉家人真是欺人太甚。你們公安來了，你們是公道，你們拿槍打那個劉遵禮，打那個狐狸精，打死她，我看她求饒不求饒，後悔不後悔。幾百年的婦道全被她敗了！你們要是不幹，讓我去幹，我一定拿針扎她腰，拿火燒她奶，拿鋤頭戳她㾜，戳死她這爛㾜。

15

第二天上午，我們重回高坑，沒看到劉春枝，鄰居說去縣城了，也沒見著劉遵禮，劉遵禮老婆說走親戚去了，十天半個月回不來。同行的政法幹部這時惡了，問：去哪個親戚家了，地址告訴我。劉遵禮老婆支吾不清，政法幹部便揪衣領喊：你倒是說呀，你倒是說呀。

事情就是這樣壞掉的。劉遵禮老婆掙脫開，跑到穀場大叫「公安打人了」，然後翻倒在地，抽搐雙腿，吐出很多唾沫來。我們跑出來時，人們已像失控的洪水冒出來。他們老的老，少的少，男

註九：指偷情。
註十：沒有用的意思。

的男，女的女，他們提掃帚，拿鋤頭，舉菜刀，舞毛巾，他們撞翻曬衣服的竹竿，從石磨上跳躍，他們黑鴉鴉一片，將我們四人團團圍住。他們問地上的劉遵禮老婆怎樣了，她便吐舌頭，乾嘔，說不行了。那些人便大聲喊，幾個不怕死的老頭忍不住先拿掃帚狠狠地抽我們，像是撣灰。這時，劉遵禮頂著雞蛋大的眼球單獨從一間屋內衝出來，他已然沒了昨日的客氣，他老遠就喊：誰打我老婆？然後接過菜刀，看了一眼，便剁政法幹部的右臂，如是十幾刀，政法幹部說痛也痛也，卻不見有血冒出。

我腦袋空白，任人抓胳膊，推搡，嘴裡只胡亂地冒幾句「冷靜點」。但是人們已經沒法冷靜了，因為政法幹部反手把菜刀奪走了。政法幹部揮舞菜刀，人群閃開一條道，這時，我聽到當地派出所民警低聲命令我快跑。

想起那天，我便是無用。我要是跑起來便沒事了，但我卻總想到人們看著我的背部，看著我的警服呢，他們一定彎著腰笑岔了氣。我不想屁滾尿流，不想落荒而逃，只能暗自加快腳步。其實這也可笑，因為像競走。那邊廂，政法幹部和我的同事，以及當地派出所的民警，已經跑到羊腸小徑的半路。那討厭的政法幹部看到自己安全了，便舞動菜刀大喊：劉遵禮！你別猖狂！你的罪證在這裡！

他這麼喊，後邊的村民便趕幾步，把我逮住了。我幾乎是被抬回村子的。我像睡在搖籃裡看著天穹，天色很藍，很深邃，很晃悠，輝煌得像要碎掉的瓷器。但幻覺只出現幾秒，我便被紛繁複雜的聲音吵回現實，我聽到有人像是說要處死我，滾下兩行淚來。他們抬了幾十步後，猛然將我放下，我站立於大地時，腦袋一陣眩暈，然後便清晰地看到對面蒼翠的山坡、濕黃的石頭和清新的樹，鳥兒正踩在晃悠悠的樹枝上點頭。我不知道自己所在何方，所在何時，要幹什麼，要說什麼，我僵直著身體，等待山腳下一個漢子取出柴槍，丈量好步子，然後瘋狂往這裡跑來。我看到肌肉從他的腹部滾到胸脯、肩膀、面頰、太陽穴，我看到張力越來越大，空氣越來越滿，像是箭要射出，火藥要炸響。我看到柴槍的槍尖在太陽底下閃出燦爛的光芒，它即將像刺穿一袋麵粉一樣，刺穿我的腹部。我的腹部將發出噗的一聲喊叫，我整個人將像一隻蝦米捲曲起來。我看到了媽媽和爸爸的面容，他們的面容在這個素不相識的村莊上空懸浮著，看著我。我閉上眼睛，等待最後的審判，但是空氣中猛然出現一聲大喝。

像列車一樣奔行的壯漢在急煞車。我想他的腳趾一定全部扭傷了，他的腳掌也一定擦出了血。我睜開眼時，發現他正扶著柴槍大聲喘氣，那柴槍已然插到土裡去了。那漢子說：哥，怎麼啦，你這是怎麼啦。劉遵禮白了一眼，說：你是不是想我死啊。

我的血液重新滾動起來，我聞到體內茁壯的氣息，知道再也死不了。

我其實早應該意識到，劉遵禮原也是怕事的，要不然也不會拿刀背砍人。我唉地嘆息一聲，甚至想去調解他們兄弟。這時，劉遵禮拿渾濁的大眼球死死盯我，好像要恢復一隻老虎原有的尊嚴。我被看得不舒服，便躲閃，卻不料他又拉我的胳膊，讓我看他。我看到了，還是兩隻渾濁的大眼球。

劉遵禮說：拿銬子銬上我吧。

我說：為什麼？

劉遵禮說：我破壞人家夫妻感情，破壞我知道不犯法。但是人家把毛主席的長江大橋炸了，我就肯定犯法了。

我忽然想笑，又想哭，努力鎮定了，才說：你有沒有打何大智？

劉遵禮說：沒有，我只偷他老婆。
我說：沒打就沒事。
劉遵禮又問：果然沒事？
我說：沒事。
劉遵禮又說：不是因為你在我手裡，才這樣說吧？
我說：你放了我，我也會說沒事。本來就沒事。
劉遵禮忽然哈哈大笑起來，笑完了哭，哭完了對眾人說，以後有人來問，就別說耕田織布了，就說我偷人，偷就偷了，沒事。眾人嘿嘿笑起來，劉遵禮的老婆也幸福地笑了。
那天晚上，我吃肉，飲酒，還讓劉遵禮打電筒送過羊腸小路了。在村部，我看到同夥拿著菜刀磨小賣部的櫃檯。一個多小時後，十幾個當地民警趕來，大家準備重新殺入高坑，卻不料帶頭的接了一個電話，又喪氣地命令我們不要去。
下山時，我聞到從沒聞到的山林空氣，看到從沒看到的天上雲月，邊走邊流淚。人的命有限，我是再也不來這裡了。

16

這個故事講到這裡又應結束。
我們查出：二月七日，原爆破手何大智聲稱幫人買炸魚用品，從文寧縣某銅礦保管員處私購硝銨炸藥十公斤，當日回富強鄉青山村高坑小組，向妻子劉春枝說：我不和你過了，我要去炸人，春運火車擠，我就炸汽車，我要炸長江大橋的汽車。二月八日，何大智攜炸藥進城，住於原打工的孔孟旅社。二月十日，何大智與吳軍離開孔孟旅社，乘臥鋪車抵達本省。二月十三日，何吳宿於本市幸福彼岸旅社。二月十四日，兩人搭乘九路電車，在長江大橋引爆炸藥。

我向上面提交報告，指稱爆炸案植根於無力者的報復，當然也不排除其他原因。大隊長刪除了「當然也不排除」，又往上報，如是，一九九八年六月十四日，公安部宣布破案。

寫報告前，我和張老通電話，有過爭論。

張老問：何大智怎麼可能以炸人來排解自己家庭生活的受挫感？

我說：我開始也不信，但現在覺得很有可能。一月三十一日，何母對何大智說，你沒個卵用，自己老婆都管不住。我相信此時何大智的自尊心已被毀至谷底，他一定想到自己在高坑的無能，想到小孩唱歌，說他是戴帽的公公，硬不起來的蟲。他受不了，但仍然能忍，他決意和妻子賭個博，賭注就是炸汽車。為了使一切看來像真的，這個軟蛋還特意去熟人那裡搞來十公斤炸藥。二月七日他向劉春枝攤牌，說自己不想過了，要去炸人，炸汽車。我估計他等待結果時很激動。如果賭贏了，劉春枝便回心轉意；如果賭輸了……可惜他一直沒想過賭輸。他被衝動的情緒綁架，忘記賭輸了應該怎麼辦。結果劉春枝恰恰無動於衷，這就把何大智逼上懸崖了，對何大智來說，沒有比這更丟人的事情了。

張老說：面子這東西，對有面子的人來說不算什麼，對從來沒有的人來說，卻很重要。

我說：嗯。劉春枝說了，你去炸啊，快點去炸啊。何大智就只能去炸了。他總不可能四肢健全地跑回來，告訴眾親朋，我沒炸。那還不被人嘲笑死、挖苦死？可惜劉春枝當時不懂何大智的處境，等她懂了，就晚了。二月十一日，劉春枝託人往縣城帶信，信上說，我對不起你，你不要做對不起黨和社會主義的事情，我保證好好待你。那時，何大智離開文寧縣城已經一天了，已經萬念俱灰，認定不可能從劉春枝那裡得到任何回報了。也許只有橋自己塌了，或者電車罷工了，才能給何大智台階下，但這樣的事不可能發生。何大智也一定惶恐，如果不惶恐，爆炸當天凌晨，他也不會伏在廁所牆上哭。一直到最後，他都是害怕的，他的眼是閉著的。

張老說：這個是，在兩個引爆人中間，何大智是明顯害怕的。

我繼續說：臥鋪車越往我們省開，何大智的人生之路就越少，就越覺自己是被綁架了。但人甚少有歸罪自己的自覺，何大智一定把所有過錯歸於劉春枝，會仇恨她，會預想她將得到的報應。這時他恰恰又覺得，沒有比搞一場轟動全國的爆炸案，更能報復劉春枝的了。他想到，全國潮水般的口水將澆向劉春枝，讓她內疚、自責、驚慌、恐懼，夜夜做噩夢，終生背十字架。這個時候，他就是快意恩仇的上帝，在主持，在審判，這也許是軟弱的他堅持到底的又一個原因。

張老說：等等。我覺得自殺也許能達到同樣效果。假如何大智是一人自殺，照樣可以將指責引向劉春枝，並讓劉春枝悔恨、內疚、害怕。他犯不著付出這麼大的成本。

我說：我說了啊，他說出炸橋的話了，收不回了。

張老說：那他為什麼不說「我要把自己炸死」呢，我覺得還是蹊蹺。

我心想，這話已是事實了，你張老還爭什麼爭，於是接著解釋：可能是何大智要體現自己的力量吧，張老您和我講過，弱者迷戀爆炸效果。何大智一定權衡過炸十人和炸一人的效果，當然是前者更富於證明性。我相信，人越羸弱，越渴望終極式的破壞。人越窩囊，越想搞到核武器。我想何大智一定渴望揚眉吐氣，渴望比劉遵禮強悍。

張老說：漏洞百出。我又做個假設。為什麼何大智不炸高坑，不炸劉遵禮呢？

我說：我說過了啊，何大智起先只想用炸人來賭博，賭贏了，劉春枝嚇著了，感情就挽回了。

何大智說要炸高坑，怎麼挽回？何大智不會傻到這個程度。

張老說：狡辯！詭辯！我還問你，何大智要死，為何要拖吳軍一起呢？

我說：我正要說。吳軍至今沒查出是哪裡人，但據我們調查，此人厭世，原是待死之人，只是差個伴兒。何大智一出現，讓吳軍感覺到希望了。我這裡有吳軍的遺書，上面畫了女人，寫了詩，說，來本無根，去也無影，我本無形，卿本無情，就在美麗地結束不美麗的生命。我判斷，吳軍應是失戀之人，越是被拒，越覺對方是女神是仙女，越覺自己渾濁不堪，醜陋不堪，所以奢望以死毀之。

張老說：這麼說，他原來是要告訴世界，他寫得一手破詩。

我說：不能這麼說，他叫四大山人，會畫畫、寫詩、唱戲、武打。他的老闆說他藝術不錯，我覺得至少是有文化的了。一個有文化的人在縣城小旅社擦桌子洗碗，說明自棄。張老也看武俠，也知道傅紅雪，傅紅雪自棄起來，人朝他吐痰都沒關係。很多人不就喜歡這樣嗎？你說我一表人才，前途無量，好，我報廢給你看。你不愛我，我就報廢，我越報廢越超然，越報廢越清高。我覺得挑在情人節這天升天，是吳軍的主意。何大智沒文化，定然想不到的。

張老說：對，有點文化的人就這樣。我們覺得母親節啊、耶誕節啊、情人節啊不是什麼節，他們有點文化的人卻迷信得很。還有那些《青年文摘》、《演講與口才》，也是有點文化的人熱愛。有點文化，文化又不多，就認真了。

我說：我老覺得這是一場愛情恐怖主義，何大智起初是想對傲慢的劉春枝發出惱怒的信號，而吳軍一早就想報廢自己。所以，我覺得最後的過程是吳軍裹挾著何大智前進，何大智有些猶豫不決，吳軍讓他堅決了。

張老說：越來越玄乎了，直覺上我感覺不對。另外，你的可能太多，猜測太多了……人死不能復生，你就發揮吧，總比不發揮好。

我能說什麼呢，咬牙切齒掛電話。

17

後來，我真惴惴不安了。我覺得有理，不過是對推理能力持有自戀，跟事情是否如此卻無關係。其實一開始，我就知道，這個解釋系統裡存在巨大漏洞，我沒有找到讓何大智、吳軍達成死亡默契的證據。當日他們結拜是有言「不求同生但求同死」，但這宣誓，不足以主導行動。很難相信，劉春枝給何大智造成的不幸，會感染到吳軍；反過來亦是，吳軍的不幸也不能讓何大智心有戚戚。即使他們真的因為不同的不幸，相約走上死路，我也是耿耿於懷。

唯一能寬慰的答案是：他們承受共同的不幸，感受同樣的委屈，想呼喊一致的聲音。我這麼想，其實靠近真相了。而在一九九八年六月二十六日出現的最後一個神仙，幫我徹底解決了這個問題。

這個神仙是何山村小組的何文暹。他在我們去他家報死訊時，麻木不仁，但在我們以為事情了結時，他卻拖著板車，跋涉七八百里，來到我們刑偵大隊。已經立了集體一等功的我，已然不識他，因為他花白的鬍子已飄到胸前，而口齒正飄出難聞的臭味。想來乞討已久。我問做什麼來，他說來拖屍，我說拖誰的，他說拖何大智的。我駭然地攤開雙手，說，你兒子只有一把灰了。

何文暹不走，堅持要灰。後來骨灰送來了，何文暹研究了很久盒子，找到機關，一看，真是些灰，不是鼻子眼睛，便哭起來，那眼淚一顆一顆往下滾，像石頭一顆一顆往下滾。我知道是真悲傷了，動了惻隱之心，讓食堂打剩飯來。老人多日沒吃，用手塞米飯，一直塞到喉嚨，噎住了。老人吃飽，又哭。哭完了，鞠躬，說：麻煩了。又說：是我害死我兒了。

何文暹說：一九九五年夏天，我兒在銅礦不做了，回家待著。我問怎麼不做，他說開除了。後來我才知他不是被開除的，是自己溜回來的，溜回來是因為小學有個秦老師。他就是想和秦老師鬼混。我一生都沒見過這事，但那天我趕著牛從小學後邊經過，見到了。我看到我兒和秦老師光身子躺床上，親嘴，互相摸下身。我們世代沒出過這樣的醜，我受不了，拿鋤頭從前門進了屋，一鋤頭打在秦老師屁股上，那裡響了一下。我兒傻了，赤身裸體跪在地上，說敲死我吧。我是真想一鋤頭敲死他。我後來找到教鞭，又狠命抽秦老師，我兒不爭氣，竟然疊在秦老師身上，替他挨。我火不打一處來，便死命抽我兒，抽得胸前背後一條條紫痕。我一邊抽，一邊罵：不知羞的東西，沒有爹娘教的東西！

何文暹說：第二天秦老師一瘸一拐地走了，再沒回來，人們只當調走了。我兒在家神不守舍，我便綁住他，我們家的問，我就說他偷東西。我一看到他就羞恥，就又抽，抽到後來，皮就開了，肉就綻了，我們家的就要自殺了。我看看也不行，放了他，讓他躺床上。我聽說高坑有個女的要倒插門，就趕緊找媒。我記得我兒為這事哭了一日，最後也是將就了。我是想讓他正常一點，但他矯正不過來，後來竟要炸大橋，這也是我害他，我做得太絕了。

後來，何文暹把小小骨灰盒綁在碩大的板車上，失魂落魄地走了。我看著他像團黑泥消失了，感覺不可知的世界一塊塊清晰了。

劉春枝為什麼偷人？因為何大智不和她過夫妻生活；

何大智為什麼打工？因為何大智想逃避與劉春枝在一起的尷尬；

何大智為什麼絕望？因為何文暹拆散了他和秦老師，雖然何文暹保守祕密，但來自父權強有力的判決、壓制與安排，令何大智自覺是被塞來塞去的物品，是抹布，是麻煩；

何大智為什麼告訴劉春枝自己要炸人？他說不想和劉春枝過了，不是討厭劉春枝，而恰恰是某種心懷歉疚的信任，是要向劉春枝告別；

吳軍的聲音為什麼高尖入耳？這個不用回答；

吳軍為什麼喜歡演旦角，為什麼給自己塗抹口紅，畫鬢角？吳軍絕不是為藝術而裝飾，而是努力想使自己本質如此；

吳軍為什麼憤恨食品廠廠長？是因為這個人刺傷了他對本質的自我認識，羞辱了他內心最美好的一部分；

吳軍為什麼和羅漢瘋狂鬥毆？是因為羅漢們調戲他，說他暴牙妓女，定然是個同性戀，不小心揭露了他；

吳軍為什麼弄那個身分證，並隱瞞出生地？就是想避開人們對其準確的指認和指責；

吳軍為什麼寫那樣的詩？他留下的詩本就是對環境和自己的絕望。他既憤恨環境，又厭倦自己；

吳軍為什麼要畫一個披肩散髮的女子？我一直沒有想到的是，那個女子去除長髮後，其輪廓竟然就是吳軍；

吳軍與何大智為何結義？實是拜堂；

吳軍和何大智的不自由各在何處？何大智的不自由來自何文暹，何文暹實際後來還發現了吳軍與何大智的事情，將何大智趕回到劉春枝家中，劉春枝構成新的不自由；吳軍的不自由來自於羅漢們的敏感，和街道的敏感，以及自己的敏感。吳軍覺得這個世界無處可逃；

吳軍和何大智何以選擇死亡？只因在自由與不自由間，只有死亡過渡。當不自由難以忍受，而自由又遙不可及時，死亡取代自由，成為美好的想像。由是，底線成為天堂，一段引橋被幻視為天堂入口；

何以又選擇自殺性爆炸？乃是要告知世界，他們委屈，憤怒，可憐，遭遇了不公平。

18

我最後想像的探針，集中於兩間旅社。

在孔孟旅社的雜物房，我先是看到一張床，何大智坐在那裡，看著窗外，星星很多，很繁華，他是掉落的一顆；後來又多了一張床，吳軍苟延殘喘地坐在那裡，同樣看著窗外，星星很多，很繁華，他也是掉落的一顆。兩個星星對視一眼，好像你終歸是這個世界的，無話可說。

幾天後，一張床上躺著受傷的吳軍，另一張床空著。何大智坐在這邊，敷藥，餵湯，像女人照料男人一樣照顧男人。何大智說別和羅漢較勁，吳軍說沒什麼的。

又幾天後，一張床上躺著兩人。或者另一張床上躺著兩人。吳軍對何大智耳語，你知道嗎，我每次聽孟庭葦的歌都起雞皮疙瘩。她唱，兩個人的寒冷靠在一起就是微溫。她唱。

又一日，一張床上只躺著吳軍一人，吳軍蓋著戲服酣睡。此時，何文暹推門進來，看到吳軍黑瘦的臀溝，悲愴而噁心，痛苦地走下樓。何文暹在門口等了一上午，等到買菜回來呆若木雞的何大智。何文暹什麼也沒說，提著一米八的何大智，就往街道走，人們騷動起來，說這個父親很憤怒。

吳軍也推開窗看，看得眼淚流出來，心想再沒緣分了。

而何大智像張老說的那個山西知青，在看著縣城的琉璃瓦和水泥路越來越遠，而中巴車尾氣和鄉下油菜花又越來越大時，被溺死的情緒包圍。他對何文暹說，信不信我殺了你？何文暹找到一根司機用的搖桿，說，你現在敲死我吧。

吳軍在一張床上輾轉反側幾日後，何大智忽歸來，兩人喜極而泣，又哀傷不已。沉默很久後，吳軍說：我們去死吧。何大智說，好。吳軍說，去長江大橋吧，毛主席寫了詩，風景壯美。何大智說，好。兩人依依作別。

又一日，吳軍在一張床上發呆，何大智疲憊不堪地進來，將炸藥塞入床下。

又一日，兩張床都空了，只留下一個揉皺的香菸盒、一雙雨鞋、一首詩和兩張身分證。

吳軍和何大智在凌晨五點漆黑的文寧縣街道手拉手地走，又冷又餓地走，走到後來，沒重量了，兩人就飛。吳軍說：用力點，上邊就是光明了。何大智就用力撲打著翅膀。吳軍說：看到陽光了嗎？何大智說：看到了，太刺眼了。

兩人飛落幸福彼岸旅社後，吃好的，住好的，像王子，像公主，像世界末日。只不過何大智終歸是要害怕一下的，他又覺得不能在吳軍面前表現，便跑到廁所痛哭，他哭這個世界無容人之所，無立錐之地。而吳軍早是無可念、無可戀之人，他大聲呵斥何大智：別哭啦！哭什麼哭！何大智像恐懼的孩子，停止了抽泣。

吳軍輕聲問：聽說過有人被車撞死嗎？

何大智答：聽說過。

吳軍問：聽說過有人被石頭砸死嗎？

何大智答：聽說過。
吳軍問：聽說過有人得癌症死了嗎？
何大智答：聽說過。
吳軍問：聽說過有人打仗打死了嗎？
何大智答：聽說過。
吳軍問：聽說過有人走路被殺死了嗎？
何大智答：聽說過。
吳軍說：人都有一死。不是這樣死了，就是那樣死了。
吳軍問：死了能帶走糧食和人民幣嗎？
何大智答：帶不走。
吳軍問：活三十歲是活嗎？
何大智答：是活。
吳軍問：活六十歲是活嗎？
何大智答：是活。
吳軍說：是造孽。
何大智點頭說：嗯。
吳軍問：你爹罵你你開心嗎？
何大智搖頭說：不開心。
吳軍問：你老婆爬在你身上你開心嗎？

何大智搖頭說：不開心。
吳軍問：羅漢們輪番取笑你你開心嗎？
何大智搖頭說：不開心。
吳軍問：工廠老闆隨便開除你，你開心嗎？
何大智搖頭說：不開心。
吳軍問：像老鼠一樣躲躲藏藏開心嗎？
何大智搖頭說：不開心。
吳軍問：這些是什麼呢？
何大智搖頭。
吳軍說：這些是活著。你還想活嗎？
何大智搖頭說：不想活。
吳軍又說：你是爆破手，知道炸藥爆炸後的感受嗎？
何大智說：不知道。
吳軍說：像打針，像蜜蜂螫了一下，很快，快到你感受不到任何痛苦。
何大智說：嗯。
吳軍說：不要害怕，我陪你死。
何大智說：嗯。
吳軍說：別嗯了，看著我，孩子，就這樣看著我。跟我說，我愛你。
何大智說：我愛你。

吳軍說：大聲點。

何大智大聲地說：我愛你。

意外殺人事件

意外殺人事件

這個火車站是荒謬的所在。如果不是產權不明，地產商一定會拆了它，現在，野草從貨運操場長到候車室，招惹來大量的老鼠和黃鼬，我們除非著急拉屎，否則不去那裡。

一九九七年它建成時，烈日下懸浮著紅氫氣球，兩側電線杆拉滿彩紙，我們紅烏縣有一萬人穿戴整齊，一大早來等，等得衣衫濕透。「出口氣了，」有人這麼說，大家點頭把這話傳了下去。也有人跳下月台，將耳朵貼在光新的鐵軌上聽，說：「該不會不來吧？」

「除非是國家把這鐵路拆了，火車都死光了。」一位老工人應道。大家被這擲地有聲的聲音穩住，討論起武漢、廣州等大城市來，好似紅烏已和它們平起平坐，今晚爬上火車，明早也能看到天安門升旗了，不知道北京的早晨冷不冷。

下午五點，火車張燈結綵著駛來。也許是沒見過這麼多前呼後擁的人，它猛踩煞車，齒輪和鐵軌摩擦過度，濺出火花。我們振臂歡呼，以為火車就要停下，不料它長嘯一聲，奮蹄跑了，車底排放出的大量白汽，噴了我們一臉。

後來我們知道，幾乎在紅烏站建好的同時，鐵道部下達了全國大提速的文件。所謂提速，其一要理解為火車本身提速，其二要理解為有些小站必須犧牲。我們坐在人工湖畔，看著從不停靠此地的火車從對面鐵路壩馳過，心酸地念順口溜：

紅烏縣啊紅烏縣，
白天停水晚上停電；
火車一夜過六趟，
睡覺不方便。

我們想這是動物園的觀光車，那麼多外地人坐在裡邊，一遍遍參觀籠子裡的我們，總會生出一點優越感。我們房子這麼矮，路面這麼破，什麼像樣的歷史都沒有（註一）。

我們想它出點事。一九九七年冬它果然在二十哩外的茶鋪脫軌，不少紅烏人去撿碎片，據說摔得稀巴爛。然後我們和它的關係麻木了，就像習慣一個親人打呼嚕，我們習慣它在深夜轟隆隆駛過。但就是這逐漸被遺忘的東西，三年後像故事裡的伏筆猛然一抖，抖出一樁大事來。這件事割痛了所有紅烏人。

那天傍晚七點半，火車快要駛過紅烏鎮時，車窗裡吐出一隻妖怪來，隨意得像吐一隻棗核。那裡的鐵路壩由山石和水泥加固，一般人摔出，以顱擊石，當場即可報銷，可妖怪著地時卻伸出前爪疾走，像麻雀一樣振翅飛起，又翩然飄落於遠處的田埂。

他悲哀地看著這陌生的地方，抽掉了一根菸，然後走進我們。

此前一天，青龍巷的算命先生發癲，交代大家隔夜不要出門。人們見他的手拍紫了，對街上著

註一：《紅烏縣誌》載，東吳都督程普駐軍時見紅色烏鴉飛過，猜到赤壁大捷，因此命名此地為紅烏。紅烏史上最高級別官員為明正德年間一文姓布政司，赴任途中病故，現紅烏八景之首是「文亭墨竹」。

名的善良姑娘金琴花說，「小金你勸勸吧。」金琴花走來心疼地說：「別拍了，好伯，拍壞了。」瞎子卻是捉緊她的手臂說，「親娘啊，明夜莫出去。」

「嗯，我不出去，我相信你。」金琴花說。人們爆出哄笑。

妖怪到來的這天是二〇〇〇年十月八日，政府稱之為「10.8事件」，我們紅烏鎮人活久了，不習慣記日子，因此稱它為「那晚十點的事」。這詭異的事只發生了十二分鐘，十點開始，十點十二分結束，十點前，紅烏鎮狂風大作，落葉紛飛，天空裹著黑雲，不時有閃電刺出；十點十二分後，天空大開，聞訊而出的人們捏著沒用的傘，恍如墮身白晝。

在這十二分鐘內，只有六個本地人像是約好了，從六條巷子魚貫入建設中路（註二），迎接上帝派來的妖怪。

趙法才

有段時間了，超市老闆趙法才每晚七點半提著酒瓶走到朱雀巷的石頭邊，坐到十點，去超市關門。偶爾有人問，還在想狐仙嗎？他悽惶一笑。

他心裡有個陰險的祕密，就是像搬運工將最後幾件貨物亂拋亂丟，小學生將最後幾個生字亂寫亂畫，他要將剩下的生命在這裡胡亂消耗掉。他拉開閘，讓烈酒燃燒內臟，濕氣像毒針一樣鑽進脊椎，他發明了這個笨拙的自殺辦法，在四十二歲時駝背，咳喘，白髮蒼蒼。

這樣的年紀也曾讓他產生擁有一匹白馬的想法，他想騎上白雲般的白馬，離開紅烏鎮，去做一個自由自在的鰥夫。但在一個頭髮挑染了一撮黃的小年輕騎著光陽摩托疾馳過後，這個想法就消散了。他叫住年輕人，遙遙地問：「這車是誰讓你騎的？」年輕人亮出車鑰匙上掛著的玉佛，趙法才

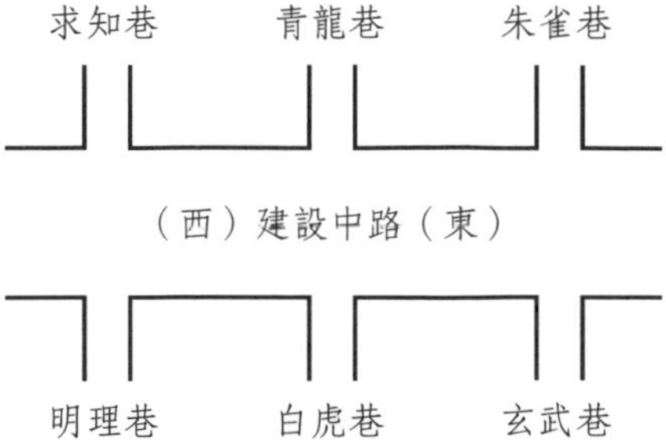

註二：建設中路是紅烏鎮主街，長一千五百米，兩邊各有三條巷道，與主街構成一個「非」字。

便明白了。他看到對方盯過來的眼神就像一匹幼獸惡狠狠地盯著垂垂老矣的野牛，便知老人應該去敬老院生活的道理，他不能僭越。

趙法才的自棄開端於紅烏鎮一次聞名的捉姦事件。那件事發生後，趙法才的老婆在滿是橘皮的臉撲上顆粒狀的粉底，照著嘴唇畫了一個肥滿、鮮紅的O，端來八樣帶肉的菜。

「喝一瓶吧，」她說，「喝一瓶吧，我去給你開。」她拿出啤酒，用起子開好，「要不找杯子給你倒上。」趙法才搖搖頭，找到瓶蓋將還在冒汽的它細緻地蓋住，然後慢慢咀嚼每一片食物，他抬頭時看見淚水已將她的粉底沖散，便說：「瓦妹，別多想了。」

「你也不想想，她像正經人嗎？每個月只拿五百塊工資，哪裡有錢買摩托車，買手機，哪裡有錢交話費，她用的化妝品都是羽西的，有幾個人用得起？」

「別說了。」

「你要是還惦記著，就去找她，把我們娘兒幾個扔了吧。」

「別說了。」

他中止了晚餐，起身去超市，在路上他買了一瓶白酒，找到一塊石頭，坐下，開始了那個宏大而默然的自殘計畫。

在很遠的時候，趙法才曾是名從容的砌匠，細緻地調好一桶泥，用砌刀將泥均勻地抹到磚頭的四個邊沿，將另一塊磚對準貼上去，這樣一塊塊往上貼，貼到房主沒錢了，就封頂。但在女人以每兩年一個的速度生下兩女一男後，詩意的生活結束了，他的房屋被工作隊扒光了，褲腿像是有三隻餓狗扯著，他再也不能騎在屋頂上吹口琴，欣賞自己漫山遍野的作品了。

他扔掉最後的菸頭，做生意去了。

他曾買來半倉庫的鐵觀音，以為能改變紅烏人的飲茶習慣，但最終還是將它們一套套送給工商、稅務以及每個為我所用的人，悲愴地送了三年；他也曾翻《辭海》來給店鋪起名，但在最後盤下這間超市時，他想都沒想就叫「好再來」，既然長途公路邊幾十家店鋪都叫「好再來」，那就說明它經過市場檢驗。

他學會對偷喝汽酒的兒子咆哮：「你喝一瓶，我們從老遠運來的一百瓶就瞎做了，白做了，什麼利潤也沒有了，你知道嗎？」那是因為有天他做了很多事，乾渴得要死，喝了一瓶啤酒，女人歪斜的身影從黑暗中移過來，女人說：「喝吧，都喝光了。」

他像是剛殺了人，十分負罪。

女人瘸掉是因為從三輪車上掉下來。當時她喊停車，可正爬坡的三輪車發出更猛烈的卡奔聲，眼見掉在柏油路的一匹布就要不見了，她跳了下去。出院後她出了許多眼淚，但在手伸進鐵盒時，悲傷止住了。錢盒裡躺著很多錢，她像慈愛的祖母輕撫它們。她沒有意識到這些粗暴的孩子這些年來弄壞了她的腿、手指、門牙以及乳房，她和趙法才變成了它謙卑的僕人，以致忘記自己曾是鄉下最白的一對男女。有一晚行房，她在陰部抹點雪花膏，像死魚一樣攤開，重口味的嘴還在說著討帳的事，趙法才偏過頭幹完了，從此沒再幹。

很多紅烏鎮人都這樣，不再行房，不再吹琴，有一天死了，留下房子和存摺。但趙法才在中年的末梢卻出了點變故，那天技監局辦公室主任打電話介紹遠房親戚來做收銀員，他出門接，望見一幅在掛曆裡才會有的風景：一個高挑、白皙的年輕女子斜坐在光陽摩托上，一手捏著鑰匙環上的玉佛，一手攏著耳邊的髮絲，對著他若有若無地笑。他躲過這行雲流水的目光，像是被猛砍一刀，逃回超市。

直到這時他才意識到世界上還有愛情這回事。

半個月後，他去打貨，臨行前見她跑來請假，便柔軟地問：「什麼事？」她臉紅了，「那個事。」他理所當然地應允了。車輛開走時，他偷偷回頭，發現她也回頭撒下一瞥。那是屬於你的眼神啊，趙法才，他酥酥地想。

在省城的旅社，他躺在床上無望地思念，ＢＰ機（註三）忽然響了，反撥過去，便聽到那個魂牽夢繞的聲音像當日技監局辦公室主任一樣在命令他，「向後轉，向前走，走出門口。」他跌跌撞撞拉開門，看見她穿著第一天穿著的絳紫色T恤，捏著手機站在那裡。「你怎麼知道我在這裡？」她沒有說話，抱緊了他，胸脯像幼獸一樣起伏。他在這踏實的感觸裡暗自流淚，好似旱地飄起大雨，然後那東西被清晰地抓住了。此後她成為他永恆的思念。他在無數個夜晚思念這柔軟修長的雙腿、微微隆起的小腹、如新月般翹起的乳房以及叼住他耳垂的狂野舌頭。他說：「渺兒啊，我的手就像船兒滑過你的腰肢，我一路滑下去，在這裡停了。」

他表現得完全不像一個生意人，他像洪水一樣演說了半個晚上，以致當他走進衛生間時，內心空蕩得像一隻篩子。衛生間裡有油黑的盥洗池、漏水的便池、黑鏽鐵絲上別人留下的乾硬毛巾以及

註三：即B.B.Call或Call機。

他鬆弛的身軀。他攤開手站在鏡子前，覺得極不真實。憑什麼呢，你比人家大整整十八歲。他感到腦後有刀鋒掠過，有時深夜一人攜款走過朱雀巷，他也會有這種感覺。

回來後，他輕按了下埋在床墊下的腰包，在熟睡的她旁邊睡了。

後來她說，我也不知道為什麼喜歡你，你不打我就可以，我怕男人打我。雖然當時她是真誠看著他的，但這個模糊的答案還是讓他糾結。他需要在每件事情上畫上等號，一元等於礦泉水，三元等於速食麵，每件事必須清清楚楚。因此他替她想了一個結論，那就是她喜歡他的店鋪和存摺。我們紅烏鎮人就是這樣，當一件事過於不可思議，人們就會套用《知音》上的故事來解釋。

因為他無法撇開老婆，她表露出煩躁，這更堅定了他的看法。他像是碰見一個生意場上的對手，小心謹慎，量入為出，和她周旋著。他想色字頭上一把刀，自己終歸不是傻蛋，有時就是碰見她的手撫摸顧客的胳膊（就像看見她在人家身下呻吟），他也能穩住自己，那就讓別人神魂顛倒，傾家蕩產去吧。

這樣的來往最終停息於夏末的一個夜晚。那夜他拉上捲簾門，到辦公室行軍床睡覺，卻見她已捲著毛毯睡著了——她一定是躲在某個地方，偷偷留在這裡的。因此他吸了一口口水，擠挨上去，扳過來時，卻望見她淚流滿面，像是潑了一盆水。

「我明天就不來上班了，以後也不來了。」她說。

「好好的怎麼要走？」

「我決定了。」

也許是為了再度進入這美妙的肉身，他進行了大量勸說，她卻總是搖頭，他心裡咯噔一下，算是明白了，她在下最後通牒。因此他鬆開手，覺得世界從來沒有這樣可惡過。然後她說：「我們不說這些了。」

他們像兩塊石頭生硬地躺著，呆呆看天花板的黑，夜晚像河流，又深又遠。忽而，窗玻璃咣噹一聲，掉下一塊來，他驚坐起來，一道光芒射進他的眼洞，他慌忙扯毛毯蓋她，那光芒卻搶先一步照清那裡。她像是夜晚稻田裡被照得目瞪口呆的青蛙。

「誰？」他惡狠狠地問。

「你哥，趙法文。」

趙法才說「沒事，我哥」，踩著僥倖的步伐走出去，走到一半軟了，直到捲簾門被擂得山響，才顫巍巍地過去開門。捲簾門嘩啦啦拉開時，他討好地說：「哥，這麼晚你要拿什麼貨呀？」迎接他的是一記耳光。趙法文、趙法武、趙法全三個鄉下男漢和一個瘸掉的婦女像工作隊轟隆隆開進了辦公室。

「說，怎麼回事？」瓦妹大喊。

渺兒沒有回答。

趙法才哀喊道：「沒怎麼回事。」

「沒輪到你說。」

過了一會兒，渺兒說：「我和他好了。」渺兒說得莊重、威嚴，是當事實一樣宣布的，因此趙法才能想像她當時眼睛是直視著瓦妹的。瓦妹撲在了地上，「出這樣的醜事，我沒法活了。」大哥趙法文打了渺兒一記耳光，趙法文說：「你不用看我，我不怕你。今天我們就賞你一個結論。趙法才你過來，你自己說，你是誰的男人？」

趙法才像罪人一樣走進光亮的辦公室，不置可否，趙法文說：「你要說錯了，我現在就打死你。」趙法才便指了下地上的妻子，後者喊：「誰是你的女人，誰願意做你的女人？」

「你是，」趙法才又指了下，「你是。」

「我是，那好，你現在過去打她一巴掌。」瓦妹站了起來。

趙法才把三個哥哥的臉色逐一看了，躲閃著渺兒的目光，走上前拍了下她的臉，瓦妹喊，「捨不得吧，捨不得吧。」他便重重抽了渺兒一巴掌，撤下手時，他看見她頭顱高昂，嘴角流血，像烈士般不可凌辱，然後轉身走掉了。走之前，她看了他一眼，那眼神冷漠而平靜，彷彿早已相隔萬里。他追出來，她已像鬼魂涉階而沒。

那天後，趙法才的精神狀態出了問題，眼睛直勾勾，不要吃不要喝，撫摸錢就像撫摸枯葉，讓人感覺一生為之奮鬥的東西之虛無。人們說應該給他叫叫魂。

二〇〇〇年十月八日這夜，是趙法才坐在朱雀巷這塊濕石的第三十九天。天空像是一部怒海，壓制著底下的蒼生萬物，不一會兒閃電連軸刺下，甚至照清紛飛落葉的莖脈，他獰笑著站起身，展開雙臂，像年少的失戀者那樣準備接受一場死亡式的大雨，可它們持久不來。

十點了，他才悵憾地走掉。

他轉出朱雀巷，來到建設中路，路東有一家超市，光芒照射在門前的台階上，像映出了一個黃格子，在那光芒裡閃出最後一個顧客，是個衣著骯髒，身軀緊縮的中年人，他正像一個可笑的俠客奪路疾行。這時，超市的收銀員跑出來喊：「姊夫，他沒付錢。」趙法才停下腳步，一把揪住對方的衣領，在意識到對方不是本地人後，他傲慢地說：「聽見了沒有，人家讓你付錢。」

金琴花

事後紅烏鎮很多人反應過來，他們並不認識金琴花，其意外就好似發現了一個潛藏多年的敵特。因此他們充分發揮想像力，設想她是上海籍勞改犯與本地婦女的私生女，是敬老院已故鰥夫的養女，或者是外遷者遺留的後裔，他們為此發生要命的爭吵。

我們公安局曾張貼協查通報，但那個能帶給她來歷和歸宿的親戚最終沒有出現。在巡警大隊有份她的訊問筆錄，發現她交代的住址是紅烏鎮青龍巷三號，但那只是租住地，房東和她連合同都沒簽。在她不再住在那裡後，它悄悄倒塌了，人們撐著傘走在泥濘的街面，抬頭看見院子裡的棗子樹淹沒在一堆巨大的塵土中。

我們熟知這個院子，院子的鐵門由一把永固鎖鎖著，牆上扎滿碎瓷片，院內立著一棵不再結果的棗子樹和一間紅磚房，房門倒是常沒關好，因此每天下午都會有一些沒長毛的孩子擠到鐵門前，看她穿著紅紗內褲走進廳堂，對鏡妝畫。

太陽落山時，她打開院門，走上青龍巷。青龍巷與冷清的朱雀巷不同，此時總是擠滿下班的、收攤的和要回鄉下的人，因此大家都能看見她打著綴滿桃花的白傘，挎著巴掌大的皮包，搖著巴黎交際花才搖的小巧扇子，在唇部保持一個微笑的姿勢，像皇后那樣目不斜視、步態優雅地走過去。也許這時漂浮在她腦海的是煤氣燈、椰子樹、可樂瓶子以及聖奧斯汀教堂那樣遙遠的東西，但我們紅烏鎮人留意到的卻是她火雞一般明目的醜陋。

她梳著龐大的髮髻，使本已寬闊的臉看起來更大；蒼白的臉撲滿濃粉，也許是撲狠了，又補些青，這樣青裡有白，白中泛青，竟像死了些時日的屍身；她還在寬大的唇線中央細描了豌豆那麼大一塊紅；她穿衣服，裙子雖然寬大，卻暴露出麻醬色絲襪裹緊的兩條巨腿，而上身則特別不合時宜地罩上濃綠的緊身衣，這東西將平淡無奇的胸脯勒沒後，在肚臍上倉促一收，露出一層沃似一層一共是三層的肚子來。人們微醉的目光最後往往落在這裡，就好像有一片熱呼呼的海怎麼沉也沉不下去。

她總是在乞丐面前駐足，取出兩毛、五毛、一塊，分發給他們。那些駐守在青龍巷的乞丐早已摸清她的這個脾氣，一直等著，就是別的巷子的乞丐也嗅到風聲，趕在這時殺奔過來，因此最後她總是捂住皮包，像忙碌的母親那樣嗔怪著，「沒有了，沒有了。」老孀子小聲問：「你為什麼給他們錢啊？」她說：「你們不懂的。」

關於她的善，還有一件事可佐證。一九九九年夏時青龍巷側溝發現一具瘋子的屍體，奇臭無比，街坊、法醫、居委會連番視察過後，將負擔留給民政所，但後者恰好集體出遊，因此有幹部出來主持，著鄰里就近埋了，這件事沒人掏錢就沒人幹，那掛職幹部不知能否報銷，猶疑不決，最後是金琴花義捐了兩百元（註四）。

金琴花很少與人打招呼，巡警大隊內勤羅丹（註五）例外。每當後者騎著木蘭經過時，她總是讓到一邊，嗲嗲地打招呼：「丹姐下班了啊？」羅丹是個皮膚、身材、長相處處合適的女子，卻整日素面朝天，將自己裹緊在一身威嚴的制服裡，有時候她不理，有時候則報以真誠至極的一笑，「是啊，下班了。」就好像金琴花是她的一個妯娌。

每當此時，金琴花的臉都像喝醉了，紅一下。

然後金琴花走到巷口了，那裡的餛飩攤有一個她慣坐的位置，吃完她就折返回去。她這一來一去是我們紅烏鎮人習知的節日，要是她沒來，我們就知道她來例假了。她蠕動著回去，總會有些中老年男子心領神會地跟上，他們像躁動的精子，氣急敗壞地互相提防著，最終又像一脈相連的兄弟，妥善處理好彼此的先後順序。最先游進院的精子總能聽到低呼，「快點啊。」他應一聲「嗯」，故意很慢地溜進那間房、那張雕花大床以及她故鄉一般的身體。

金琴花所從事的就是這樣一個對別人來說難以啟齒的職業。

以前我們在理解這個曾做過售貨員、洗頭妹的小姐時，總覺得她體內有一種深刻的惰性，這種惰性帶給她貧窮和肥胖，也帶給她心安。我們總是想這個世界存在一種人，當有人將餅子掛在他脖子上，他也懶得伸頭吃一口，他什麼都不願改變。但後來我們發現自己錯了，我們在那張幹了很多場交易的床墊下翻出大量的紙花和紙鳥，拆開那精心摺好的東西，便能看見用各色彩筆寫的名人名言，有紀伯倫、泰戈爾的，也有席慕蓉、林清玄的，他們總是把世界描繪得非常美好。

又或許連這些美好也沒想，她就是像未開化的人那樣覺得這事情好玩。當男人緊張地脫掉衣服，將身軀壓上來時，她發出搔癢式的咯咯笑，男人噓一聲，她便更加控制不住地笑下去。她總是這樣歡快地和大家度過夜晚。

那個將她帶入此行的美髮店姐妹曾教誨她，要搖，你是做生意不是做愛，因此要搖，男人一搖就出來了。她搖了一次，發現男人果然潰敗在床，便嘻嘻笑起來。這時男人不知該自嘲還是該憤怒，總之心情不太好，她看狀況不對，便去抱他，「叔，我以後再不搖了。」

註四：此事聞名是因為它是個笑話，掛職幹部在金琴花掏錢後，命令埋屍的人打收條，後者是文盲，因此又是幹部代為執筆，他寫道：今收到金琴花買屍費兩佰元整。

註五：傳說羅丹從檢察院調到公安局是因為她與檢察長的姦情被告到了北京。

「搖都搖出來了。」

「那我等下補你一次。」

「說什麼都沒用，搖都搖出來了。」

「那我不要你錢，我退給你。叔，你不要不高興，你不高興我也不高興了。」

她的生意因此旺得像一株結滿穀子不堪重負的稻子，就等我們公安局來收割了。那天來動手的是財源緊的巡警大隊，他們意識到還有這樣一隻肥羊後，以閃電的速度撲了過來。

那天她沒有上街。她遵從算命先生的教誨，給自己做了一碗雞蛋麵，接著又端來木盆，將衣服倒進去，鼓搗出一大堆白色泡沫來。她就是這樣聽話，瞎子說夜晚別出來，她卻是連白天也不出來。待到天黑，她打開鐵鎖，將它掛在院門上，然後回屋收拾床鋪。這是一個心照不宣的程序，進來的男人會鎖好它。她就這樣平安地躺在那張既是櫃檯又是港灣的床上，打起盹來，不久有個叫狗勁的男人進來撫摸她的肚腹，她疲沓地笑了下，用兩隻手的拇指、食指夾住內褲的邊沿，將它往下扯。

她和狗勁並不知道，平素那些守在牆外的嫖客此時已像聚集在枝頭的烏鴉撲喇喇地飛了，四名巡警和一名警校實習生馬蹄包墊（註六），悄然圍住院落。那名實習生自告奮勇，率先攀爬上圍牆，卻是在就要摸到棗樹枝條時腳底一滑，將鎖骨摔斷了。他一聲不吭地躺在那裡，直到四位巡警跟著翻進來，像旋風一樣颳進沒關的房門，才非常值得地哼哼起來。他們將這對正穿褲子的男女抓了個現行——抓嫖就是這樣，得是個技術活兒，早一分鐘，晚一分鐘，人們的衣著就會整齊，就有理由說他們是談心，因此為了保存這寶貴的現場證據，他們拿起照相機，啪啪啪，連閃光十幾道，將他們的陰部以及如遭雷劈的表情拍了下來。

狗勁沒經歷過這場面，但他無師自通，出來時雙手交叉，舉過頭頂，將眼睛、鼻子和嘴巴遮起來，但火眼金睛的人們還是輕易認出他。十幾分鐘後他老婆就氣勢洶洶去了公安局，後來當她交罰款領人時，嘴唇不停打哆嗦。她對著自己的男人低吼：「家裡又不是沒有。」

而金琴花被押出來時，四處張望，認出一張臉就歉疚地笑一下，好像是要說你們回吧，沒多大事的。進公安局大院後，她被領到燈火通明的指揮室，一個人站在牆邊，此時她還在好奇地研究牆上掛著的規章制度，研究完了就低頭剝指甲。忽而電話響了，值班民警氣急敗壞地走過去，對著裡邊喊：「還笑，笑你媽逼。」幾分鐘後，電話又響了，民警氣得青筋暴突，「死孩子，報假警是要坐牢的你知道嗎？你這個死全家的。」

金琴花說：「哥，我什麼時候回家啊？」

「處理好了就回家。」

他說得金琴花有些怕。可等到有人將她帶到巡警大隊辦公室時，她就不怕了，因為羅丹坐在辦公桌對面。她討好地叫了一聲「丹姐」，發現羅丹偏過頭，便落寞了一下，可她是知道這些分寸的。接著主審的男民警吸了一口痰，嗯了一聲，開始問話，他問得極為細緻：談好多少錢？什麼時候開始的？誰先脫褲子？你穿什麼顏色內褲？誰先動手的？戴沒戴避孕套？是女在上還是男在上？一共做了多少分鐘？你有沒有叫？

她開始不知應該怎樣答好，答一句就看一下對方，很快又通過對方鼓勵的眼神知道路數了，便像是說著別人的事情一樣說開了。有時說得自己不好意思了，就低頭繼續剝指甲。

註六：悄無聲息之意。

民警說，「狗勁說可能有十分鐘，也可能有二十分鐘，可你說他一進去就射了，你們到底誰說的準啊？」

「我說的準。」

民警因此大笑，金琴花便也含羞地笑起來。這時羅丹站起來舒展了下身體，兩隻腳先後蹬了蹬高跟鞋，像是要出門，金琴花討好地看過去，卻一下看見她倒豎柳眉。羅丹吼道：「誰讓你坐著的？跪下！」

金琴花猝不及防，迷迷糊糊站起來，又聽到斷喝：「我讓你跪下呢。」她便給嚇破了膽，哭喪著臉，圍著座椅轉圈，可是那鞋釘已像傘尖四處刺下來，「我讓你跑，我讓你跑。」那鞋猛然踩在椅子上時，金琴花轉不了圈了，一把跪下，仰頭求饒：「丹姐，對不起，丹姐。」

「誰是你的丹姐！」

羅丹一腳踩向金琴花洞開的腰腹，那鞋釘像是踩進脂肪，踩進腸子，踩進盆骨，像是踩進了很深的泥潭，許久才彈回來。金琴花望了眼蒼白肚臍上迅速擴大的一顆紅點，撲倒於地，接著她意識到髮髻被扯散了，一個人扯著她的頭髮正左右搖著。她聽到一個聲音在說：「我們婦女的臉都被你丟盡了。」

就是從那刻起，有個支撐著金琴花的東西折斷了。這種折斷帶來極度的恐懼，以致當她走出公安局所在的玄武巷時還在放聲大哭。她應該穿過建設東路往西走，走向斜對面的青龍巷，走回自己的家，可她卻渾然不知地朝東走。她就這樣在閃電中披頭散髮，手足無措，走一步停一步，像一個走失了、找不到媽媽的孩子那樣臉朝著天抽鼻子，完完全全地哭泣著。

我們從來沒見過一個人有這麼大的悲傷。

狼狗

六年前，狼狗堅硬的內心出現了第一塊黴斑。他像很多在黑社會混的人那樣裝作不在乎，但是這東西還是勢如破竹地長大了。製造這個恐懼的，既不是警察、法官，也不是黑道同仁，只是一個小屁孩。

那是個極其光明的中午，狼狗在揍他時，一次次看見拳頭的影子。「你不要打了，你快把人家打死了。」狼狗陰著眼瞅了下說話的人，站直身，對準小孩的肉軀狂踩，就好像要將他踩成一攤，踩成一張。小孩一動不動了，他停下來，轉身將那輛闖禍的自行車高高舉起來，扔向水泥牆，然後才對肘部被擦破的女人說：「沒事吧？」

他拉著女人走掉時，身後傳來山崩地裂的哭泣聲，他想要哭一個小時吧，哭完就背著歪斜的自行車回家了。可是那小孩追上來了。他攤開手攔著，鼻孔冒著血泡，「你就把我打死吧。」

「滾。」

「你今天就把我打死吧。」

「看看，找死來了，」狼狗無限可憐地看著小孩，「你還能怎樣啊？」

「你不把我打死，總有一天我會把你打死。」小孩偏過頭去。狼狗像是腳板心被羊舌舔了，歡快地笑起來，然而他很快清楚地意識到，那目光並非投降，而是盯在了女人隆起的肚子上。「你也有孩子和老婆的。」小孩走掉了。

對方若是個成年人，狼狗就不計代價將他弄死，但對方只是小孩。我總不能把小孩也弄死吧，他寬慰著自己。然而在一次噩夢醒來後，他發現自己其實是害怕對方的，是的，害怕。這個孩子長著沉重的單眼皮，浮著巨大的眼白，眼睛抬起時射出一道兇殘的光，這光芒不單針對別人，也針對他自己，顯示出魚死網破的決心。

他多麼像十幾歲時的自己啊。

那時狼狗書包裡塞著一塊塗滿血跡的青磚，孤身闖進各種陷阱，從不退縮。他既像狗一樣下作，又像狼一樣報復心強，總是這樣出示底牌：你要不弄死我，我就天天上你家尋仇，關門了就點火燒房子，打不過就找你女人父母下手。我保證報復永比你多一次。

紅鳥鎮的人不但怕自己死，也怕別人死，有時怕別人死甚過怕自己死，因此亡命之徒狼狗從十幾歲開始無往而不利，二十歲沒到就收走紅鳥鎮隱祕世界所有的地盤、權柄。人們恨不能生啖其肉（註七）。

可剋星畢竟還是來了。

那個叫歐陽小風的小孩每天用語文課本夾著一把菜刀，仇深似海地走過街道，起初他強著頭避開狼狗，後來就直視著走過去。狼狗已經聽說他在油泵廠鬧出了點事，陰毛還沒長全，就把廠裡一個球踢得不錯的漢子給打哭了。狼狗想過找機會滅他，但這個時候去滅，就表明自己太孱弱了。

就這樣，在狼狗眼皮底下，歐陽小風像雨後春筍，長成了一個人物。在自感羽翼豐滿後，先下手為強，將狼狗掌管的文化館舞廳砸了個稀巴爛。其實出事前，狼狗就已知端詳，可他賴在家裡細心做飯，還讓菜刀劃破了手指。那些被打得頭破血流的手下氣憤地趕來時，他穩重地說：「你們放心，這件事一定會得到妥善處理。」

手下鼓譟了，他吼道：「你們有完沒完，你們打得過還用得著我出面嗎？」然後他撥了關老爺的電話。關老爺是沒有年齡的人，歷朝歷代都做師爺，剩了一把威望，他同意安排狼狗和歐陽到他家吃飯。這是狼狗第一次和人講理，以後就只能和人講理了。

那夜狼狗早到了幾分鐘，謙恭地坐在沙發邊沿上，看看這裡看看那裡，聽到防盜門被敲響時，他點著了一根香菸，手指略有顫動。「狗哥來了。」歐陽小風接過關老爺的茶水，擠著笑招呼，一屁股坐在對面沙發上。他在接連完成這幾個動作時，眼睛是盯著狼狗的，就像拿著一把烏黑的槍指著狼狗。

狼狗頂上去了。他不能低頭，不能歪頭，也不能光研究那身著名的金盾中山裝，他只能像對方盯著他的瞳孔一樣，盯著對方的瞳孔，就像用一把劍迎接一把劍，用一顆子彈迎接一顆子彈。他們就這樣像是吹著小號，撐大眼睛。

沒有比這更造孽的事了。狼狗的身體發出咔咔的響動，一個聲音在循循善誘，去看看吊燈吧，去研究下茶杯吧，快垂下你的眼皮吧，就快支持不住了。可是一撤就是極大的恥辱。他知道這點，但那個叫生理的東西還是背叛他了，因為酸脹不堪，一顆碩大的淚水從眼窩裡猝不及防地滾出來。

歐陽小風浮出一個巨大的笑，蹺起二郎腿，將積滿的菸灰輕彈於菸缸。而他狼狗只能倒在沙發上，看空白一團的天花板，聞著有拖把味道的空氣，他想這就是失敗的味道啊，平平靜靜。吃飯時，歐陽熱忱通天，跟關老爺像父子一樣寒暄，又對他不停說下不為例，但這樣的語言有什麼用，事情已經做了。狼狗裝作寬宏大量地拍拍對方肩膀，教了幾句做人道理，灰暗而去。

註七：關於狼狗不按常理出牌，有兩件事可資證明：一、在以前老大橫死時，他敬了三根菸，然後像枯葉那樣笑了，招呼每個人去喝酒；二、他曾隻身收服一堆在菜市場盤踞的混子。那幫混子的頭兒說：「我殺人也不是第一天。」狼狗拿來一把牛耳尖刀，遞給對方，「接著殺。」

幾天後，手下和兄弟跑光了。狼狗像是從火災裡撿回性命的人，用坦蕩掩飾住酸楚，開始在街道做一個遺老。有一陣子他像死亡一樣消失了，許久才冒回到夜宵攤，喝啤酒，抽三五，無恥地講往昔江湖的笑話，不一會兒哈欠連連，流下可笑的鼻涕來，這時有個陌生女人將手伸入狼狗褲襠，將他的精液打在內褲裡。故交們都知道這些天他迷醉到海洛因裡去了。

對局外人來說這是不可思議的事，但是狼狗自己清楚。為什麼那些過去的老大在他面前退卻得那麼快，為什麼他們丟失了街道還對他呵呵笑，為什麼？因為他們覺得他傻，就像他現在覺得歐陽傻。黑社會這飯不能吃一生的，任何一刀多砍下一釐米，他就狗屁不值地躺到太平間了。

在往後的歲月裡，狼狗因為一次不幸的探病，徹底變成貪生怕死的人。歷史上他曾多次跑到醫院探人，所見不是頭纏白紗，就是臂縫新針，自有一股韭菜割了再長的豪邁，可這回探的，無論頭髮、皮膚還是牙腔，都呈現出一種可怕的乾淨來，那是死神來過的痕跡。

病人撫摸著癱瘓的右手，說：「就是洗個澡的事情。你也要注意，醫院裡也有很多像你這種年紀得了的。」狼狗就是在這一刻看到生命悲哀結局的，一個斯文的、生活極有規律的小學老師都得了腦中風，那麼他的弟弟，一個濫飲無度的混混，又有什麼理由逃得過呢？

狼狗陷入進疑神疑鬼的漩渦。他虔誠地去找醫生，想這些白大褂多少得告訴他一點真相，可他們總是拿捏著「不排除」、「有可能」這樣的話，近乎調戲他。狼狗拍桌子喊：「我他媽的不要什麼中藥，我要結論，我要拍片。」拍片後，醫生說，「我說了沒事吧。」狼狗一度像犯人遇赦，大喜，可是幾天後他又跑來查心臟問題，他痛苦不堪地說：「那裡頭總好像有一根牙籤，跳著跳著跳不下去了。」醫生做了無效的檢查後，煩不勝煩，找保安將這位昔日老大趕走了。

狼狗只能孤獨地回家。

那是一間三層的商品房，每層都放著積滿灰塵的家具，沒有一絲人氣。他溫柔的女人按照黑幫片的套路，三年前帶著孩子改嫁他鄉了，那時他粗暴地說「你走吧走吧」，現在卻像老去的母牛那樣思念著對方。他找到她的電話，準備嚎啕大哭，卻聽到她說：「有什麼事？」因此他只能說：「沒事。」

「到底有事嗎？」

「沒有。」

「沒有，我掛了啊。」

「等等，等等，你能不能等我一下，別掛電話，讓我去洗個澡。」

「為什麼？」

「我怕洗澡時我死了。」

「為什麼？」

「我哥洗澡時腦出血了，我怕我也會。我五分鐘後回來和你說話，就說明我平安。」

「好。」

這個澡是狼狗一個月來洗得最寬心的，小腿雖然還在抽筋，但他已能勇敢地將水柱沖向頭顱。他想自己要是倒下了，這個親人就會焦灼地撥打一一〇，將他拯救出來。

他愜意地擦拭著身體走進客廳，拿起電話，聽到了嘟、嘟、嘟的聲音。他在這永遠的孤獨中淚流滿面。那麼好，狼狗，你死前沒有人抓住你的手，撫摸你的額頭，你死後也沒有人來敲門，打電話，破門而入。那麼，也許只有等到幾個月後，等你身上爬滿蛆蟲，腦袋只剩空蕩蕩的眼窩和緊密的牙齒了，才會有人想起來收費，你的臭味才會驚動紅烏鎮。可是，現在收電費的都是你不交他就給你停電，不會來催。操你媽啊，操你媽。狼狗嚎啕大哭，將話筒一下下砸向茶几。

狼狗成為了紅烏黑社會史上第一個出來鍛鍊身體的人。在小城，當眾鍛鍊身體是件十分羞恥的事情，但他並不在乎，他目視前方，挺胸抬腿，執著而用力地奔跑在夜晚的街道。沒有任何事情能阻擋這樣一個活著的奴隸了，即使二〇〇〇年十月八日這夜狂風大作，落葉飄飛，一場大雨分明就要來了。

穿著短褲的狼狗穩定地吐納，一路矯健地跑出青龍巷，跑進建設中路。在閃電刺下時，他聽到一聲呼喚，看清了前頭駭人的一幕：一個醉漢正驚懼地跨過一個女子，那女子肥沃、巨大，像隻河馬趴在地上，雙腿抽搐著。他因此退後了兩步，可這時他再度聽清了那淒厲的呼喚，「狼狗！狼狗快來！」

這是紅烏人第一次這麼需要地呼喚狼狗。這聲呼喚讓他意識到自己還是一位老大，而作為一位老大，他怎麼能像老鼠一樣跑掉呢？因此他幾乎是難以逃脫地朝前走。

艾國柱

開始有風了，白虎巷攤上的人都走了，艾國柱也想走，卻還是縮著身子坐住了。對面的何水清在向公安局司機小劉隆重介紹手中的白菸，後者接過兩根走掉後，何水清轉過身來說：「我就是你的果啊。」

以前，何水清是眼睛長在顱頂的人，每周一戴著墨鏡，開著吉普，塵煙滾滾地去鄉下上班，在那裡泡熱水腳，一心等周末開車回紅烏鎮。如此幾年，忽然在去年留下五四槍及存摺，和當地一位女老師失蹤了。人們以為世間最慘莫過於何妻，她在意識到這罕見的背叛後帶領牌友殺到女老師家中，將後者父母雙雙罵哭，人們又說這造下了孽。

三個月後，蓬頭垢面的何水清和女老師回到紅烏鎮，人們看見他們在汽車站外分手，何水清還擦拭了她的淚痕，卻不知她去哪裡了。數日後，釣魚人在護城河綠堤發現一具女屍，氣體將紫黑色的腹部撐得像只地球儀，上衣的幾只釦子都撐飛了，蒼蠅正嗡嗡地來回飛舞。

死者家屬撿走農藥瓶，抬屍到公檢法三家示威，要求驗屍為他殺，這件事到紀委那裡被斷為「民憤極大」，何水清因此被罷免派出所長、副科級。死者家屬不服，扯橫幅繼續上訪，終是將何水清的編制也拿下了。這樣的罷免也許算不得什麼，要命的是熟人們的眼神，明面看來是關切的，裡頭卻深藏著恥笑，因此當李局長問他要不要到治安大隊幫忙時，他拒絕了，改去門戶緊閉的檔案室。

何水清說：「我是帶著奔赴聖地的熱情上路的，一直坐到火車能開到的地方才下車。在那裡，城樓像想像的那樣，放射著金針，而車輛接連奔行，發出嘩嘩的聲音，我擁抱著沫沫，慶幸我們度盡劫難，苦盡甘來。可是接下來的每件事都在告訴我：紅烏容不下我們，這座城市也不會。

「一般的電影到最後才會釋放出光明，而電影也就此戛然而止。它不往下講，是因為它覺得幸福是顯而易見的，不用贅述，可是我現在卻知道這其中的緣由，當我們翻過苦難的大山，看到的山的另一面其實還是苦難。我現在明白那麼多出去的紅烏人為什麼都灰溜溜地回來了，因為上帝從未許諾，只要你離開了，就可以得到。相反，他一早就將我們圈限在紅烏，讓我們翻身不得。你看看守所的老犯人，放出去了還是想辦法鬧點事，好再抓回來，為的就是在臭烘烘的地方活下去。

「我回來了。火車開過紅烏時（註八），我已經預知將要受到的嘲笑，就像振翅的雞飛上天，落地後難免要為別的雞啄傷，而且我也看到沫沫臉上的死氣，就像我來這裡前在求知巷看到的于老師，臉面煞白，眼神直勾，沒有光，可這些都不能超越我在城市地下通道所感受的絕望。我跪伏在那裡，看一雙雙鞋經過，它們無論怎麼餓怎麼冷，都會安然走回家，而我卻連一床溫暖的被褥都沒有。因為飢餓，我和沫沫的關係變得異常冰冷。

「在沒乞討前，我曾經在馬路邊等一個下午，為的是把路人等光，好到垃圾桶取半塊麵包。終於吃到時，我熱淚盈眶，有一片屑兒掉下去，我快捷地蹲下去拈起它，塞到嘴裡，然後就在這一瞬間，我看見面前站著一個中年人，他給了我六塊五毛錢。我幹別的什麼都賺不來六塊五毛錢，但當我將手伸進垃圾桶時，它來了。因此我一下清楚了自己在城市裡的命運。我在紅烏時懷才不遇，總想出走，就像你這樣，但我現在知道，只有這個地方適合我。」

何水清這個曾在《人民文學》發表過詩歌的城鎮作家現身說法，讓艾國柱頗難對付，而他絕不會是最後一個說客。自打幾年前流露出走的意思來，艾國柱就意識到紅烏鎮布下了一張嚴密的網。姊姊總是像打貨一樣，打回來一批又一批姑娘，不是說長得好就是說工資高，為的是趕緊找一個溫柔的籠子，將野獸困住。而那些熟人則毫不客氣地說，你放著這麼好的工作不要，不是輕視人嗎？

外邊的城市則像何水清說的那樣，曾兩次拒絕他。城市總是一個樣子，長著青硬的樓宇，行走著戴眼鏡的知識分子，像一個傲慢的姑娘，將來者審判為一個明顯的鄉下佬。在第一個城市，他因不會使用電梯而羞慚，而第二個城市的面試間則端坐著十幾個嚴肅的人，將他像一隻小老鼠篩來篩去，以致讓他的身體產生觸電般的震顫。當他鎩羽而歸時，父親控制不住笑起來，那既是恥笑，也是慶幸。這笑容很快傳染給所有家人，他們將被窩掖得深深的，厚厚的，像掖一個深淵。

現在，他還是要出去。

他本來並不這樣。在他還小時，父親用起名的方式規劃了他的一生（註九），他也一直努力走在這條從政的路上：師專畢業後考公務員，到司法局混跡，因為材料寫得好被借調至縣委辦，並正式調入縣委辦。人們看著他時就像看著一個王儲，眼神裡帶有親密，他也習慣在這樣的注視下春風得意地走。可是啟示還是在一個夏夜出現了，那夜之後，所有黏著在他身上的榮耀都碎成粉末。

那夜，他走到人工湖邊，準備收割一個叫王娟的姑娘，他喜歡她衣領下微露的乳房，以及從那白嫩處滲出的令人呼吸緊促的細密汗珠。可是等到這個只是在醫藥公司賣藥的姑娘走來時，他卻看見她臉上細微的倦怠。她像枚剪影坐於石凳，注視著空寞的對岸，隨意說著什麼，他一句也聽不進，他全身的力量都用在右手指了，它像螞蟻那樣在一尺之間緩慢移動。終於趁著一個看似無意的機會，他將手指觸碰上她的手指，然後像是沒有呼吸了地等待，要是過了幾秒鐘她的手還在，那就將它捏住，可她恰在此時將手抽走，壓到大腿下。

他說了些話來彌補尷尬，然後無話，兩人沉默地看著泛著微光的人工湖，直至水波蕩漾，地皮震動，對岸傳來越來越強烈的轟隆聲。

不一會兒，火車駛過湖對面的鐵路壩。它照映在湖裡，就像一隻緩慢游弋的紅鯉魚，看起來要游很久，可當你再次看時，它已消失在巨大的暗青色裡，就像從來沒來過一樣。她嘆息一聲「深圳啊」，走了，淚水掛在嬌小的面龐上。

註八：火車不在紅烏停靠，因此何水清坐火車只能路過紅烏，並在大站下來改乘中巴，才能回到紅烏。

註九：一九七三年艾國柱出生時起名艾學軍，三年後周恩來、朱德、毛澤東先後去世，艾父因此將之更名為艾國柱。

他開始不順心起來。他中了這個因母病從外地歸來的女孩的蠱，變得像竹林七賢一樣放蕩，在一下不能出門時，接二連三地戀愛。起初他還相信這是一件極講緣分的事，裡邊自有奇妙的哲理，比如世界有二十五億男子，也有二十五億女子，為何獨是我們聚在一起；比如我考公務員少幾分，就得去鄉下教書了，就無法在紅烏鎮和你天天碰面了。如此種種，都是偶然，都是命運。可是在一次相親途中，他突然醒悟過來，這不過是自欺欺人。當時他撞見政府辦的小李，問：「你去幹什麼？」

「去實小看一個老師。」

「是嗎？聽說她皮膚很白。」

「鬼話，臉上長了痦子的。」

他什麼好奇心都沒有了。這所謂的主宰不過是小城裡的幾個媒婆，只要出現一個從鄉下調上來的女子，她們就會組織所有合適的單身漢去參觀。當你坐上一趟飛越太平洋的飛機時，你的鄰座可能來自澳洲，也可能來自南美，你可能知道偶遇的含義，但當你坐上的只是一輛紅烏鎮的人力三輪車，那你便只能看見熟人點頭，他們「小艾」、「小艾」地叫喚著，像無恥的姨爹。

一次打牌的經歷加速了艾國柱的出走日程。那天他、副主任、主任以及調研員按東南西北四向端坐，鏖戰一夜後，副主任提出換位子，重擲骰子，四人恰好按照順時針方向往下輪了一位，艾國柱就是在這時看見極度無聊的永生：二十歲的科員變成三十來歲的副主任，三十來歲的副主任變成四十來歲的主任，四十來歲的主任變成五十來歲的調研員，頭髮越來越稀，皺紋越來越多，人越來越猥瑣，一根中華菸熄滅了，還會點起菸頭來抽。

因為虛與委蛇太久，戰罷，艾國柱在衛生間嘔吐起來。

二〇〇〇年十月八日這個夜晚，艾國柱本來想和何水清分享一個痛苦的夢，但當他看見後者張開鮮紅的牙腔，極度貪婪地吃著滷製品時，他放棄了。在夢裡，他撲騰著手腳，偶然脫離了地面，他為此興奮，一上午都在玩這個遊戲，可是等疲憊了時，卻猛然看見地底下跟著一隻眼露凶光的巨鼠。他為此逃遠了，可等到他著落於一棵樹時，又驚愕地看見牠奮蹄追來，那豎起的皮毛正散發著激情的光芒。在到達樹根後，牠弓滿身子，朝上一躍，竟差點將他撈下來。老鼠可是不會飛翔，但牠明顯已經統治大地和水域，讓他永不能著陸。在夢的最後，四肢因為撲騰過度而僵硬，他絕望地看了眼空蕩蕩的天，垂直地掉下來。

他不能給這個夢以合理的解釋，只是感覺到一陣噁心。而現在那個吃出巨大聲響的何水清也讓他感到噁心，他想說明四點：你失敗不代表我失敗；即使所有人失敗，也不代表我失敗；即使我已失敗過兩次，也不代表會失敗第三次；即使第三次失敗了，那也比現在強，我不能在臨死前追悔莫及。

可他沒說，他只是給何水清倒酒。明天一早他就坐中巴離開紅烏了，這是最重要的，那時爺爺也許要背著被褥扯住他，威脅要帶著年邁的他走，那才是最麻煩的事情。

何水清的白菸抽完了，艾國柱拿出芙蓉王，他擺了擺手，「我只抽混合型的，」這是何水清從外地帶回的唯一財產，「在那裡男女老少都抽白菸，我開始抽不慣，後來抽了，就覺得痰少，不惡。」

「何所長，我幫你去買吧。」

艾國柱知道對方是這個意思。這樣也好，菸買回來了，自己也好開口說走了，何水清叮囑了一句，「一般小賣部買不太到，你到超市看看。」

連包白菸都買不到，這鳥地方，他想。他走出白虎巷，穿過建設中路，朝東往超市走去了。風灌了幾下他的眼睛，他加緊腳步，看見一團黑影像螞蝗一樣巴在垃圾桶上，大口噴著口臭。他想，就是變成這個樣子，那個叫上海的地方他還是要去，去了就不回來了。

于學毅

于學毅一直沒有走出初戀。

在同學程藝鶴判定這是噁心的暗戀後，他瘋掉了。這個瘋是經過司法鑑定的，法庭因此沒有判刑，他在精神病院待了一年，回到紅烏鎮，每夜去求知巷花壇邊上坐著。因為這點，本來沒裝路燈的巷子顯得異常恐怖。

程藝鶴事後一定很後悔，他如果老早將李梅在廈門結婚的消息和盤托出，也就不會遇刺，可他把它當成金貴的東西，坐而抬價。他先是讓于學毅叫哥，接著又叫爹，人家都叫了，他卻冷笑，「我就想不通，你有什麼好想的？」

「我也不知道。」

「你蠢到極點了。」

「不要說了。」

于學毅憤然喊了一句。程藝鶴猝不及防，面色羞慚，過了會兒，為了掃除這讓人惱火的尷尬，他踩著凳子，敲打桌子說：「你媽逼的是你要我告訴你的。」

「那你告訴啊。」

「我告訴你于學毅，老子今天想告訴你就告訴你，不想告訴你就不告訴。」

「不告訴算了。」

程藝鶴愈發沒面子。他吐了口痰，這痰的主要部分吐到地上，星星點點濺向于學毅的手臂，于學毅擦了擦。程藝鶴索性去拍他的臉，見沒有反應，又加重拍了一下，于學毅像茫然的孩子，端坐在那裡。侮辱一直持續到程藝鶴意興闌珊才結束，程本來要走掉，卻偏偏加上一句。就是這句讓于學毅筆直地站起來，將空酒瓶敲碎於石桌，一瓶子砸向程藝鶴隆起的腹部。前後只用了不到兩秒鐘。程藝鶴眼球睜大，感覺有五隻鐵爪抓緊腸子，接著血從五個洞眼汩汩而出。這個侏儒因此痛苦地搖起頭來。

其實在此前，于學毅就有點腦子不清醒。

有段時間紅烏鎮傳出存在一隻猿猴的消息，說是身長一米七，長著松針式的黑毛，兩隻眼睛在黑夜裡有如手電炯炯有神，有板有眼。有人較真，一路問是誰散布的，問到源頭，是二中生物老師于學毅。

于給出了一段譫妄的解釋：

聖地。對猶太教徒來說是耶路撒冷，對伊斯蘭教徒來說是麥加，對他來說則是求知巷十六號的一棟綠色小樓。很多漆塊曬得發裂，掉了下來，碎成粉末，水管一下雨就滲漏，就像有人從樓頂往下尿尿，穿著花短褲的老頭捉著報紙下樓上廁所，和提著尿桶的穿著睡衣的肥腫婦女相逢，他們的身體中間鑽過掛著翠鼻涕的髒孩子，到處是惡俗帶來的喧鬧和破敗。但是在她走出來後，一切像灑上光芒，變得神聖。

她就是于學毅的神。

每回走在通往它的路上，他都自感罪孽深重。篩糠（註十），顫慄，既希望於她撫摸他的頭顱，又絕望地意識到那裡只會有一場嚴厲的審判。他的軀體刻印著她目光的鞭痕，她披頭散髮，一言不發，無情地鞭打。

他在畢業分回紅烏幾個月後再度朝綠色小樓走了。這幾個月總是有個聲音催促他，因此他終於是喝了酒，帶著要強姦人的熱情大踏步前行，可膽量還是在走近時消耗殆盡了。他感覺所有的路人都知道他的目的，他是去泡妞啊，嘿嘿，他是去泡妞。他拖著雙腿上了樓，在那裡歪過頭，聽任右手食指和中指弓起來，笨拙地啄三十四房的門。他盼望裡邊無人，可還是聽到了悶罐似的聲音：

「誰呀？」

「我。」

「你是誰啊？」

「我。」

于學毅的聲音像是怪物發出的。他想從這刻起，他任人宰割的局面就決定了。門開後，他低頭走進去，授權自己坐在沙發邊沿，一心等待那令人膽寒的驅趕，可等來的卻是一聲嘆息。這嘆息味道極臭，因此他驚愕地抬起頭來，一隻鼻孔粗黑、嘴唇鼓如白桃的猿猴正坐在對面，輕撫鬆弛的乳房，用巨瞳死死盯著他。

因為這個動物的存在，他輕鬆了許多。可是很久了，梅梅也沒走出來，倒是母猿將雙手交疊於胸前，說：「不要抱什麼希望了。」在于學毅退縮時，牠拿起小鏡子，像抿口紅一樣抿了幾下嘴唇，說：「我不能愛你。」

于學毅講得眼淚都笑出來了。幾天後，他又冷靜地造謠，說李梅在廣東做了小姐，傍晚起床後穿著睡衣，叼著牙刷，端著尿盆，到街邊廁所洗漱。她在睡衣上罩了件外衣，為的是得了髒病，背部和胳膊開滿映山紅一樣的狼瘡。有人看見了回來告訴他。

他說最後一次見到真人是在建設中路。當時陽光熱烈，妖孽無處遁形，他看見那個化成灰也認得的人迎面走來，恐懼地跑掉了——這個被日夜修改潤色的女神，卻原來只是個髖部粗大、身軀乾瘦、臉部水腫的婦女，卻原來只是這樣啊！他跑的時候，路兩邊的房屋接踵倒塌，及至停下，它們還在向前倒著，世界毀滅了。

他在講這些時，神態就像老人回憶不復再來的青春，有一些恥笑，有一些酸楚，我們以為再沒有什麼能傷害他了，可是在程藝鶴多餘了一句話後，他還是崩潰了。我們只能這樣理解，同樣的話，如果是由他于學毅自己說，可能會帶來完全不同的結果，也許他會和大家一起笑話自己。這就是自嘲和嘲笑的區別。

程藝鶴嘲弄地說：「她煩你，一直煩，煩死了。」程藝鶴說的時候就像身後站著全世界的人，全世界的人一起說：「她煩你，一直煩，煩死了。」

于學毅站起身，敲碎啤酒瓶，一瓶砸向對方隆起的腹部。血光閃過後，他又從程藝鶴痛苦的表情裡破譯出一句真心話，這就是事實，這就是，你殺我也沒用。因此他鬆開手，惶恐地哭起來。人們將他架起來抬到城關派出所，他還是躲避在哭泣當中，民警抽了他兩個嘴巴，他才止住哭。他像人群裡的鼠那樣躥起來。

他順利地進入到另一個世界。

註十：用篩子篩糠，來回搖晃。比喻身體發抖打顫。

精神病院放他出來，是因為他可憐的母親交不起錢了，這個年紀很大的寡婦將他接回來，給他做飯，穿衣，掖被子，一有閒就去打聽那個梅梅。她找啊尋啊尋到了求知巷，卻只是看見一處廢墟，野草還沒長出來，蟾蜍們正在綠色漆塊上一下一下地跳。她回來說：「兒啊，別念了，你的梅梅早就走了，走不見了，走到北極走到非洲了。」

他聽說那裡被拆了後，有了膽識，從此夜夜去坐。他揀了廢墟邊上一處花壇，右膝頂著右肘，右掌撐著下巴，像朱雀巷的趙法才那樣坐著，一坐到深夜。來來往往的人有些害怕，但在派出所將他送回家後，他又跑了回來。

民警將他架起來時，他四肢騰跳，大吵大鬧。

二〇〇〇年十月八日是他難得清醒的一天。這天早上他將稀飯舔得乾乾淨淨，然後講了一件事，母親聽完碗掉下來，人跌坐於地。他說，他從睡夢中渾然不知地醒來，透過開著的臥室的門，望見一件白色長袍的下襬在夜風裡輕微擺動，是一個男人坐在那裡，他雙手抱膝，慈悲地注視著他，像是在等待什麼。

「他是在等我死亡，」于學毅扶起母親，「我以為我早上就死在床上了，可現在還活著。」

這天夜裡，端坐在花壇的他看見天空不停鋪蓋黑雲，預想到有一場大雨，站起身走了，走前還敬了個軍禮。他原以為沿路一個人也碰不到，卻在轉到建設中路後看見意外的喧鬧，一群人正在鼓譟著追一個人。

那個人跌跌撞撞跑到他面前時，恰好閃電刺下，因此兩人都向後迴避了一下。于學毅呼吸緊促，想到一個問題：這個人會不會殺了自己？這是不是最後的時光？有時當中巴車開過一側懸崖，他也會這麼想，他想死之前就是這樣，樹枝還在搖曳，說話聲還在，一切看起來不真實。

他張望了一眼夜色中的街道，說：「你殺了我吧。」

于學毅原本的計畫是走進墨黑一團的人工湖，六年來，它已吞沒了三十條人命。六年前，當他意氣風發地走向文化館舞廳時，人工湖還只是一片垃圾場，一輛黃色的挖土車高高舉起手臂，開始了它的第一次挖掘。六年前，他走進了舞廳，正在舉辦的高中同學聚會接近尾聲，他坐下來，矜持地嗑瓜子。

舞廳裡只剩一道藍光在旋轉。它總會停在一張蒼白的女性的臉上。這是一張三年沒有說三句話的臉，正在複讀，沒什麼。可就在燈光熄滅前，這張臉顯現出了河流般的哀傷。

他奉上帝之召，穿過作鳥獸散的人群，對她說，「我送你回家吧。」

她輕輕搖頭，和女友走了，他不知道這是一條拒絕之河的源頭，他想時間開始了。

小瞿

傻子小瞿的輝煌始於一年前的暑日。

那天馬路上跑來一個悲傷的父親，脖子上圍著理髮用的白袍，臉扭成一團，跑了十幾步便被自己絆倒了，像麻袋那樣重重撲到地面。所有的人站在那裡，揪心地看著，只有小瞿選擇縱身跳進泛著白光的湖面。

在那聲音和光線都很含糊的世界，他像巨大的泥鰍搖頭擺尾。搜尋良久，才將一名失水兒童拖出水面。準備上岸時，人們焦急地喊「還有一個，還有一個」，因此他又游進去了。

他一共拖上來三個小孩。他躺在地上說「別擋著」，人們便閃開了；他又說「菸」，於是便有了菸，他抽上幾口，咳起來，咳出眼淚了，電視台的話筒正好伸過來，女記者問：「你當時是怎麼想的？」

「我就是想，我能救起好多人，好多好多。」他聲音越來越小，昏迷過去。

這是紅烏縣電視台第一次拍到這麼鮮活的鏡頭（註十一），片子一路送到中央電視台，在黃金時間播放，這個食品公司員工的生活因此發生巨大的改變。他在家裡掛上錦旗和鏡框（鏡框裡嵌著感謝信、剪報、合影以及記者的名片），每天像領導那樣端著茶杯，等桑塔納來接，這樣的報告會座談會有時去一天，有時去幾天，每次回來，他都打呼哨（註十二），讓明理巷的孩子跑來瓜分兩褲兜的西瓜子和蜜桔。

蘭慧是這件事的最大後果，她和父母斷絕關係，嫁了過來。人們看到這樣的好女子配給這樣的二百五，心想，她一定很窮，或者有隱疾。可是真要說她有什麼缺陷，也就是頭上有幾根白髮。人們攛掇小瞿，去呀，去問你老婆為什麼喜歡你。小瞿特意跑到幼稚園問：「蘭慧，說，你是不是貪圖我什麼？」

蘭慧輕輕搖頭。

「那你愛不愛我？」

「當然愛。」

「我怕你不愛我了。」

「不會的。」

蘭慧拉著小瞿走回去，小瞿不時對路人說，嘿嘿，她是愛我的。人們難受死了。

過了些時日，小瞿煩躁起來。因為那些接送的小車再沒駛來。他弄亂打好慕絲的髮型，眼窩積滿委屈的淚水，蘭慧可憐不過，拉他的手，他像是找到出氣的支點，粗暴地甩開它。他說：「你看，你來了，它們就不來了。」

他故意不吃蘭慧做的飯，背上沒有子彈的汽槍走到街頭，對著路燈念念有詞地打。有時點射，有時掃射，有時臥射，有時偷射，有時裝成自己被擊中了哇呀呀叫著，就這樣射了幾天，被聯防隊找到了。聯防隊繳不下槍，就連槍帶人一起拖到派出所了。

這件事的解決還是靠蘭慧。她去超市買了有各種叫聲的玩具槍，對著小瞿放，不能奏效，便抱著鏡框去派出所，在那裡死皮賴臉說了兩小時，交了四百元保證金，寫了一份保證書，才算把槍領回來了。可小瞿說這不是那把槍，哭鬧了一夜。

蘭慧應該偷偷流淚，然後挑一天出走，永不歸來。可是我們看到的卻總是她帶著小瞿去買菜，試衣服，溫存得就像是小瞿的母親。也許愛情這東西就是這樣，它存在於愛的人那裡，僅僅存在於愛的人那裡，無法為外人道。

這樣相對平安的生活終於有了遭遇危險的一天。那天，巷口走進一個吹著口琴、背著書包的身影，人們警覺地扔掉蒜，搬凳回屋了，交代孩子不要隨便出門。若干年前，當這個叫雷孟德的人還是一個少年時，就像牧羊人一樣將女孩引誘到罪惡的稻田，幾乎將她撕裂了。憤怒的人們將他送到公安局，他晃著手銬，吊兒郎當地說：「你們等著啊。」

那天，小瞿坐在門口，苦等心硬如鐵的小轎車。那個身影停在他面前時，他擦眼睛研究了半

註十一：電視台隱瞞了一個事實，三個孩子全部死了。

註十二：將拇指和食指伸進口中，吹出響聲。

天，不明所以。直到對方摘下墨鏡，露出狗一樣水汪汪的眼睛，他才反應過來，衝上去摟住對方，發出幼獸的嚎叫聲。

「走開，不要這麼肉麻。」雷孟德說，可小瞿還是親熱地說：「哥，你那一頭長髮呢？」

「坐牢坐沒了。」

「你變化真大。」

「嗯，老子吃苦了。」

「你晚上就在這住吧。」

「當然，我這次就是準備來住幾天的。」

這時，蘭慧正好出來，她望見雷孟德脖子上的裸女紋身，不安起來：「他是誰？」

「我倒想知道你是誰。」

「我老婆，蘭慧，」小瞿說，「這是我哥，雷孟德，我們小時一起玩到大的。」

「弟妹好。」雷孟德吸了一口口水。蘭慧沒有答應。小瞿說：「蘭慧，倒茶。」蘭慧還是沒有答應，她走掉時聽到身後在說「你小子有福氣啊」，本能地知道那曖昧的眼光正在端詳自己褲子下的雙腿，尋思它們如何跨上自行車，她覺得再沒有比這更羞恥的事。

傍晚下班時，她想他已經走了，卻看到小瞿在給他鋪被單。她拉起被單，說：「這個不能鋪，這個是我們結婚用的。」小瞿跑到臥室掀來另一套被單，氣惱地說，「這個總可以吧。」

「沒事，我走。」雷孟德說。他的眼睛是死死盯住她的，就像有一隻肉蟲在拚命往她臉裡鑽。她噁心地跑進臥室裡。小瞿極度下賤地懇求對方不要走，而雷孟德像是勉強同意了，她咕噥一句死男人，眼淚像連線珠兒拋下來。

小瞿對雷孟德的忠誠，根植於童年時長久的依附。在那遙遠的歲月，當小瞿翻著白眼扎進人堆時，人們歧視性地跑開，只有雷孟德帶他一起玩。也許雷孟德的本意是要他去做很多傻事，可他的感覺是光榮的。這個夜晚，小瞿和雷孟德擠在一張沙發上，問了不下一百個問題，而雷孟德只問了一個，「你為什麼下水去救那些孩子？」

「我就是想，我能救起好多人，好多好多。」

「你真替我雷孟德逞能啊。」

小瞿嘿嘿笑起來，卻不知道這個大哥腦子裡飄的都是自己媳婦的身影。這前凸後翹又正氣凜然的身影真是惹人啊。

過了幾天，蘭慧對小瞿說：「我不喜歡這個人，一點也不喜歡。」

「為什麼？」

「他總是有意無意蹭我，蹭這裡。」蘭慧指著胸脯。

「有這回事？」

「你趕緊叫他走，他一天待在這裡，我一天不安心。」

「我想想。」

「我求求你了。」蘭慧啼哭起來。小瞿是怕哭的人，三兩下便躁了，喊了一句「我去找他」，拿著汽槍走了。在巷口，他用槍指著雷孟德說：「站起來。」

雷孟德乖乖站起來。

「靠在樹上。」

雷孟德乖乖靠在樹上。

「你跟我說，有沒有玷污我的女人？」

雷孟德強笑著說：「沒有子彈吧。」接著便聽到拉動槍栓的聲音，小瞿將槍口對準了自己的瞳孔，「我在問你呢，你有沒有玷污我的女人？」

「沒有。」

「沒有，我女人怎麼說你侮辱了她？」

「你先放下槍，你放下我好給你解釋。」

「我不放下，我放下就打不過你。」

「我不打你，我打你是你的兒子。」

雷孟德輕輕撥槍口，撥開後，汗如雨下。隨後他拉小瞿蹲下，說：「《水滸傳》看過嗎？」

「看過。」

「看過你就知道楊雄和石秀的事了。你是楊雄，我是石秀，是好兄弟，我們是不是好兄弟？」

「是。」

「可是楊雄的老婆潘巧雲跟楊雄告狀，說石秀玷污她了。你說楊雄相信他老婆，還是相信兄弟？」

「相信兄弟。」

「你說要是劉備那兩位夫人，一位姓糜，一位姓甘，都跑回去說關羽羞辱了她，你說劉備相信夫人，還是相信兄弟？」

「相信兄弟。」

「有你這句話就夠了，我沒白交你這個兄弟。」

「對不起。」

「我不怪你，你想就是楊雄一世英雄，也會誤會石秀，何況是你。後來要不是潘巧雲與那和尚的姦情敗露了，怕是兩個連兄弟也做不成了。我跟你講這些就是為著告訴你兩句話，一句是畫虎畫皮難畫骨，知人知面難知心。一句是最毒莫過婦人心。」

「那你們之間到底是怎麼回事？」

「怎麼回事？你女人勾引我啊，我斷然拒絕，她像潘金蓮那樣討了個沒趣，羞死個人，就惡人先告狀，跑到你這武大面前告我這個武二。」

「那你怎麼不跟我說？」

「我能說嗎？我說了不是破壞你們家庭團結嗎？你今天不用槍指著我，我還會不說。」

事情的結尾是雷孟德將手搭在小瞿肩膀上，小瞿哈哈大笑，說沒有子彈的，被雷孟德刮了一嘴巴子。回到家後，小瞿按雷孟德所授，陰森森說了一句「娘們啊」，沒再理她，而她早知大勢已去，關上臥室的門，將男人擋在外邊。

她為什麼不離開呢？須知女人要比男人多上一層使命，因為這個使命，她比男人更重視家園。她應是拿定了主意，要待來日以家長身分將這個客人轟走。可是雷孟德先下手為強，趁她出來小解，從黑暗中抱住她，捂緊嘴，一隻手強行插進睡褲的鬆緊帶。她氣惱地背著他，將他背到廳堂。

小瞿暈暈乎乎拉亮燈，看見蘭慧說：「讓他自己跟你說，他做了什麼？」

「做了什麼？」

雷孟德盯著小瞿，緩緩說：「你的女人再一次地勾引我了。」小瞿去看女人，發現她正低頭晃著腦袋，想必眼窩裡有太多屈辱的淚水吧，因此他有些難以把握起來。雷孟德又說：「如果是我調戲你，那好，現在請你打電話報警。證據呢？我說證據呢。」

蘭慧走過來，一膝蓋頂在他下身。猝不及防的雷孟德弓下身子，痛苦地扶住沙發靠背，唉喲唉喲叫喚起來。蘭慧走到臥室去了。兩個男人以為遊戲到此結束了，卻又見她拎著大開水瓶走出來，砸在他的肩膀上。

這次雷孟德什麼也沒叫喚。他站直身體，睜著眼睛把滾燙的開水忍受完了，方扯住她的頭髮，往牆上撞。牆上出現血時，蘭慧絕望地看了眼小瞿，就像落葉一樣往深淵絕望地飄。而小瞿則還在用食指點臉頰，努力思考著那個問題。

雷孟德伸出的腳就要踩踏她的肚腹了！

這時還是她用雙手抓緊它，迅捷咬下拖鞋吐到一邊，吃起他的大腳趾起來。勝負就要決定了，因為她都快把它啃下來了，他發出了殺豬似的尖叫。但是這時屋內傳來一聲含糊的聲響，在他們弄明白這是怎麼回事後，戰爭逆轉了，她鬆開嘴，而他捂著腳趾跳上沙發。

是小瞿一腳踩在了蘭慧的腰上。

小瞿說：「滾。」

女人好像沒聽明白，因此他加大音量又喊了一遍：「滾，淫婦。」她爬起來，走進臥室，在那裡待了很久，才像正常人一樣哭起來。小瞿兇狠地擂門，說：「別哭，哭你媽逼。」裡邊便沉默了。

蘭慧拉開門時，頭髮已梳理好，只是髮絲還沾染著明顯的塵灰。她既不悲傷，也不委屈，表現得像一個被皇帝放棄的忠臣，在快走掉時還給小瞿整了整衣領，說：「你自己照顧好自己吧。」然後推起自行車，永遠地走了。

雷孟德嘖嘖地嘆息起來，那張扭曲的臉上充滿遺憾。

「好了，現在只剩我們兩個了，我們打撲克吧。」小瞿說。雷孟德沒有搭理，他找到白酒，將它對著傷口齜牙咧嘴地澆，爾後又撕來一道布條，將它包紮起來。小瞿一直饒有興趣地看。雷孟德穿上了皮鞋，說：「我去買包菸。」

小瞿等了一個小時，沒等到雷孟德，因此他走出明理巷，走上建設中路去找。風已經颳大了，雷電兇狠地刺下來，一場大雨就要來了，我的石秀兄弟啊迷路了，找不到回家的路了。

李繼錫

二〇〇〇年十月七日，在千哩外的魚鎮，玻璃廠勞資雙方對峙了一下午。最終，孔武有力的安徽佬被邀入辦公室談判，談判結束，他撥開眾工友，揚長而去。老闆取得勝利。四十多位被領袖背叛了的工人，領走一千元，散了，只剩李繼錫跪擋在門口。老闆指揮會計、出納、打手從他身上跨過去，見多識廣地走了，他們邊走邊開心地聊，忽聽身後一聲巨響。

李繼錫躺在地上一動不動，辦公室的門已被撞開。

老闆跑來探李繼錫鼻息，臉色煞白。等到李繼錫哼了一聲，他忙說，「我給你兩千元。」李繼錫沒動靜，他接著說：「你要多少？」李繼錫伸出三根手指。眼見著那手指像死鳥撲落於地，老闆說：「你別死，我給我給，不就是三千元嗎？」

李繼錫被扶起時說「謝謝」，又背過氣去。不過他終於還是像睡醒了一般還過陽來，並在數錢時用指頭矯健地點了點口水。老闆說：「三千元在你們老家都能買一個媳婦了。」

二〇〇〇年，三千元能買的東西琳琅滿目，可以是一台二十九吋超平彩電，一張駕照，也可以是一個商品糧指標，而李繼錫要買的是一部歷史。這部歷史維繫於神醫何恢東的一針，六個月前，李繼錫穿越裊裊生煙的香爐，走進神蹟頻現的何氏中醫診所，何醫生叫他褪下褲子，彈了彈那弱小的玩意，報價三千元，因此才有窮漢李繼錫萬里打工這檔子事。

這一針非打不可。

要不是集市上偶然死了一隻猴子，李繼錫可能要永遠地糊塗下去。當時耍猴人假戲真做，一鞭子抽死了牠，連襟對著李繼錫說：「死的是什麼？」

「一隻猴子。」

「不，是歷史。」

「連襟，你說玄乎了。」

「不玄乎，猴子活下來，生元謀人，元謀人生北京人，北京人生山頂洞人，於是就有了人。人最初是三皇五帝，顓頊帝高陽氏有後裔皋陶，皋陶有子伯益，伯益有後裔理徵，理徵得罪紂王被處死，子利貞倉皇逃難，為活命，改姓為李。這就是我們李家的來歷。你說利貞沒逃得及，被斬了，今天還有你我嗎？」

「沒有。」

「這李利貞便是我們的始祖，傳至我們不知經歷了多少朝代。今天我們長成這樣子，鼻子這樣，嘴巴這樣，眼睛這樣，都是歷代祖先艱難進化的結果。我開始以為我的出世是極為輕便的事情，後來卻覺得不然，歷史上天花、瘟疫、饑荒、戰亂那麼多，只要一個祖先扛不過，這條通往我的鏈條便斷了，你想想，是不是這樣？而他們活著一日，便會以子嗣為大任，斷不會為了私羞避世，該燒香燒香，該進補進補，可謂是戰戰兢兢，如履薄冰。他們這樣努力幾千年使歷史不斷，怎麼甘心在你這裡斷子絕孫呢？」

二〇〇〇年十月八日，李繼錫把工友不要的物什賣掉，湊上零錢，買到硬座票。他準備像護送國寶一樣，將這三千元護送回老家的何氏診所。為此，他將錢作了記號，塞到信封，又包到塑膠袋裡，捲三卷，縫死在腰包裡。他勒住腰帶，繫了個死結，儘管這讓呼吸不暢。

在寄放被褥時，老鄉建議將錢匯回去，但這意味著要支出三十元手續費，更重要的是，沒人能保證錢在郵局流通時不出一點問題，要是家人不在，單子被鄰居領走怎麼辦？

中午，他到達魚鎮火車站候車室，觀望了一圈，選定空蕩位置坐下，不久有尿意了。待從廁所回來，對面多了對男女，女的頭髮染黃，眉毛紋綠，嘴唇塗紅，五顏六色，男的頭頂是肉，臉上是肉，脖子是肉，胳膊也是肉，胳膊肉上繡著一條青龍。天氣還好，不會冷，因此男子不解地看了眼緊扣厚西服的李繼錫。

李繼錫想走，可是不能走。要是對方看出點什麼，準會跟上。他坐下，故意蹺起二郎腿，一閃一閃，那男女卻是只顧像雞啄米一樣啄著彼此的嘴唇。李繼錫想起帶現金投宿旅社的舊事，在看見二人間裡已住進一位生人後，他找老闆退房，老闆只說了一句，你擔心人家，其實人家更擔心你呢。清晨李繼錫醒來，果然看見生人抱著巨大的行李箱在睡。

檢票口拉開時，旅客像魚兒呼喇喇湧去，包括那對男女。李繼錫等什麼人也沒有了，才走過去。過道、台階和月台空蕩蕩，以致能聽到鐘聲尾音的消失，北京時間下午一點整，這意味著還有二十四小時就可以回到貴州了。

這時，在我們紅烏鎮——

超市老闆趙法才在下棋，忽然一陣心痛，原來是巷道傳來轟鳴聲，他說有一道絳紫色的旋風，但棋友說分明什麼都沒有；金琴花在做白日夢，這個夢將在傍晚時說給狗勁聽，她說她看見了自己潮濕的豁口，男人正歡喜地進犯這個豁口；狼狗在調配午餐，鹽放多了，不利於心腦血管，因此摻了很多水，雖然摻水後沒有香味了；艾國柱在紅烏唯一的火車售票點文亭賓館買票，忍不住將自己要去上海一家文案策劃公司上班的消息告訴了售票姑娘，姑娘問多少工資，他說還不清楚；于學毅在擇菜，擇得很好，很小時他就知道怎樣聽大人的話，母親說：「你可以看些書。」于學毅說：「嗯。」小瞿在擦拭汽槍，他像小狗一樣蹭著雷孟德，「哥，你說要是我們生活在梁山該有多好啊，大塊吃肉，大碗喝酒，大秤分金。你說是不是，哥。」

李繼錫走進車廂。

其實人家更擔心你呢。他這樣想，穿過打撲克、往座位底下塞行李以及端著滾燙速食麵的人，找到座位，為它沒有被占而欣喜。甚至這裡還有點空。他脫下鞋，將雙腿擱在對面，假寐起來。不久，有兩人走來，他倉皇收起腳。竟然是那對男女。

那男的說，「你好。」

李繼錫點頭，全身力氣用在克制臉紅上了，可是越控制越有，因此他閉上眼，裝作要延續被中斷的睡夢。不久一聲咔嚓驚醒了他，是男子開了罐飲料。男子說：「你喝嗎？」男子的頭是斜仰著的，眼睛只留一條縫，俯視著李繼錫微隆的腹部。他們剛才一定是在猜我的錢藏到哪裡，他們猜了西服口袋、襯衣口袋、皮鞋、內褲和腋下，將結論敲定在腹部，這罐飲料就是偵察結束後扔下的誘餌。

「不渴不渴。」李繼錫說。對方咕嚕咕嚕自己喝了下去。他們已經知道用沒毒的飲料來瓦解我的警惕了，防不勝防。李繼錫將手疊於腹前，看著窗外，餘光則監視著對面。

那男子揉搓了一些麵包渣到上衣口袋，就好像裡邊藏著什麼小動物，不一會兒那裡果然伸出一條綠尾巴來，李繼錫確信沒見過這樣的東西，說是小蛇、小鳥都不像。等到男子夾出來，他才明白是蜥蜴。翠綠色的牠不停擺動，試圖咬住男子的手，被男子粗暴地甩在茶几上。男子鬆手時，蜥蜴張望了一下，頂著殘暴的眼球朝李繼錫衝過來。

「幹什麼！幹什麼！你幹什麼！」

李繼錫跳到座位上了，那對男女則憤怒地過來收拾。這是慣用的招法！他們會在找到機會接觸對方身體時，神不知鬼不覺將財物抹走。李繼錫摟住腰包，大汗淋漓地看著他們。

男子趴在地上捉到蜥蜴，將牠丟進口袋。這時李繼錫已濕透了背，卻是讓自己吃驚地搭訕起來，他關心起那隻蜥蜴，就像關心對方的孩子。男子只應了一句「哦」。

李繼錫說：「我要回家做手術了，肚子長了一個瘤。」

他們沒有接茬，這樣倒也自在。

晚上七點，男子泡速食麵，女子拋下遊戲機，說：「怎麼不給我泡？」

「你不是有盒飯嗎？」

「盒飯冷了，我要吃熱的。」

「你自己去泡。」男子取出速食麵，女子推回來，「不行，你去給我泡。」

「你有完沒完。」男子吼起來。由此兩人互稱賤貨，扭來扭去，有時是女子半個身子靠到窗戶，有時是男子腿騎於茶几，李繼錫退無可退，想喊喉嚨卻像卡住了。

完了，完了，公然搶劫了。

乘務員走過來，將手搭在男子肩膀上，戰爭便停息了，乘務員走掉時，李繼錫趺趺撞撞跟上去。在乘務室，李繼錫解開衣服，露出汗濕的腰帶，急速抓過桌上的剪刀。

「你幹什麼？」乘務員厲聲問。

「我要把錢取出來，我的錢繫死在這裡了。」

「取錢幹什麼？」

「求你幫我保管，他們要謀我。」

「誰謀你？」

「就是剛才打架的那對狗男女。」

「你有證據嗎？」

「他們總是故意過來挨我。」

「那你損失什麼沒有？」

「還沒有。」

「沒有就不能說明。你等發生了什麼再來報告，或者直接找乘警。」

「大哥，他們真的是賊，我一百個看出他們是賊。」

「你想多了，像你這樣的乘客我見得太多，你喝口水。」

「大哥，不是這回事，是真的。」

李繼錫跪下，將剪脫的腰包呈上，那乘務員遲疑了下，說，「好吧，好吧，下車前找我，我還給你。」然後拉開抽屜，將它拋進去，又推上抽屜，鎖好了。

這比銀行還保險啊。李繼錫走出時，全身散發出無所事事的輕鬆，開始張牙舞爪地撓背上的癢。如今你們怎麼偷啊，呵呵，我沒有了。可是一俟回到座位，他便醒悟到那賊原是和狼一樣，在食物飛走後氣急敗壞，攞明瞭要報復。

你竟敢去報官！男子瞟著李繼錫，抽出水果刀，惡狠狠地削起蘋果來。等下，這刀就會在一個悄然的時刻抹上我的喉結，我就會死在這沒有親戚、兄弟、老鄉的火車上。

火車過隧道時，男子起身，李繼錫也條件反射地起身，欲朝乘務室逃，意識到去路被阻塞後，又返身朝廁所走。廁所門關著，因此李繼錫猛擂。那裡邊人還沒走出，他便已擠進去。他哆哆嗦嗦插上插銷，插好，又用力拉拉，方鬆了一口氣。不一會兒，窗外有了光明，他悲哀地意識到，這是逃成甕中之鱉了。此時門外響起雜亂的叫罵聲，那不單是紋身男子一人要吃他，他所有的同夥，整整一列火車的人都過來了，要吃他，開門！開門！開門！開門！

這個旅途精神病患者推開車窗，鑽出去，像麻袋一樣掉下去。火車正開過紅烏鎮鐵路壩，那裡擺放著一床按摩城的席夢思（天知道它是被棄了，還是要放在這裡曬細菌），李繼錫撲到上邊，跟隨著它衝到被水浸得鬆軟的田裡，滾了幾圈。

李繼錫嘔了一小口血，不知自己死活，只是有點遺憾。待摸到口袋的斷菸，強大的痛苦才湧上來，他像被澆了無數桶水一般清醒：三千元丟了，白幹了。

他下雨一樣下著眼淚，走進我們紅烏鎮。

這時天空灰濛濛，時間是傍晚七點三十分。朱雀巷小賣部的店主將帳本遞過來，說：「你一個大超市老闆，還來照顧我的生意，呵呵。」趙法才簽過字，接過五十六度封缸酒，飲了一口朝前走，前頭有塊簷雨蝕刻的巨石，既是他的龍椅，也是他的電椅；金琴花被推進玄武巷的公安局指揮室，身後有人說：「站好」，她說：「我犯法了嗎？」沒人搭理，她研究起牆上的規章制度來；家住青龍巷的狼狗從飯後的打盹中醒來，自感血液黏稠，連飲了兩杯水，但血管還是像交響樂一樣騰跳，他禁不住淚眼婆娑；艾國柱聽到電話鈴聲，父親說「你的」，他走去接，對方自稱姓何，也寫點文學詩歌，不如到白虎巷夜宵攤切磋一二；于學毅在洗碗，放水時，他提起《物種起源》看，等水沖滿盆子，他小心摺疊好書頁，他和母親商量好了，每天看二十頁書，不去求知巷了；小瞿在明理巷家中和自己打一種叫王三八二一的撲克，雷孟德說睡覺吧，無聊。雷孟德實在忍受不了下身的燥熱。

我們紅烏鎮長寬各二點五公里，就像規整的小盒子。生活其中的人早就知道哪裡的下水道沒安井蓋，哪裡的羊肉串是死貓肉充的，哪裡的庫房能鏟到做灶用的黃沙，哪裡的陰道像公共汽車一樣積滿泥垢，我們閉眼就能走到任何地方，可是當它們出現在李繼錫面前時，陌生得像一把把刀子。

我們愛惡作劇的天性也加重了這個外地人的屈辱。李繼錫如果從農貿街往南一直走，穿過朱雀巷、建設中路，花十五分鐘就能走到公安局所在的玄武巷了，可是不時出現的我們像是早有預謀，共同給李繼錫指了一條相互纏繞、錯綜複雜的路，李繼錫在瓦礫堆、雞棚、死胡同和工廠食堂折來折去，摸到一間漆黑的大房子。敲了很久，才知是下班的汽車站。

一個多小時後，李繼錫找到寺院般陰森的公安局，鐵門關著，留了一扇小門，指揮室的光芒照射在那裡。金琴花曾經站在指揮室，但現在已被帶到巡警大隊辦公室。我想說，我們的注意力都被這個有點傻的女的吸引走了。

指揮室裡只留我值班，我的心思在十幾哩外的鄉下。一群孩子通過電話和我玩了一個遊戲，在有一天明白一一〇可以免費撥打後，他們就迷戀上這場遊戲。他們踮著腳尖，取下公用電話亭的話筒，撥一一〇，等我禮貌地說「這裡是紅烏縣公安局」時，他們一哄而散。過了會兒，他們又撥過來。從前我們常開車去把他們逮回來，他們見到滿屋子都是警察便哭了，不停喊媽媽，可這並不能讓他們死心。

這天，這幫孩子來得比往常還要搗蛋，他們同時在幾個不同的電話亭撥打，我剛一接，他們就噗哧著笑開，說：「接了呢，接了呢。」

「接你媽逼。」我說。

我是在這時看見李繼錫的。他像是魂魄從無盡的黑暗裡浮出來，眼珠一動不動。我說：「你有什麼事情？」他眼睛一閉，滾下一顆淚來，接著是一股積壓良久的臭味從牙腔飄出，我偏過頭看報紙，聽到他說，「首長，我的錢不見了。」

「在哪裡不見了？」

「火車上。」

「那你找鐵路派出所。」

「鐵路派出所在哪裡？」

我沒有接話。他等了一陣子，意識到是我不願理他，悉悉索索走到門外。局裡司機小劉恰好夾著兩根菸走過來，問道：「你有什麼事情？」

「我的錢在火車上不見了。」

「那你去找鐵路派出所啊。」

「我不知道怎麼找。」

「你走到火車站就找到了。」

小劉對我使了個媚眼，說：「晚上真要去啊？」我接過拋來的菸，沒搭理。後來，按照李繼錫的說法，他沿著記憶的路線摸回鐵軌，果然看見火車站。他趟過蒿草，摸到鐵門的鎖，又沿排水溝往四周摸，透過破碎的窗戶摸到室內也長著蒿草。

紅烏鎮從來就沒有鐵路派出所。我們以為他會知難而退，他卻折回來，跪下說：「首長，求求你們了。」

「我說了，你去找鐵路派出所啊。」

「沒有鐵路派出所。」

小劉接上話來，「這件事是有管轄權的你知道不知道？」

「不知道。」

「在火車上出了事就歸鐵路管，在陸地上出了事就歸我們管，你懂嗎？」

「不懂。」

「你知道租界嗎？舊上海的法租界、英租界，那都是歸法國英國自己管的，火車也是這樣，火車也是租界，不是說火車路過了我們這地方，就歸我們管，火車是歸鐵路管的。」

「不懂。」

「飛機你知道嗎？中國的飛機開到美國上空，那麼飛機裡的空間還是中國領土，出了事情還是歸中國管的。火車也是這樣的，你現在懂了嗎？」

「不懂。」

「別跟他瞎扯了，」我說，「老鄉，你今晚先找地方睡吧，明天坐車去城市找鐵路公安，向他們報案。」

「就不能向你們報警嗎？」

「不能。我們接警是違反規定，我們按法律辦事，法律規定怎麼辦我們就怎麼辦。」

李繼錫像是霜打的茄子緩慢走了。我和小劉聊起天來，十點一到我就可以去十幾哩外的鄉下了，在那裡愛愛應該和校長睡到一張床了。我需要一個撇脫（註十三）的結論。

小劉說：「等下要不要我送？」

我說：「我又不是不能開。」

窗外移過一個肥胖的身影，是金琴花。她哭得那麼投入，以致幾次都沒找到小門，她用腳踢起鐵門來，我走去說：「門在這裡。」她才像盲人那樣頂著滿臉的雨幕移了出去。

十點很快到了，接班的沒來，倒是電話響了，小劉要接，我說：「掛掉，又是那班小孩。」

小劉照辦。

我又說：「把話筒取下來，讓它晾著。」

小劉把它取下來，晾著。

風逐漸大起來，幾次將門吹開，最後一次吹開時，我走過去重重一扣，卻是又被人猛然推開了，我正欲說「你怎麼才來接班啊」，卻發現那裡站著的是個姑娘。她上氣不接下氣地地說，「一一〇，我姊夫被人殺了。」

「被誰殺了？」

「一個外地佬。」

小劉跑進大院，大喊大叫，那個超市收銀員開始抱怨，「你們幹什麼，電話百打不通。」我把話筒掛好，果然聽到急促的聲音，接過一聽，有人在說：「這裡殺了一個人。」剛掛，電話又響

註十三：灑脫、乾淨俐落之意。

了，「公安局嗎？這裡殺人了，殺人了。」我以為只殺了一個人，不過是多人重複報案，接著我突然意識到什麼，瘋掉一樣跑出來，喊：「殺了好多！在連續殺！還在殺！」

李繼錫一共殺了六個。

李繼錫從公安局走出，走過玄武巷，走上建設中路時，陷入到巨大痛苦中。這種痛苦和肉身的腫痛、驟冷的天氣甚至精神上屢次遭受的羞辱無關，它只是誕生於無所事事。後來當我被貶為檔案室何水清的手下，後者分析說，事物無時無刻不在運動，這是事物與自身及外界和諧的基礎，那時李繼錫應該運動，卻不知應該怎麼運動——他往東不是，往西也不是，站不是，走也不是，怎麼運動都沒有理由和終點，因此是被放逐在黑夜的荒鎮。

最終他聽命於飢腸轆轆，走進好再來超市。那裡像乞丐的夢，擺放著琳琅滿目的食物，它們被封在包裝袋裡。按照文明世界的法則，李繼錫將永遠得不到它們，只能是看看，然後帶著更深刻的飢餓走掉。

水果堆上的一把刀提醒了他。

他捉著它看，恍然大悟，遂將它夾於腋下，來到蛋糕架，一頓吃。

「不能吃。」收銀員喊道。李繼錫卻是抓緊吃了一塊又一塊，爾後急速走出超市，收銀員伸手擋時，他晃了一下刀。「啊也。」她倒退一步，眼睜睜看他走了。不一會兒她跑到門口，恰好看見趙法才提著酒瓶走來，便喊：「姊夫，他沒付錢。」

李繼錫想跑過去，被揪住衣領。趙法才感覺像是捉住了兔子的脖子，幾乎可以將他拎起來扔到街道。這是個懦弱的外地佬。正因為如此，趙法才傲慢地說：「你聽見了沒有，人家讓你付錢呢。」

李繼錫扭了幾下，沒有掙脫。

「你把錢付了再走。」

趙法才說話時感覺腰裡滑入了一個冰涼的東西。這種感覺對遇刺者和行刺人來說都是奇異的，就好像不是刺，而是肉像泥潭一樣將刀子吸進去，又慢慢吐出來。

李繼錫又刺了一下，感覺還是這樣。

溫熱的血溢到了虎口，李繼錫才抽出刀。他看到血像墨汁大塊從刀刃掉下，適才還兇神惡煞的人正齜牙咧嘴地往地上坐。李繼錫為它有這麼大能量而不可思議，因此像孩童一樣沉浸在喜悅中，健步朝前走。金琴花挺著肚腹走來時，他幾乎是不受控制地將刀刺進去。金琴花仍然沉浸在哭泣當中，就像不小心撞了樹，試圖繞過去，當她意識到糾纏她的是個男人時，氣惱地說：「走開，走開。」

李繼錫接連刺了五刀。金琴花沒有痛感，只是覺得本來冰冷的身體忽然冒出臭烘烘的熱氣來，因此朝下看，便看見暗綠色的腸子像巨大的蛆蟲往外湧。她著急地摟它們，跟隨它們一起撲倒在地。

她似乎是死了，雙腿卻一直抽搐著。

這時後邊響起喊叫聲，「狼狗！狼狗快來！」李繼錫嚇醒過來，踉踉蹌蹌跨過金琴花，貼著門面走，試圖避開走來的狼狗。這位紅烏鎮的前黑社會老大看見李繼錫躲閃的樣子，拿出了勇氣。

「站住。」

李繼錫愈發走得急了。

「我叫你站住呢。」狼狗踢起李繼錫來，後者因為急於逃跑跌倒在地。這本是決定性的時刻，但是閃電過去的瞬間黑暗讓狼狗一腳錯蹬在台階邊沿，崴了。李繼錫爬起，刺了狼狗肩膀一下，這也不是致命傷，狼狗甚至有機會用拳頭將對方再度打倒在地，但他犯了一個錯誤，他像早年那樣不懂得保護自己，將陰根暴露給了對方。

李繼錫的膝蓋頂到狼狗的睪丸，後者縮成一團，痛得大汗淋漓，便宜了李繼錫像猴子跳來跳去，用刀尖不停刮削。

狼狗在人生最後的時光裡是清醒的，他在被送到醫院後說：「媽個逼，我這裡也痛，這裡也痛，這裡也痛。」他用手指各指了肩膀、胳膊和陰根一下，十幾分鐘後死了。他死的時候咬著牙，全身緊繃。

李繼錫斬殺狼狗後，跑了一段路，跑急了，扶住垃圾桶嘔吐起來。路邊走來一個年輕人，捂著鼻子，李繼錫憤恨地說：「你嫌棄誰呢！」

「你說什麼？」

艾國柱沒弄明白情況，刀子已捅進來，他像觸電一樣猛然抖直，整個人甚至像是被刀子舉了起來。接著轟然倒地。那刀子一顫一顫，跟隨心臟跳動了幾秒。

李繼錫拔刀時，後頭冒出極大的鼓噪聲，因此他奪路狂奔，在一道閃電打下時，他停住，向後跳了一下。對面有一道同樣受到驚嚇的目光。他捏緊了刀。但令他感到奇怪的是，那人安然張望了一眼四周，說：「你殺了我吧。」他遲遲下不去手，直到和這個叫于學毅的人要擦肩而過了，才隨意地劃上那麼一刀。

血像一根線從頸脖溢出來，于學毅捂住傷口，哮喘一般嘶嘶有聲，亂走到樹下。李繼錫匆匆回頭看了一眼，乾淨得像電視劇裡的俠客。他有些欣賞自己了，因此像戲台的武生，在街道斜插著碎步疾走，直到前邊橫刀立馬，站了一員大將。

「呔。來將通名。」小瞿將汽槍瞄準李繼錫的眼窩。

李繼錫要癱軟了，又被後頭混雜的喊叫聲刺激了，因此魚死網破，困獸猶鬥，揮刀去刺，那英雄卻是急急用槍桿來擋。乒乒乓乓七八個回合，小瞿抵擋不住，被劃傷了臉。就像有一道火沿著半邊臉燒起來，小瞿吃驚地摸，摸到一手血，驚恐地跌坐於地。

在被扎成蜂窩煤前，小瞿喊了三個名字，依次是哥、媽媽、蘭慧。

這時，蘭慧正騎著自行車奔在回娘家的路上，心間充滿了被擊敗的屈辱，她對自己說，「不要理瞿進軍，不要理，以後就是他來求，也不要理了。」她將在第二天早晨搭乘最快的中巴車趕回來，乘客們看見了無窮無盡的哭泣，不一會兒，她伸出車窗嘔吐起來。她確信這是身孕。

警笛在遙遠的地方響起來。李繼錫朝西狂奔，奔過新華書店、油泵廠、轉盤，來到城郊公路，奔不動了。此時，狂風、閃電和積雲像從未存在過一樣散去，天下竟光明了，李繼錫回頭見什麼人也沒有，沿小路摸進無定村。那裡黑燈瞎火，人們都睡著了，只有葉五奶奶坐在門前，將剝好的花生丟到碗裡。

隨著歲月的侵蝕，葉五奶奶臉上長滿老年斑，眼睛變成三角形，只剩了一顆牙齒。幾年前，她還是一個自憐的老女人，聽到腳步聲，便大聲呻吟，懂事的人總是過來安慰，她便拉人家的手，細說身體的每一處變化，就像訴說一座廢棄的工廠。然後有一天葉五奶奶便不記事了，她開始只是忘記家裡的某個人，後來便只記得家裡的某個人。有天人們為了檢測她的記性，說小曾孫被人抱走了，她便站起，以頭觸牆。但在另一天人們以同樣的套路測試她時，她卻笑著說：「你什麼時候來的，等會到我家吃飯吧。」那人本來就是她家的。

現在葉五奶奶胸前掛著紙牌，寫著孫女的電話。葉五奶奶就是這樣，失憶了還要出門，每天都要提著小提包，拄著拐杖，從後門悄悄出去，有時走一百米就返回了，說天真熱，有時走幾百米就返回了，說走到大城市了，不能再走了；偶爾，她獲得了體力，要走上一兩哩，這時便需要好心人對照紙牌來打電話。

葉五奶奶最近不敢出門。孫女說你兒子都到城市住院去了，你還亂走，我們哪裡有精力來照顧你。也許是這句話讓她記住了，她天天坐到門口等，人們問等什麼，她說等兒子回來。

「你兒子叫什麼啊？」

「我不知道叫什麼。我兒子住院了。」

她等到了凱里人李繼錫。已是強弩之末的他手裡還提著滴血的水果刀，因為殺戮過多，刀背彎曲，刃口捲如刨花。葉五奶奶說：「我要去看我兒子，他們不讓。」

「等下就在我家歇吧，今天就別回去了。」

「他們在追我。」

「你是誰啊？」葉五奶奶溫柔地問，李繼錫答了，「我殺了六個人。」

李繼錫聽不懂。

「你餓嗎？」

她把碗伸過來，他才弄清楚她的意思，因此丟掉水果刀，抱住她的腿嘩嘩地哭。我們是在這裡抓住他的，葉五奶奶說：「你們抓他幹嘛？」

「老人家你差點被人家殺了，你還不知道？」

「我兒子在住院，身體比我都不好。」

葉五奶奶邊說邊進去，關了門。

李繼錫被抓上車後，我們拳打腳踢，一通怒吼。但是一到局裡，我們便審慎了，這可是一個重要性堪比希特勒、二王（註十四）的人物。審訊室十分靜默，每個人都壓制著呼吸，以至訊問者在紙上寫了什麼字我們都能猜出來，分針經過十點三十分時，像針一樣彈了我們每人心臟一下，李繼錫的頭皮、臉、手腳和背部震顫起來，他抬起眼睛，楚楚可憐如一隻即將被殺生的青蛙、一隻即將被殺生的魚、一隻即將被殺生的水牯，並不像是手裡攢著六條命的狂魔。

讓人憋屈的是，這個人最終被司法鑑定為精神病，沒有押上刑場槍決。

那夜，我一度忘記鄉下中學還有一位叛變的未婚妻，但在我從中醫院走出後，我還是第一個想起了她。在中醫院大廳，日光燈照射著一張灰綠色的行動床，床上躺著一個身材勻稱的青年，他抬著眼安靜地看著天花板，一動不動。

我想你真是悲哀啊，偏偏在這個殺人之夜來就診。但在我走過去時，又無比清晰地意識到他袒露的胸口有道狹窄而乾淨的創口。他是我的同年艾國柱。每年十月一日，我們都會喝到天明，商量著省會、沿海、上海、北京、紐約的事情，他很認真，我只是過過嘴癮，我的婚禮定在春節。

我撫摸著他的眼皮，他仍然不肯闔眼。因此我痛哭起來。

我撥打了愛愛的波導（註十五）手機，懷著極強烈的傾訴欲說：「愛愛，無論怎樣，這一輩子都要吃好喝好，生活好，無論怎樣，我都會保護你。」

註十四：一九八三年中國東北「二王」特大殺人案主犯，分別是王宗方及王宗瑋。
註十五：一種手機品牌。

這只是當夜無數個許諾之一。當夜，紅烏鎮的人徹夜不眠，緊緊抱著孩子、女人，就像他們正發著可怕的高燒，隨時要被死神帶走。

小人

小人

假如我們是一隻很大的鳥兒，當我們盤旋在一九九八年四月二十日的睢鳩鎮上空，就能看到這樣一些事情：副縣長李耀軍意外擢升為縣委常委、政法委書記；實驗中學老師陳明義跪在百貨大樓門口磕頭；良家婦女李喜蘭的老公又去北京治療不孕不育了；一支外縣施工隊在公園外的水泥路上挖出一道巨大的坑；而林業招待所的會計馮伯韜正追著信用聯社經警何老二要去下棋。我們將這些資訊分揀、歸類，就會抹去最後也是最不重要的一件。

這幾乎是一個永恆不變的場景：馮伯韜躬著身子扯住何老二的制服下襬，而何老二背著雙手走在前頭，遇見熟人了何老二就向後努努嘴，意思是「你看看，你看看」。睢鳩鎮的人們早已熟知兩人的這種關係，這種關係就像月亮必須圍著地球轉，地球必須圍著太陽轉，可是這天他們的眼睛睜大了，心臟狂跳起來。他們覺得馮伯韜是拿著一把刀子押何老二進地府，他們看到馮伯韜刀子一樣的目光。他們不能攔下何老二說你要死呢（就像不能攔下公路上的卡車說你要發生車禍呢），這不可思議。

人們帶著隱祕的騷動走開了，馮何二人走到湖邊，一個將肥碩的身軀細緻地安頓於一方石凳，一個將塑膠袋裡的棋子倒在石棋盤上，分紅黑細細碼好。何老二應該好好端詳了馮伯韜一眼，可惜他看到的只是溫順。何老二說你先，馮伯韜便像得令的狗急急把炮敲到中路。歷史上他曾無數次起用這個開局，也曾無數次否決這個開局，他總是信心百倍又惴惴不安，今天他的手縮回來時有些悲壯，他想這是最後一次了，轟你媽癟。他看到何老二果然把馬輕輕抹上來。下了幾步，他分了心，他想自己正不露聲色地走過人群，人們問他贏了嗎，他什麼也不說，他等著何老二自己去說。可是面前的何老二紋絲不動，只是詭笑著，這帶著同情的詭笑讓馮伯韜漲紅了臉。

急不可耐地下了幾十步後，馮伯韜將昨夜新記的祕招搬出來，他看到何老二的手頓住，面色凝重起來。他說：「快點。」何老二看了他一眼，忽而恐怖地笑起來，好像剪刀在輕薄的鐵皮上一次次擦刮。馮伯韜這才猛醒，所謂祕招其實早在多年前的一個中秋節用過，那次雙方棋子出動的次序、兌殺的位置，乃至死子擺起的順序都與這次重合，他好像走進時間的迷宮。

永遠的勝利者何老二行了一個看似無關緊要的子，馮伯韜的棋勢便土崩瓦解了。何老二說：「最後一盤了，以後不和你下了。」往日馮伯韜又窘迫又討好，今日卻是漠然說：「好。」何老二有些失落，順手走了幾步，眼瞅著馮伯韜只是勉勉強強地應，沒將軍就走了，而馮伯韜好像頭顱被砍掉了，僵坐於原地。

何老二是個巨蛆式的身軀，慢慢蠕慢慢蠕，蠕過馬路、小徑，蠕到了家門口，正要掏鑰匙，馮伯韜跟將上來。人們又一次留意到馮伯韜眼中可怕的刀光，不單人們看到了，轉過身來的何老二也看到了，可是他不能問：你是不是要殺我呀？

不行，你得再陪我下一盤。馮伯韜將塑膠袋裡的棋子抖得瑟瑟作響。人們看到何老二有些為難，找了好多理由推阻，最後又只能充當大度的贏家，被馮伯韜推進屋。

有七個雎鳩鎮的居民作證馮伯韜傍晚五點半進了鰥夫何老二的屋，但無人證實他什麼時候離開。何老二的死是晚上九點被發現的，來找他頂班的同事發現路燈下排了一隊長長的螞蟻，接著聞到新鮮的腥氣。何老二當時正一動不動地撲在餐桌上，腦後蓋著一塊白毛巾，毛巾中央被血浸透，像日本國旗。

晚十一點，同樣喪偶的馮伯韜輕輕打開自家的防盜門，看到黑暗中像有很多手指指著自己，便想退回去，但是那些冰冷的手指一起撲過來，頂住他的太陽穴、胸口以及額頭。他手中的細軟不禁掉落在地。

馮伯韜說自己是在傍晚六點離開何宅的，何老二把他送到門口，拍著肩膀交代「下不贏就不要下」。六點以後他照例要到公園散步——馮伯韜就是輸在這個環節的。

刑警問：有沒有人能證明你當時在散步？

馮伯韜說：我沒注意到，我腦子裡都是棋子。

刑警問：你就一直繞著公園散步？

馮伯韜說：是啊。

刑警問：繞了幾圈？

馮伯韜說：有一兩圈吧。

刑警說：好了，你不用撒謊了，那裡的水泥路被挖斷了。

馮伯韜說：對對，我看到水泥路被挖斷了。

刑警說：那你說哪裡被挖斷了？

馮伯韜回答不出來。此後的四五天，他在訊問室不停練習蹲馬步和金雞獨立，有時還不許睡覺。他總是聽到一聲聲呼喚，「你就交代吧。」——這催眠似的呼喚幾乎要摧垮他孩童般執拗的內心，讓他奔向開滿金黃色鮮花的田野，可他還是挺住了，他知道一鬆口就是死。

審訊進行到第七天時，政法委書記李耀軍走進來，理所當然地坐在主審位置，他說：抬起頭來。馮伯韜緩慢地抬起頭，看到一道寒光刺穿下午灰暗的光陰，直抵自己眉心。他重新低下頭，又聽到那不容置疑的聲音（抬起頭來）。他試圖甩開這銳利的目光，卻怎麼也甩不開，他逐漸感覺自己像一個被注視、不能縮緊身子的光身女子。他的防線鬆動時發出可怕的聲響，手銬、腳鐐、關節和椅子一起舞蹈起來，他想你就給一聲命令吧，爹。可是青銅色的李書記卻只是繼續看著，就像獅子將腳掌始終懸在獵物頭上。

馮伯韜後來終於是不知羞恥地開了口。第一遍發出的聲音囫圇不清，像羞赧的人被請到主席台；第二遍就清晰洪亮起來。他看到李書記眼裡的劍光一寸寸往回撤，最後完全不見了，只剩一汪慈愛的湖，他倍受鼓舞地說：我殺了何老二，還貪污了公家三千塊錢，還偷了算命瞎子一百多塊，還有。可這時李書記頭也不回地走了。等到刑警大隊長坐回主審位置，馮伯韜索然無味。

大隊長說：你是怎麼殺何老二的？

馮伯韜說：就是殺唄，拿菜刀殺。

大隊長說：不對。

馮伯韜說：拿斧頭剁的。

大隊長說：不對。

馮伯韜說：那就是拿棍子敲的。

大隊長說：嗯，有點接近了。

馮伯韜說：錘子，我拿的是錘子。

大隊長說：你拿錘子怎麼敲的？

馮伯韜說：我拿錘子敲了他腦門一下，他倒下了。

大隊長說：不對，你再想想。

馮伯韜說：嗯，我趁他不注意，拿錘子敲了他後腦勺一下，他倒下了。

馮伯韜看到刑警大隊長像個貪得無厭的孩子，便滿足了他的一切要求，但是有些地方實在滿足不了，比如交代金庫鑰匙和作案的錘子丟在哪裡。他發動智慧想了很多可能掩藏的地方，然後帶他們去找，卻找不出來。

這件案子折騰半年（認罪、翻供、認罪），馮伯韜本來要死了，卻先碰到良家婦女李喜蘭的老公死了。這個男人第三次從北京歸來後數度手淫，沒有得到想要的結果，就讓火車輾了下身。無牽無掛的李喜蘭跪倒在地區檢察院門口，證明四月二十日傍晚六點到九點馮伯韜和她在一起。

地區檢察院當時正準備提起公訴，越想越不對，索性把案卷和李喜蘭的保證書一起退回縣裡，說了四點意見：一是殺人動機存疑；二是兇器去向不明；三是陳述內容反覆；四是嫌疑人出現不在場證明，不能排除是他人作案。縣委政法委書記李耀軍當晚帶人找到李喜蘭，把保證書拍出來，又把槍拍到保證書上。

李耀軍說：四月二十日傍晚六點到九點你和馮伯韜幹什麼了？

李喜蘭說：那個。

李耀軍說：那個是什麼？

李喜蘭說：戳癟（註一）。

李耀軍說：你怎麼記得是四月二十日？

李喜蘭說：那天我例假剛走，我在日曆上畫了記號。

李耀軍說：作偽證可是要坐牢的。

李喜蘭說：我以我的清白擔保。

李耀軍說：你清白個屁。我跟你說，婊子，案件本來可以了結的，你現在阻礙了它你知道不知道？我們受到上級批評了你知道不知道？

李喜蘭抵擋不住，小便失禁，李耀軍說：帶走帶走。民警就將她像癱瘓病人一樣夾走了。關了有一周，李喜蘭大便失禁，方被保出來，她出來前民警跟她說你就是作證也沒用，沒有人能證明你們當時在戳癟，你說戳癟就戳癟，說不戳癟就不戳癟，天下豈不大亂了？

李耀軍是從鄉政法幹部做起的，一路做到副鄉長、副書記、鄉長、書記，又做到鎮長、鎮黨委書記、司法局長、交通局長，平調很多年，四十五歲才混到副縣長，本以為老此一生，卻逢上老政法委書記任上病死了，上邊考量來去讓他補了這個缺，使他生出第二春，說出「我任上命案必破」一的話來。現在卻是如此，放也放不得，關也關不起，他便使了通天的熱忱，在電話裡給地區政法委書記做孫子，讓上司組織地縣兩級公檢法開協調會。

地區檢察院說：證據不夠充分。

李耀軍說：還要怎樣充分啊？

地區中院說：怕是判不了死刑。

註一：方言的一種，指做愛。

李耀軍說：那就判死緩。

地區中院說：怕是也判不了死緩。

李耀軍說：那就判個十幾二十年，我今天把烏紗帽擱這作保，我就不信不是他殺的。

那個時候，關在死牢的馮伯韜還不知道自己正像一棵菜被不停議價。當他接到縣法院十一月二十二日開庭審理此案的通知時，還不知縣法院不斷死刑案的規矩，還以為自己終究難逃一死，便含著淚吃掉所有的飯菜，又抽出巨大的雞巴手淫。漿漿快要射出時，他大喊：李喜蘭你叫啊，大聲叫啊，你痛得昏過去，你要昏過去啊。

可是還沒熬到二十二日，通天的律師就把他保出來了。手銬解下時他覺得手好冷，腳鐐拆下時他覺得腳好輕，整個身軀像要飛到天上去。飄到門口時他抬頭望了眼蒼天，蒼天像塊要碎掉的弧形藍瓦，深不見底。他又回頭看了眼看守所，看守所門口掛著白底黑字的招牌，鐵門上建了琉璃瓦的假頂，四周是灰白色的磚牆，磚牆之內有無數棵白楊和一間崗哨伸出來，一個綠色的武警端著衝鋒槍在崗哨上踱來踱去。馮伯韜想自己在射程之內，便忙走進路邊的昌河麵包，爬進李喜蘭豐腴的懷抱哭泣。

一路上馮伯韜還正常，還有心評點新開業的家俬城和摩托車行，到家一見灰塵籠罩下冷靜、寂寞的家具，便像長途跋涉歸來的遊子，衰竭了。李喜蘭找來醫生吊鹽水，吊了兩日還是高燒不止，迷迷糊糊聽說局長、院長和書記來了，又燒了一遍，差點燒焦了。待到燒退，他通體冰涼，飢渴難耐，先是要梨子，接著要包子，最後等李喜蘭解開衣兜撈出尚鼓的乳房，他才安頓了。

馮伯韜再度睡醒時氣力好了許多，這時房門像沒鎖一樣，被縣委政法委書記、公安局長、檢察院長一干人等突破進來。馮伯韜驚恐地後縮，被李耀軍的手有力地捉住，馮伯韜惴惴地迎上目光，卻見那裡有朵浪花慢慢翻，慢慢滾，終於滾出眼眶。

李耀軍像是大哥看著小弟遍體鱗傷歸來，濃情地說：老馮啊，你受委屈了。接著他取出一個信封，說：這是兩百一十天來政府對你的賠償，有四千來塊。馮伯韜把手指觸在上邊，猶猶豫豫，李耀軍便用力塞到他懷裡。接著李耀軍又取出一個信封，說：七個月來你的工資獎金照發，合計是七千塊。馮伯韜想說什麼沒說出來，又見李耀軍取出一個信封，說：這是我們辦案民警湊的一點慰問金，一共是一萬塊。馮伯韜連忙起床，卻被李耀軍按住了。

馮伯韜說：你們太講禮了，這個不能要，太多了。

幾名幹事這時一窩蜂地嗔怪道：我說老馮你客氣個什麼呢？馮伯韜眼見這最厚的信封被塞到枕頭下，忙兩手捉人家一手，說：李書記，你看要怎麼感謝才好啊。

李耀軍把另一隻手搭上來，說：也沒什麼感謝的，你就踏踏實實休息，你休息好，養好身體，我們也就安心了。然後他們連泡好的茶都沒喝就走了，快到門口時，李耀軍像是記起什麼，轉身說：你也知道的，現在的記者聽風便是雨，瞎雞巴亂報。

馮伯韜高聲應著：我知道，我知道。

此後真有幾個記者趁黑來敲門，馮伯韜開始不理，後來覺得要理一下，便拉開門說：我不接受你的採訪，沒有人指使我不接受採訪，我就是不接受採訪，你要是亂寫我就去你們報社跳樓。

記者說：我這不是為你好嗎？

馮伯韜說：滾。

馮伯韜後來知道李耀軍還是挨了處分，這讓他很過意不去，路上碰見也不敢正視了。馮伯韜也知道自己被釋放是因為實驗中學老師陳明義供出了殺何老二的事，他想他應該感激陳明義呢，要不是陳明義把積案一起交代了，他馮伯韜現在不是在黃泉了？這樣一想，馮伯韜就去醫院給陳明義病重的老父預交了筆費用。

陳明義是在十一月中旬事發的，他一連四天去偷超市的茅台酒，前三天得手了，第四天被逮個正著。派出所聯防隊員一拍桌子，把這個手無縛雞之力的歷史老師震懾住了，他就交代他其實還有幾起盜竊案，人移交到刑警大隊後，刑警接著拍桌子，他就又交代他其實還有一起殺人案，殺的正是信用聯社經警何老二。

根據案卷記載，陳明義的犯罪史正是從四月二十日這天開始。這天下午，他拿著診斷書魂不守舍地走，走到百貨大樓門口見到人多，就跪下磕頭。人們問陳老師你怎麼磕頭啊，他就說我爹嘴裡哈出尿味了；人們問尿味是什麼啊，他就說要做透析；人們問透析是什麼，他就說我要大量的現金啊；人們就嘖嘖著走光了。陳明義把百貨大樓的生意磕沒後，自己也有些醉了，然後他看到一輛藏青色的運鈔車駛過馬路，又看到馮伯韜扯著何老二的制服後襬往湖邊走去。他聽到何老二說：我都替你丟不起這個人。

陳明義像是被擦亮了，覺得非如此不可。於是回家洗臉，計畫，再洗臉，然後拿錘子走向何老二家，在路上他看見喪魂失魄的馮伯韜，心想何老二是一個人等他了，便坐下來像海爾售後服務員一樣用塑膠袋把鞋紮住，像磚瓦廠工人一樣戴上厚手套，他還摸了一把藏在寬大口袋的錘子——他是如此細緻，又是如此被愚蠢的犯罪激情驅使。他走到何家，吸口氣推開門，看到何老二撲在餐桌上打盹。

他說：二哥，借點錢吧。

何老二歪過頭，從滿臉橫肉裡屙出矇矓的眼睛，又睡著了。

他說：二哥，借點錢吧。

何老二怒了：你沒見我在睡嗎？快走快走。然後就著還沒消失的呼嚕又睡去了。陳明義往門外退了幾步，站立十幾秒，猛然朝前疾走，一錘子敲到何老二肥厚的後腦勺上。何老二嗯了一聲，全身抖索一下，又睡了。陳明義索性到廚房找來白毛巾蓋住它，連續敲十幾下，直到血冒出來。

陳明義沒翻出多少錢，最後從屍體褲腰處找到金庫鑰匙，他想接著敲死值班人員去打劫信用聯社金庫——但是走了一陣後，他感覺褲腿有些重，他毛骨悚然地想這是何老二拖住腳了啊，往下看又沒有，便用手摸，摸到一灘尿水。他就嗚呀呀叫著跑回家了。

刑警問：為什麼不用菜刀？

陳明義說：菜刀不能一招致命，被害人容易叫。

刑警問：為什麼不用斧頭？

陳明義說：斧頭太笨，舞不開。錘子好，錘子小巧有力，不易見血。我去之前就想好了，對待何老二這樣的大物件，刀不如斧，斧不如錘，出其不意，速戰速決。

刑警看陳明義說到興起，好像是置身事外的演員，便打斷道：你為什麼第一步就殺人？

陳明義說：給自己納投名狀。我想我至少缺二三十萬，總歸是要走這條路的，殺了人後就不能回頭了，就不會猶豫了。

刑警說：那後來為什麼又不殺呢？

陳明義說：還是見不得世面，害怕。我夜夜睡不著，想著何老二。

刑警說：現在呢？

陳明義說：現在好多了，現在說出來舒服了。

陳明義帶著刑警七拐八拐，多次迷路，終於在一處爛塘指出大概方向。刑警找來民工抽水，抽乾了，果然看到爛泥裡有一把錘子和一把鑰匙。陳明義被執行逮捕，隨後事實清楚、證據充分、從重從快，被地區中院一審判決死刑。

陳明義進死牢後，東西走五六步到頂，南北走七八步到頂，便知道苦了，每日搖著柵欄哭。他一哭整個號子（註二）就跟著哭。老獄警聽了幾天聽出名堂，別人哭是恐懼，陳明義不是，陳明義哭得清澈，純粹，含情脈脈。

老獄警揀了個太陽天，把面黃肌瘦、腿腳晃當作響的陳明義引到亭下，請了一杯酒，說：你是為誰哭？

陳明義說：我父親。

老獄警說：聽說了，你是個孝子。我也嘆，你是這裡學歷最高、教養最好的，走上這條路實在可惜。

陳明義說：我是不得不走上這條路。

老獄警說：沒別的辦法想嗎？

陳明義說：有一時，沒長久的。醫生說，尿毒症是個妻離子散病、子女不孝病，再大的家業也能敗空。你想尿排不出來，毒全部在體內，要做腎移植，做不起就只能透析，情況好一點一年十來萬，嚴重點就得二三十萬。後來學校借了不少，找親戚拿了不少，連學生也捐款了，但這些錢像水滴到火爐，轉眼就冒煙了。

老獄警說：所以你就搶錢偷東西？

陳明義說：所以我就搶錢偷東西殺人。

老獄警說：你不能放一放？人都會死，你父親也是一樣。

陳明義說：我不能殺我父親。

老獄警說：不是說殺，是說放，人各有天數。

陳明義說：放了就是殺。我的命、我的大學、我的工作都是父親拿命捨出來的，他賣自己的血。現在他有事情了，我放？他才四十九歲啊，比伯伯你還小啊。

老獄警捉過陳明義的手，扯起衣袖端詳，說：你也賣了血。

陳明義說：我讀書時覺得實在無以回報父親，就天天讀《孝經》，我順讀倒讀，讀得熱血澎湃，就想我要是天子，就有天子的孝法；我要是諸侯，就有諸侯的孝法；即使是庶人，也有庶人的孝法。子曰：自天子至於庶人，孝無終始，而患不及者，未之有也。意思就是沒有盡不了孝的道理。

老獄警說：嗯。

陳明義說：可這只是孔子的想當然，孔子還說，謹身節用，以養父母。好像懂得節約就可以給父母養老送終了，但是現在就是講孝道也要有經濟基礎，我每天只吃一個饅頭，我父親的病就好了？不可能。你知道孝感嗎？就是行孝道以致天地感動，老天起反應了。漢代姜詩的母親喜飲江

註二：指監獄。

水，姜詩每日走六七哩挑水，老天就讓他家湧出江水來；晉代王祥的繼母想吃魚，王祥脫衣臥冰到河上求魚，老天就讓冰塊裂開，躥出兩條紅鯉來。我也曾跟著老農去挖新鮮雷公藤，也曾去求萬古偏方，可是我感動誰了？我父親臉色浮腫，精神異常，一不當心就昏轉過去。

老獄警說：你不要鑽牛角尖，孔子也有講順應。我話說直接，人都是要死的，你還能攔住你父親不死？你盡心盡力就可以了。

陳明義說：我父親得的要是必死的病，我也就死心了，可他不是。我不能把他丟在醫院自己去吃飯去上班，我吃飯上班然後他死了，沒這個道理。

老獄警說：唉。

老獄警接著說：我也讀過一些書，說老吾老以及人之老，幼吾幼以及人之幼，孝則對人忠，悌則對人順。你講孝沒有錯，可也不能以一己之孝取他人性命啊。

陳明義慢慢飲了那杯酒，說：他人性命，我父性命，我取他人。

秋後問斬時，天空晴朗，老獄警陪到刑場進酒。陳明義說：我想知道我父親現在的情況。老獄警就去打電話，打了很久，那邊醫生才過來接電話。

醫生說：死了。

老獄警走到槍口下，對垂下頭顱的陳明義說：情況好了一點，在看報紙。陳明義的淚便像雨一樣射在地上。

後來，老獄警坐車去那家醫院，知道陳明義的父親像嬌貴的玫瑰一樣死了。醫生說，要每天澆水，一天不澆就枯萎了，兩天不澆就凋謝了。開始時還有個乾瘦的男人扯著一個豐腴女人的衣服後襬來支付費用，後來就不來了。老獄警想好人好事終歸有限。

而我們還是那隻很大的鳥兒。我們拍打著貪婪的翅膀，嗅著可能的死亡信息，每日百無聊賴地盤旋在睢鳩鎮上空，終於又看到這樣一些事情：縣委政法委書記李耀軍順利當選政協主席；超市員工噓嘆只有傻子才會一連四天在同一位置偷最貴的酒；而林業招待所的會計馮伯韜沒日沒夜、心安理得地操寡婦李喜蘭。有一天操完了，李喜蘭說：戒指呢？馮伯韜好像不記得這事情，李喜蘭便哭，便喊便叫，你這個騙子，你騙了陳明義又來騙我，你這個騙子。

鳥看見我了

鳥看見我了

高紀元

有隻圓殼的小蟲，伸著六條鎢絲一樣的細腿，沿著桌面的溝壑爬行。我用粉筆小心翼翼在牠周圍畫了一個圈，牠便搖動著兩根頭鬚，繞著線圈走走停停。我以為牠要憋死在此地時，牠卻振作出翅膀，飛不見了。我在等一個人。

李老爹靠在床頭，兩腮鼓了下，一口血溢出來。我說：「他們下手也太狠了些。」

「這樣也好，這樣就踏實了。」李老爹說。

要是知道會等這麼久，我就不來了。可是有些事情由不得我，春天的時候，動德要我去他家幫忙插秧，我不過是動作慢了一點點，他就說：「你還想不想幹了？」要是沒有我，這麼多東西誰收拾。對面牆上糊了很多報紙，又黑又黃，不是領導講話就是先進報告。早知道應該帶一本書來，我找元鳳借元鳳不肯。元鳳說，你理個髮，我就給你看。元鳳店裡有好幾本《知音》，封面都是穿裙子的婦女。

李老爹掏出錢跟動德買了一瓶白酒，動德說：「莫喝多了。」

「人啊，一生有幾個六十歲？」李老爹說，「不喝一盅？」

「不喝了，喝了要倒找你錢。」動德說。李老爹就留我喝，李老爹閉上眼睛抿了一口，嗨出一聲，說：「快活快活，就差戳個瘺了。」

白雪冰櫃在牆角嗡嗡叫著，我走過去，拉開蓋子一看，剩的豬肉、羊肉、兔肉、野豬肉、鳥肉還都有。今天是鄉政府請縣裡人，怪不得吃不完。我找出大碗，一樣撥一點，拚了一碗。我點著煤氣灶，燒熱鍋，把菜倒進去，鍋裡冒出滋的一大聲。我手抖了抖，放下碗，去查看門閂，閂上了，透過玻璃看，外邊黑麻麻一團，什麼人也沒有。

熱菜端上桌後，空蕩蕩的房子好像有了生氣，我把李老爹留的白酒拿出來了，倒好，十分幸福。要是天天有酒喝，有肉吃，有女的戳，就好了，可是動德說：「你應該知足了。你十三歲就上清盆街了。」

封缸酒有炒麥子的味道。我聞了聞，眼睛也閉上了。然後就在我也要嗨一聲時，門篤篤篤地響起來。我傻坐著，也不知道拿東西蓋著。接著窗玻璃又噹噹噹響了三聲，望過去，一個男子站在那裡，直愣愣地看著我。

我拉開門閂，光一下撲在他身上，照出蒼白的臉來。他的頭髮夾雜一些白髮，眉毛吊得高高的，下唇扣得死死的，鬍子拉碴，一眼看出就不愛說話。我望了他一眼，他的眼睛就躲開了，好像犯了錯。

「鳥兒呢？」我說。他把一個散發著腥氣的尼龍袋丟在地上，我數了二十塊錢給他，然後等著他轉身走掉。可是他偏著頭咕噥著，我聽不清，問：「你說什麼？」

「鹽。」他說。

我才想起李老爹交代過，除開要給他二十塊錢，還要給他一點鹽，便去找了個小塑膠袋，去櫥櫃裡挖鹽。挖了一小袋，就看到他直愣愣盯著桌上，喉嚨吸了一下，吸口水呢。

我說：「吃點吧。」他搖搖頭，取過鹽要走。我又說：「吃點吧。」他拿一隻手蹭了蹭中山裝，放慢了腳步，我知道他動心了，便大聲說：「都是自己人，一起吃點吧。」他卻是快步走出門了，我趕上去扯住，說：「吃吃又不死人。」他這才像個乖乖，跟著我走到桌邊。這就好了，吃人的嘴軟，他不說，李老爹不知道，李老爹不知道，動德也就不知道。

他站在那裡，不敢坐，我說：「坐，不要錢的。」他就坐下了，規規矩矩地拿筷子，規規矩矩地夾菜，起初想夾肉，想想造次，就夾了蒜。我給他夾了塊大的，他才正面看了我一眼，好像是在謝我。我說：「吃粗點，吃粗點。」他便像領了聖旨，放心大膽地吃起來，吃得滿嘴油水。我說：「莫急莫急。」他又規規矩矩地吃起來。

吃了半晌，他歇筷子，憂慮地看了眼窗外。我說：「有人等你嗎？」他搖了搖頭。我找來杯子給他斟上一杯，他的眼睛便像是有火柴刮著了，整個人扭捏起來，嚅動著嘴。我知道他想說話了，便帶頭乾了，他乾了卻還是不說。沒幾下，他的眼角紅了，鼻子紅了，脖子也紅了，雙手也不再放在膝蓋上，自然起來。

我覺得他是個小孩子。

喝到後來，他像鵝一樣惴惴不安地打嗝，打完了，又喝了一杯，醉了。我問：「你怎麼那麼能捉鳥啊？」

「你跟我一樣，你也能捉。」他說。

「跟你怎樣啊？」我問。

「有仇，仇，跟鳥兒有仇。」他說。

「人怎麼跟鳥兒有仇啊？」我很詫異。可是他眼睛想睜睜不開，頭眼見著垂下去了。我搖著他，問：「人怎麼會跟鳥兒有仇啊？」可他就是不醒，我還是搖，搖得他不得安生，終於把眼睛一下下睜開了，好像母雞好不容易屙出了蛋。他問：「你說什麼？」

我說：「人怎麼跟鳥兒有仇啊？」

「因為，因為鳥兒看到我了，看到我了。」他又開手指答道，然後胳膊一鬆，頭又撲臂窩裡了。

「看到你什麼了？」我問。他卻是又睡著了，我覺得他在這裡睡不是什麼好事，就又搖他，「醒醒，醒醒。」他終於醒過來，我又問：「鳥兒看到你什麼了？」

他腦袋一激靈，眼巴巴地看著我，然後起身趺趺撞撞地跑了。「什麼也沒看到。」他拉開門，溜出去，連鹽也不要了。

我追過去，看到門外漆黑一團，蒿草和樹像袍子一般舞動。

我左手拿摩絲，右手拿滾筒梳，對著大鏡子想梳個郭富城的頭。摩托車的聲響從土街盡頭傳過來時，梳子剛好纏住頭髮，扯也扯不下來。摩托車嘀嘀兩卜，我跳出理髮店，摩托車輪正好卡在我兩腿之間。

「是你能梳的嗎？」公安小張翻動著厚唇說，「元鳳呢？」

「元鳳洗衣服去了。」我的臉紅了。

「繼續看店，回來收拾你。」小張說。摩托車退了退，轉個方向向河邊開去了，留下一股藍煙。很好聞。

小張洗澡時，並不急著下水，而是從瓶裡擠出一巴掌洗髮水，揉到頭髮上，乾搓著，搓充分了，才下河捧起一些水，澆在頭髮上，繼續揉，揉得像一團棉花。小張說：「高紀元，你懂什麼，這叫乾洗。」小張還會說：「這是海飛絲，我只要這個，知道嗎？」我其實早就知道了，元鳳在河邊洗衣服時，撿到的空瓶子就是海飛絲，元鳳說，一定是小張洗完丟下來的。樂滋滋地帶回去了。

門前來了個騎錢江摩托的，電子打火，是下村的，問我：「元鳳呢？」

「小張來了。」我說。錢江摩托轟響著跑了。

小張說，「你媽癟的頑抗。」抬腳就踢動火，動火仗著年紀大，袒開胸脯讓他踢。小張的眼睛本來就大，這下睜得銅環那麼大，真用勁踢上去了。喀嚓一聲，骨頭響了，動火噴出一口鮮血，歪倒在地。「你跟老子裝死。」小張說。

小張夏天的時候也把手插在褲兜裡，走路急匆匆的。我們小時候也把手插在褲兜裡，因為手裡捏著玻璃珠子，小張大概捏著手銬吧。曾經有幾個人商量要趁夜把小張吊在茅房打，我告訴小張了，小張說不怕，放馬過來。這麼久也沒見有什麼動靜。

賣菜的紀旺小碎步趕過來，對我說：「等下看到小張，跟他說趙城派出所抓到的一桌打牌，是我舅家親戚，扣押錢扣多了，把木菩薩下的小孩上學錢也扣去了，問他能不能退出來。」

「你自己跟他說。」我說。

「你也不用明說，就暗示暗示。」紀旺堆著笑。

「我怎麼暗示？」我說，「你看小張來了。」

「你這孩子，你也是高家人，也是紀字輩的啊。」紀旺說完，小碎步跑回去了。

小張的身影慢慢走大時，嗯了一聲，是嗯痰。我老早讓開座椅，讓他坐上去了，他盤著二郎腿，拿起一把細木梳，輕輕劃著頭髮。我站在椅子後邊，低下頭，喉嚨裡總是有東西要說。想擋也擋不住。

「元鳳很喜歡你呢，每天都坐在門口等你。」我說。

「小孩子懂什麼。」小張的牙齒是暴的。我覺得自己應該走了，可是又說了：「李老爹被打傷了你知道嗎？」

「哦？為什麼？」

「過六十歲生日，喝了點酒，又要去戳攤，就去戳十幾年前斷了的老相好。被抓姦在床，打得嘔血了。正在住院呢。聽說還賠錢了，家裡借了幾百塊，說是損失費。」

「損失費？李老爹同意了嗎？」

「同意了。」

「那就好了，人民內部矛盾，自己調解了。」小張把梳子扔在鏡台上，拿起摩絲噴。我越發覺得自己無用，勉勉強強接著說：「害得我這幾天替他住店呢。」小張沒有理我。

我說：「害得我這幾天替他住店呢。」

小張翻開公事包，找出一疊紙，像科學家一樣研究起來。我說：「騎錢江摩托的木生打工回來了呢。」

「嗯。」

「他沒掛牌照。」

「嗯。」

我真是沒話說了，也許木生交了保證金吧。

「來，抽支菸。」小張說；「我不會。」我說；「不會也抽，快抽一根，你立功了。」小張硬是幫我點上火。小張眉頭張開，眼睛親熱地看著我時，就是我全身舒坦的時候。他掐我胳膊一下，掐得那麼有力，我全身縮起來，唉呀唉呀地叫，可是心裡美得要死。

動德也怕小張，動德知道我和小張關係好，不會趕我走的。

我轉了個身，就要這樣走出理髮店了。沒話說了，他也不問我，就要走出去了。然後我像擠牙膏樣擠出一句話：「我碰到了一個捉鳥的。」小張連嗯也不嗯，我尷尬死了，就這樣走出店外。

走了幾步，剛好元鳳提著桶子過來，要我幫她晾衣服，我便從桶裡取出衣服來抖。這時小張走出來說：「太陽真好啊。」

「我碰到了一個捉鳥的。」我說。

「捉鳥的有什麼稀奇？」元鳳說。

「怎麼不稀奇？他說他捉鳥兒是因為和鳥兒有仇。」

「怎麼有仇？」元鳳說。

「說是鳥兒看到他了。」

「看見他什麼了？」小張走過來說。

「不知道啊，鬼知道看到他什麼了。」

「哪來的捉鳥人？」小張問。

「青山上的吧。給我們店送鳥兒送了幾年呢。李老爹知道，我不是很清楚。」

「哦。」小張冷漠地說了聲。

然後他又對元鳳說有點事，走著往醫院去了。我就知道李老爹的事情他不可能不管，打人犯法，還敲詐勒索。

「我要告訴你啊，紀元，扒灰不犯法，男女自願，是和姦，不是強姦。」李老爹喝到興頭時說，「一生不戳三個癟，對不起老祖宗。」

張峰

露珠打濕了褲子，我坐在河岸上。元鳳站起身，甩甩手，擦著額頭細密的汗珠，朝我走過來，旁邊的洗衣婦們看著她，嘻笑起來。又甜蜜又心酸地嘻笑起來。「你看，派出所的小張在等著你呢。」

元鳳漲紅了臉，畏畏懼懼地看著這邊，說：「鑰匙給你。」然後把鑰匙拋了上來，我沒有去撿，元鳳擺動著牛仔褲下兩條長腿又走了回去，在她蹲下去時，周圍爆發出一陣哄笑。她埋下頭，發狠捶打石上的衣服，以抵擋幸福的眩暈。

春天的時候，我把手緩緩插進那條牛仔褲裡，觸到溫熱的地方。我聽到元鳳的脖頸、耳根傳出淺淺的呻吟，聽到呼吸急促起來，可是她按住我的手，說：「還沒準備好呢。」我把手緩緩抽出來，悽惶地笑了下，冷漠地走了。

女人那裡就像木板上的蛋糕，如果我不能克服飢餓，跑去吃了，老鼠夾子就把我夾住，我就要在這鳥不拉屎的地方待上一生。

「我跟你說過多少次？」所長說，「你就是不長記性。吳縣長說了，你們公安畢竟還是歸黨委政府領導，畢竟還是。」

我沒有說話。所長從抽屜拿出章子，對著工作分配意見蓋了一下，說：「好了，從今你就到清盆做片警（註一），整個清盆鄉歸你了。」我呼吸時出了點聲響，所長又細聲細語起來，「小張啊，下去冷靜冷靜，不是壞事。」

我第一次要來清盆鄉時，內勤小許像老嫂子一般堆著笑，說：「要不你騎嘉陵吧，踏板車鄉下路磕得慌。」我要是不把踏板車鑰匙丟過去，他準得黑下臉來，說：「我又不是為了別的，不是工作嗎？」

陽光灑在河面上，閃眼，我的後頸有些刺癢。我撈起鑰匙，下了河岸，騎摩托車去了土管所，在那棟陰涼房子的盡頭，是我的警務室。沒什麼人等我。我打開門，門把底下的報紙推了幾步，我拾起來，撣撣灰，扔到桌上。桌子幾天前想必擦過，光閃閃的紅漆上蒙著一層淺灰。墨水瓶、筆筒和印泥孤伶伶地擺著，材料紙一片空白。這個地方荒蕪得連件案子也沒有。

「你們公安畢竟還是歸黨委政府領導。」吳縣長說。

在這句話說出來的前幾天，動火雙手護著胸，說：「真的沒有，真的沒有啊。」我說：「你媽瘍的頑抗。」然後伸腳撥那雙手，一般人繼續護著就是了，可是動火突然抬頭，指著袒開的胸口說：「你踹吧，這個身子是和吳縣長共一個婆的。」我踹上去，動火猝然倒地，噴出一口血來。

「你跟老子裝死。」我說，然後暈暈乎乎地走出去。看到小許時我說，動火牙齦出血了。動德在門口探了下頭，走進來，笑嘻嘻地說：「晚上喝一盅吧，弄了一批新鳥來。」

我擺擺手。

「兄弟，你這不是看不起我嗎？」動德笑得更熱烈了。我沒說什麼，他接著說：「那就這麼定了。」然後從口袋裡撈出一把棋子，分紅黑顆顆擺好。「你先走。」動德說。

我把車和對方兌了，把炮支到對方相口，後防空虛。勳德替我把一腳棋悔了，以免我被將死。勳德說：「兄弟，你還是這麼急。」我把棋子一抹，說不玩了。勳德便撈起棋子走了，房間空空蕩蕩，像是什麼人也沒來過。可是用不了多久，信用社的、中學的、計生辦的、村委會的就都要來了，他們多是清盆本地人。

在我發配來這裡之前，他們的生活好像缺少點什麼，我來了後，他們感覺一項空白被填上，這裡總算有個警察了。他們敬重與畏懼的感情被激發出來，像塊糖迫不及待地黏上我。倘若我的摩托車沒油了，他們就用嘴吮吸膠管，從他們的油箱裡接一點過來。倘若我不願意去吃食堂，他們就三番五次地來請酒，然後又把我抬回到床上，給我掖上被子。

他們像照料一個皇室的孩子，照料著我。他們溫柔地看著我，隱晦地鼓勵我走進元鳳的房間，撈起元鳳的雙腿，將雞巴戳進去，戳得整個清盆鄉嗷嗷大叫。他們是溫柔的看護人，是不要臉的獄卒。而我總是想在合適的時間找到一兩個該死的年輕人，踢踢打打，我想告訴他們，我和你們的區別在此。

我不可能在這裡長生不老下去。

走出門後，五十米長的土街一覽無餘。肉鋪裡飛舞著寂寞的蒼蠅，一張檯球桌漏了塊布，像得了癩瘡。我沒地方可去，只是左腳走了，右腳必須跟上來。走著走著，頭有些暈，又走到元鳳的理髮店歇息。勳德餐館腦子不好的夥計高紀元看到我，立刻讓出位子，我坐上去，對著鏡子慢慢梳頭髮。

註一：管理一片地區治安工作的社區民警。

高紀元的身體猶猶豫豫地動著，想在理髮店找到一個合適的位置，好像找到了才有資格跟我說話。可是我實在煩透了這呱噪，他幾乎還沒說完，我就「嗯」一聲過去。

「Welcome to New York.」

在一部錄影片的開頭，穿三點式的金髮女郎這麼說。紐約往下，是北京，北京往下是南昌，南昌往下是九江，九江往下是瑞昌，瑞昌往下是趙城，趙城往下是清盆。聯合國—首都—省會—市—縣—鎮—鄉，世界的盡頭。

蒼蠅嗡嗡地圍著將要腐爛的肉飛舞，一個年輕人後手高抬，一個人練習著檯球。

高紀元總算不說了，走出去了，元鳳提衣服回來了，叫他幫忙，他又跟她說上了。我拉好公事包，往外走，說：「太陽真好啊。」

元鳳蹲下身取衣服時，乳房清晰地露出來，細密的汗珠正從微小的毛孔溢出來，靜脈像葉莖埋藏在白嫩的皮膚下。我的下身膨脹。元鳳抬起頭笑了，汗濕的頭髮貼在額頭，我的心綿軟軟的，沒有歸屬。我默念著，操一次，負擔一生，操一次，負擔一生。

「捉鳥的有什麼稀奇？」元鳳這時說。

「怎麼不稀奇？他說他捉鳥兒是因為和鳥兒有仇。」高紀元說。

「怎麼有仇？」元鳳說。

「說是鳥兒看到他了。」高紀元說。

「看見他什麼了？」我急急走過去問。

「不知道啊，鬼知道看到他什麼了。」高紀元說。

「哪來的捉鳥人？」我問。

來。

「青山上的吧。給我們店送鳥兒送了幾年呢。李老爹知道，我不是很清楚。」高紀元興奮起

「哦。」我說，然後對元鳳說我有點事，往醫院去了。

午休的時候，我怎麼睡也睡不著。倒不是因為鋼絲床硬，而是因為睡覺成為了一項任務。我想晚上要行動現在就應該休息好，可是按捺不住自己。

李老爹見到我時，身子在病床上往後縮。我從那瑟縮的眼神先後看到兩個懇求，一是我已經賠錢了已經挨打了，不要再懲罰我了；二是不要去找他們麻煩，賠錢乃至挨打都是我自願的。我拍住他肩膀，說：「我只想瞭解捉鳥人的情況。」

李老爹說不出多少情況，但是他有一句話就夠了。就像高紀元有一句話就夠了。

高紀元說：「他說是鳥兒看到他了。」

李老爹說：「他從來都是晚上送鳥。」

我好像看到冰山一角，海底的風景卻揣摩不出來。地皮還發燙時，我走出門，走到動德餐館，鐘上的時間是四點。動德和高紀元正在門口剁鳥，一個紅色的大塑膠盆裡盛滿污水，漂滿羽毛。我說：「動德，有點事，跟我來。」

到了二樓，我坐在床上，掏出一百元，硬塞給動德。動德說：「兄弟你這是怎麼了？」我說：「沒什麼，讓婦女六點準備好一桌菜，我請客。」動德和我推來推去，我把錢拍在桌子上，說：「給你就是給你，還造反了不成？」動德尷尬地接了，然後問：「請誰？」

我招招手，他把耳朵貼過來。我說：「計生辦的小柯，信用社的小吳，木生，還有紀旺。前兩

個我來請，你電話借我用下。木生和紀旺我請不來，你請。你相信我，我絕不坑他們。」

動德走到樓梯口，我又說：「你自己去請。」

五分鐘後，樓下聽到吉普車響，不一會兒，小柯噔噔噔上得樓來，見到我就眼放磷光。我說：「油夠嗎？」小柯點點頭，問什麼事情。我在他耳朵邊上說了句「捉人」，他整個身子就聳動起來，那是興奮了。未幾，小吳也上得樓來，我問：「帶了麼？」小吳從書包裡撈出一根狼牙棒來，問：「要不要試試？」我還沒接話，他就偷偷把棒子敲在床頭，讓釘子卡進木頭裡了。

紀旺進來後，一直擠著笑，聽說是去捉人，惴惴不安地問：「趙城派出所不能來人嗎？」小吳接口道：「沒膽的人叫來做什麼？」紀旺又笑了，我也笑了。木生進來時立刻就要退下去，我低喊道：「不是找你掛牌照，你戴罪立功的時候到了。還有你，紀旺，你母舅不是想要退錢嗎？」這麼一說，紀旺和木生也摩拳擦掌起來，合力把桌子抬到我面前。

我壓低聲音說：「去捉一個外地佬。」

大家說走走走，我說：「走什麼走？你知道去哪裡捉嗎？紀旺你是青山人，你知道高家嶴的，你說說捉鳥的外地佬住哪兒？」

紀旺想想，用手指蘸水，畫了畫，便畫出捉鳥人的住地了，卻原來是在村落之外，單門獨戶，屋前是土坡，屋後是竹林。我說：「白天去容易驚動附近村民，結賴，晚上我們開車去，速戰速決。」我蘸了蘸水，在桌子上布置陣形，屋後木生、小柯，持木棍，屋前我、小吳、紀旺，持狼牙棒，「露頭就打。」

好像沒什麼可交代了，我寂寞很久，忽而又振奮地說：「皮鞋，不能穿皮鞋，走在沙子路上響聲大。」大家卻是誰也沒穿皮鞋。我又問：「油夠嗎？」

「夠了，足夠了。」小柯說。

「那好，打幾把撲克吧。」我說。

發牌時，動德探頭探腦走上來，我說：「下去下去。」動德說：「菜弄好了，吃吧。」

「菜弄好了，吃吧。」所長摟著我的肩膀往食堂走去。遠處是小許的喊聲，「來來來，大家一起來歡送下小張。」

那天我喝醉了，我看著所長，所長卻偏頭對小許說：「去清盆也不是壞事，政法委書記不就是從清盆一步步做起來的嗎？」

我自己喝了一杯。

在我踹動火之前，所長重重地甩了下辦公室的門，走出來，對我眨了下眼，又點了下頭。我立刻闖進去，對著動火大喊：「要想人不知，除非己莫為。」

小柯問：「小張，到底為什麼捉他啊？」

我說：「總之有問題。」

路太陡了，吉普車往青山上爬時，好像是往漆黑的天空爬。有時候，車燈猛然照出一片蒿草，蒿草在風中舞動。小吳捏著狼牙棒，大概想自己是金兀朮了，我說：「嚇嚇就可以了，莫真動手。」

「他要狗急跳牆，拿出銃來，我收不住。」小吳說。

「他沒傷你，你就別傷他。」我說。

「趙城派出所不能來人嗎？」紀旺說。

他們一來，再大的功也被分光了。我現在還不知道要捉的是多大的豬，這種偏僻地方，跑來個把部級的通緝犯不是沒可能。現在，我獨自抓捕，獨自審問，獨自消化，消化清楚了，我就和秦副局長直接打電話，然後才把捉鳥的帶到派出所。

秦副局長是局裡唯一一個本科生，是市局派下來的。我在局裡參加學習教育時，他正好看到，說：「小張，你讀過警校，應該知道，公安公安，條塊結合，以塊為主。雖說是以當地黨委政府的領導為主，但並不排除條管。」

秦副局長又說：「年輕人別搞歪門邪道，多破點案子吧。」

吉普車爬了一陣，吭哧抖起來，像要熄火，我問：「油夠嗎？」

「夠，夠，婆婆媽媽的。」小柯說。

「夠就好，夠就好。」我說。

眼見要爬上最後一個坡，我又說：「熄燈熄燈。」

「那你也要等開上去啊，摔下山，都死了。」小柯說。我嘿嘿笑了幾下，竟是控制不住心跳。一到坡上，我就叫停。拉開車門，一陣涼風襲來，我將手插在兜裡，急匆匆走到前頭，幾個人提著傢伙小碎步跟上來。小柯將車門輕輕關上。

走到高家畬村小組時，一盞手電晃來晃去。我低聲喊：「蹲下。」大家便蹲到蒿草裡了。然後時間凝滯起來，四周只聽到蟲子的叫。手電像螢火蟲，慢慢晃，晃回家了，燈火明了，大約沖了個涼的工夫，又熄了，世界漆黑一團，分不清楚低山和村莊。

我手一揮，眾人魚貫而出，跟著從大路往東邊碎步走，路面沙沙作響，呼吸聲如幼狗。眼見著到了捉鳥人的單門獨戶，我手一垂，眾人又埋伏在土坡下邊。我靜心聽了聽，屋內傳出小孩唔唉唔唉的聲音，又傳出婦女呃呃的聲音。汗從我額頭冒出來，我噓了一聲。

屋內的聲音越來越小，最後沒有了，我還以為它們存在。

等到我相信時間過去很久，他們重又睡熟了時，我擺擺手，木生和小柯抄步上坡，繞到屋後去了。我摸著紀旺的肩膀小聲說：「你去輕輕敲窗戶，你懂這裡的話，就說借點東西。儘量把他騙出來。」

紀旺的肩膀抖抖索索，說：「借什麼？」

我說：「借撲克牌。」

紀旺說：「他要是問我是誰怎麼辦？」

我說：「你認識高家塞的人嗎？」

紀旺說：「認識。」

我說：「你冒充高家塞的誰誰吧。」

紀旺爬過土坡，往黑夜深處走，摸到門下，又悄悄跑回來，說是聽到了聲響。我說：「那就等等吧。就怕婦女結賴。」我話還沒說完，一陣風從身邊躥過，小吳拎著狼牙棒衝了過去，一腳把門踹倒了。

我只得趕緊跟上。待趕到門前，小吳的手電筒已經照出一個男漢，這男漢衣著整齊，臉色蒼白，眼睛瞪圓，神情慌張，像束手待斃的青蛙。他小心摸到脖子上架著的狼牙棒，問：「幹什麼啊？」

我指著自己的衣服說，「我是警察。」

這人連看也沒看，就癱軟在地。這時屋內響起婦女慣有的嚎哭聲，我們趕緊提起捉鳥的往外跑。起先他的腿還在地面彈跳幾下，接著就被拖起來了。我們像拖著一袋什麼東西。木生和小柯趕過來後，我們抓住他的四肢抬著跑。很輕。

待我們趕到吉普車邊時，回頭望了望，底下的高家嶴才剛剛有了些響動，才剛剛有了些燈火。我把捉鳥的丟在後座，然後拿手電照著他，他的臉上冒出大顆大顆汗珠，嘴角鼓出些許白沫。

我說：「知道為什麼抓你嗎？」

捉鳥的說：「知道，我殺了人。」

我勝利了。狗日的清盆。

單德興

山坡上有條濕黃的路，地裡莊稼蔫蔫耷耷，高家嶴露出一排黑沉沉的屋頂，門前則擺著光光的曬衣架。什麼人也沒有。我回轉身，繼續敲窗子，叫喚道：「冬霞，冬霞。」

裡邊的悉索聲和咕噥聲越來越大，門開了。

「死哪裡去了？」冬霞迷迷糊糊地問。

「守鳥兒。」我說，鼻子忽而酸起來。拴上鎖掛，又找鋤頭把門頂好後，我脫掉衣服，小心地睡在床角。冬霞摸了下腋下的孩兒，扯過被子來蓋住我，說：「別冷著了。」我便無聲地哭。

我在高粱地裡蜷縮了一夜。

我擦火柴，老是擦不著，擦到最後一根，亮了，便用左手小心擋著，把火柴頭倒過來，讓火苗大起來，點著香菸。我是在學習《烏龍山剿匪記》的那個土匪，他想睡又怕睡過頭，就點著香菸夾在手指裡睡了。可是菸頭還沒燙到指尖，我便醒了。我好像聽到狼狗的聲音了。

狼狗總是弓著黃一簇黑一簇的背，拿鼻子在地上咻咻地嗅，在確信尋到我的味道後，高昂起頭，拖著皮帶後邊的公安朝我追來。我不知道要跑多少路這個味道才會淡下去，我跑了六百公里，跑到這鳥地方，天天等牠，等到我相信牠再也不會來了，牠卻又探出腦袋來。

身體暖和後，我坐起來，靠在床頭發呆。我想坐坐就好了，就起床，可是屁股下好像有塊巨大的吸鐵石吸住我，我便繼續坐著。

酒端到我鼻前時，散發出炒麥子的香味，我那時候就醉了。我已經四年沒喝酒了，我一直跟人說我不會喝酒，可是那個小二的眼神閃著光，分明就看穿了我的內心。我丟盔棄甲，像條跟著骨頭走的狗，骨頭往上，我的頭便往上，骨頭往下，我的頭便往下。可是他並不這樣虐我，我喝完了他就給倒上，我不太敢喝下去，他又拿手撐著下巴，親密地看著我。我的喉間便有東西要呼啦啦說出來，好似漲起來的潮水。我壓制它們就像壓制掉到岸邊的魚，它們在上下彈跳著。

我想對著這個孩子說：「我殺了人，我殺了人。」

我用酒把它們澆下去了。

「你怎麼那麼能捉鳥啊？」他終於發問了。

我覺得這樣好，他來問，我來說。「你跟我一樣，你也能捉。」我咧嘴笑了一下。

「跟你怎樣啊？」他繼續問。

「有仇，跟鳥兒有仇。」我努力想讓他開心點，可是酒勁沖湧上來，眼皮蹦跳，人撲在桌上便睡。還沒睡安穩，又被搖醒了。他問：「人怎麼跟鳥兒有仇啊？」

「因為鳥兒看到我了。」我又開手指說，埋頭再睡。也不知道睡了多久，倉促醒來時，看到昏暗的燈光，陌生的桌子，一下竟不知自己在哪裡。這時小二探過腦袋來問：「鳥兒看到你什麼了？」

我不知道他問的是那茬，想起來時腦後忽然一頓冰澆。我恐懼地看著這個人，他還是好奇地看著我，我不認識他。

我把自己賣了。

我晃著腦袋，猛吸一口氣，吸得整個上身鼓起來，才好像清醒了一點。想想又吸了一口，清醒多了。我摸索下床，輕聲走到窗口，往外望了一眼。只有高家嶴的紀茂老漢挑著一擔糞，搖搖晃晃地走。

衣櫃裡的衣服整整齊齊疊著，像一塊塊打好補丁的豆腐皮。我抽出兩件，捏在手裡，卻是不知道往哪裡放。一旦放在尼龍袋裡，好像生活就從此訣別了，眼淚撲簌撲簌掉下來。

那小二不過是個小孩，他有多大判別能力？他怎麼就知道這話後邊藏著祕密？我只說鳥兒看到了，又沒說看到我做什麼了。他碰到別的事情，就把這個忘記了。即使他往外講，人們也不會覺得有什麼，有什麼？退一萬步講，這個小孩認識公安，可就是公安聽到了，也不會相信他，小孩子誰信？人家什麼都沒動靜，我就跑掉，豈不是很可笑？

孩兒猛下裡哭將起來，我把衣服丟進櫃內，衝過去抱起他搖，餓了。冬霞每當此時總是醒得很快，總是把背心扯起來，露出青筋暴突的奶子，把粗黑的乳頭塞向孩兒的嘴唇。孩兒像豬仔，閉著眼睛，整個嘴巴吸動起來。這次吸不了多少又睡著了，冬霞那裡便像有簷雨，滴淌不止。

我把孩兒抱到搖窠，爬上床，冬霞卻是接了一手奶，下床，自己走到灶間舀水洗了。去的時候，紅花內褲下鼓脹搖晃，回的時候，白色背心鼓脹搖晃。我看得直了，冬霞便捉住那裡，踩下褲來，我爬在她身上，搖晃起來，搖了幾下，抖索掉了。

「怎麼了？」冬霞說。

「沒睡好。」我悽惶地回答。冬霞便翻身半搭著我睡了。

我把火香按倒在地上，蹲在她兩腿間扯褲子，她死死拉著。邊上的褲釦子扯蹦掉後，她惱恨地坐起來，指著肚內有些時日的孩子，說：「你也不害臊。」

我嘻笑著把嘴湊過去，她抽了那裡一下，說：「喝那麼多酒。」

我反抽了過去，一邊抽一邊說：「你再多嘴，老子殺了你。」火香的眼淚被抽出來了，一顆一顆往草叢滾。我抽得乏了，下來扯褲子，扯到一半，什麼都看到了，火香猛然把它拉住，切齒地說：「單德興，你記得。」

我往下一用力，那雙手便鬆了。我挺著東西進了一個含糊的地方，火香好像突然記起什麼，拚命扭動起來，那東西便被扭出來了。它在外邊想也沒想就射了。

我懊惱地站起身來。

火香切齒地說：「單德興，你記得。」

「記得什麼？」我走過去坐在她身上，掐她的脖子。

一覺醒來，光線已徹底黑掉，屋內的每件東西好像死掉一般，散發著喪氣的味道。我哈著氣拉開掛鎖，往外看，遠遠的山坡、村莊已分辨不出來，路上也沒有車燈。冬霞正在煤油燈下嘗試餵孩兒粥水，見到我也沒說話。

我盛了大半碗粥，一口喝完了。又盛了一碗，又一口喝完了。冬霞抱著孩子走到櫥櫃，端著一碗肉過來。我說：「哪來的肉？」

「嘼上今天殺了豬，賒了一斤。」冬霞說。

我顫顫抖抖地撥弄著菜裡的肉，一斤大概剩了八兩。吃了兩塊後，忽然想到什麼，去櫥櫃深處撈出過年存下的酒。冬霞說：「你不是不能喝嗎？」

「要死卵朝天，不死萬萬年。」我把酒瓶開了，對著瓶口喝起來。

「你這是怎麼了？」冬霞說。

「喝，喝。」我說。

「喝，喝。」我也不知道喝了多少，想吐吐不出來，像發酵一般走出酒席。「德興，騎得了嗎？」後邊有人問我，我擺擺手，找到那輛載重自行車，搖搖晃晃騎起來。騎了一公里，踹達著到了山谷。太陽很烈，油菜花滿世界，我就像要爆炸。

然後，火香穿著布鞋嫋嫋走過來。我路過她時，說：「讓我弄弄吧。」火香沒有接口，加快腳步往前走。我看到前邊什麼人沒有，便掉轉車，趕上火香，把車卡在她前邊，她前邊也是一個人也沒有。

「弄下子嘛。」我說。

「弄你媽個逼。」火香繞過自行車說。

這個時候，天上只有藍天白雲，地上只有油菜花松樹。

我把自己灌醉了，踉踉蹌蹌走向床鋪。好似這樣眼一閉，事情就會過去，過幾天一切都正常，我還是這個地方叫劉世龍的人，有戶口，有結婚證，有准生證。可是他們總歸是要懷疑的，為什麼捉鳥？因為和鳥兒有仇。為什麼有仇？因為鳥兒看到了。鳥兒看到什麼了？他們就要牽著狼狗，帶著棍棒手槍，找上門來問，「劉世龍，鳥兒看到你什麼了？」

我又踉踉蹌蹌走向大門，拉開門坐在門檻上往外看，外邊是一團漆黑，我努力看，看得黑色世界裡冒出團團彩圈來，就知道什麼也沒有，等也等不來。我鎖好門，拿鋤頭要頂住它，冬霞說：「頂什麼頂？誰來找你？」

我說：「你再說一遍。」

「誰來找你？你有什麼可找的？」冬霞惱恨地說。

我嘿嘿笑著爬上床，古裡古怪地打起呼嚕來。

這件事別想了，就這麼過去了。

可我終於還是被一陣悉索聲驚醒過來。我總覺得屋後站著一個人，汗毛倒豎走到窗邊瞅，卻是什麼也瞅不出來。又走到屋前窗戶瞅，也瞅不出什麼。可是我巴不得站著個什麼人呢。回到床邊後，我坐下，沒有任何睡意。

孩兒醒了，冬霞呃呃呃地哄起來，小聲說：「你今天是犯了病。」

我說：「喝多了，頭疼著。」

冬霞慢慢睡去，我把衣櫃裡兩件衣服塞進尼龍袋，掏出床邊中山裝的二十塊錢，又去櫥櫃挖了半個飯糰。冬霞迷迷糊糊說：「幹什麼去？」

「下餌子去。」

我坐了一會兒，看了一眼黑漆漆的屋，聽了一遍娘兒倆的呼吸聲，站起身往外走。這時啪地一聲生出，門直通通倒在面前。我瑟縮起來，尼龍袋掉在地上，看著一束手電光像照青蛙一般照著我。大腦一片空白。

在感覺肩膀被什麼刺中了時，我去摸了摸，我說：「幹什麼啊？」

那人旁邊走出一人，朗聲說：「我是警察。」

「鳥兒看到你什麼了？」警察坐在我面前，身後站著四個虎視眈眈的男漢。

「我快要把火香掐死時，她手亂指，我就鬆下手，讓她咳嗽，讓她說。她說，你看，鳥兒在看著你呢，鳥兒會說出去的。我就接著把她掐死了。」

我踢了踢火香，像踢一袋豬肉。火香一動不動。這時我抬頭看，果然看到一隻眼白很大的巨鳥，斜著眼看著地間的一切。我找了塊石頭扔上去，牠並不理會，我又去搖樹，牠還是不走。我騎上自行車落荒而逃，牠呀呀地狂叫幾聲，盤旋著從我頭頂飛過，飛到前方去了。

巴哈

巴哈

序曲

一

很多人的第一份工作就是他的最後一份工作，有時甚至也是整個家族的最後一份工作，這符合中國人平穩的飯碗觀。為了這個平穩，巴禮柯的父親從樓頂上跳下來，巴禮柯在追悼會上被通知可以從遙遠的鄉下回來，頂職當一名老師。

你知道楚辭嗎？

那你對函數瞭解多少？

會不會外語？

草履蟲呢？

這些問題巴禮柯一個也回答不出來，於是教育部門的領導說：那好吧，你去教體育。

那是一九七五年，黑人亞瑟・艾許戰勝白人吉米・康納斯，奪取溫布頓網球賽男單冠軍，錢鍾書完成《管錐編》初稿，而米哈伊爾・謝爾蓋耶維奇・戈巴契夫正坐在蘇共中央委員的位置上，向權力核心慢慢進軍。

巴禮柯二十九歲，他吹響哨子，讓孩子們在煤渣跑道上衝刺。他還不會捏計時表，隨便報了個成績。他想，世界只有一個指標，因為他占有了，另外的某個人必須繼續待在鄉村，說著無用的普通話。

二

一九九一年，蘇聯最高蘇維埃主席團主席戈巴契夫宣佈辭職，蘇聯劃上句號；一九九三年，亞瑟・艾許因愛滋病去世，年僅四十九歲；一九九八年，錢鍾書去世，享年八十八歲。

巴禮柯仍然是城市裡一所小學的體育老師，準時到達學校，給自己倒一壺茶，提著茶到田徑場，向學生傳授蹲踞式起跑姿勢，然後準時離開學校。在家裡，他有一個行動不便的母親，他給她做飯，洗衣，讀報紙，把她撐扶到衛生間。

這樣的事情有時也由女人來做。女人做飯，洗衣，讀報紙，把他的母親撐扶到衛生間。他在公園第一次見到女人時，聞到一股雪花膏的味道，後來在新婚之夜，他也曾看見溫熱的粉紅色搭肉褲。但是他們最終沒有生育孩子。

結婚十年後，女人提出離婚，他想了下同意了。他要將不多的家產推讓給她，她也要將它們推讓給他。他們去民政局辦理了手續，又一起走回家裡，繼續生活。像一個老掉的哥哥和一個老掉的妹妹那樣生活。

三

巴禮柯不抽菸，不喝酒，不打牌，甚至不看電視。他只在每周六清晨五時離開家裡，坐上第一班二一六路公交車，來到青山山腳，然後往上爬。傍晚時他走下山，趕上最後一班二一六路公交車，回到家裡。到家的時間是晚上八點，電飯煲的飯正好煮熟，碗筷也擺好了。他洗完手坐下來，給母親夾菜，然後自己扒幾口飯吃，女人坐在側邊。燈泡一動不動吊在他們腦袋中間。

山上怎樣了？

女人問他。

掛果了（或者還沒有）。

他這樣回答。有時候他想說，當他走過一道索橋後，即使是走在堅硬的青石上，也能感覺到整個地球在晃，就像地震發生了。或者，當他穿越陰暗的密林走到出口時，陽光像熱血注射進他衰竭的身體，使他充滿力量。他沒說，他說，掛果了（或者還沒有）。

我喜歡吃這些東西。

女人說。

吃完飯，完成洗碗、洗澡和讀報的工序，巴禮柯早早睡著了。他家裡的燈關掉了。接著，一個街道五六十戶的燈關掉了。最後，這個世界所有的燈都關掉了。黑暗像是通往死亡的平穩產道。

四

二〇〇七年十一月三日清晨五點，六十一歲的巴禮柯像以往的每個星期六一樣，離開家裡。當時他穿著黑色田徑褲，黑色T恤，背著一個包，包裡放著飯糰、茶壺、電筒、柴刀、信紙、筆和禦寒用的外套。女人側過身繼續睡著了，她的生物鐘將在一小時後響動，她會起來去買菜，再回來洗菜，然後做簡單的早餐，招呼巴禮柯的母親吃。

記得帶點野山楂回來。

頭天晚上她這樣和巴禮柯交代。

巴禮柯捏著手機登上了二一六路公交車，車窗灰濛濛的，座位冰冷，售票員縮緊身體，牙齒戰戰地問：你就穿這麼多啊。

我習慣了。

巴禮柯笑著回答，像是年輕人回應領導的關懷。售票員看了看巴禮柯，他的臉色紅潤，皮膚白皙，肱二頭肌和胸肌凸顯在T恤上，而腹部並沒有像其他老人那樣鼓隆起來，或者枯萎下去。其實她見過多次了，但她還是嘖嘖讚嘆了一聲。巴禮柯一動不動，禮貌地坐著，看著黑暗像一顆顆分子慢慢消散，逐漸來到的光明穿過一棵又一棵梧桐樹，灑到柏油路面。

五

晚上八點，電飯煲的溫控開關自動斷開，女人端出做好的菜餚，把巴禮柯的母親從床上撐扶下來。門鎖著，沒有聽見樓梯間的腳步聲。

禮柯還沒回嗎？巴禮柯的母親問。

是呀，還沒有回。

女人看了眼牆上的鐘，過去了一分鐘。

總會回來的。

女人說，然後給巴禮柯的母親夾菜。老太太撥開袖子，拿食指在手腕上摁了一下，乾皺的皮上留下一個小坑。

你看，它恢復不了原形。

吃吧。

你看，它恢復不了原形，我老得不行了。

吃吧。

吃完飯女人將巴禮柯的母親扶到衛生間，又扶到床上。巴禮柯的母親說：幾點了？九點了。

禮柯怎麼還沒回啊？

是啊，怎麼還沒回？我打個電話去。

打完電話回來，女人說：電話關機。興許沒電了，車子拋錨了，或者沒趕上車子。他跟山腳下人熟嗎？

他熟。

熟就有得住了。

女人洗完碗，回到房間，做了一會兒針線，推開窗看一眼，發現天上有一些星星。她想，理應是他擔心她們，而不是她們擔心他。她打了個哈欠，上床睡覺了。

六

十一月四日清晨六點，女人準時醒來，發現身邊空蕩蕩的。拉開房門，看到桌上、沙發上、地板上也沒有人回來的痕跡，便打開房門，樓梯也是空蕩蕩的。打電話，關機。女人刷牙，洗臉，向臉上塗了點大寶SOD蜜（註一），然後挎著菜籃穩重地出了門。她共計從八萬的總存款裡支取了二十四元，用於購買豬肉、青菜、藕和雞蛋。當她回來時，房內仍舊沒有任何巴禮柯的動靜。她就去淘米，煮粥，調製醃菜。等到粥香飄出，已經是七點半。

巴禮柯的母親叫喚了幾聲，她走過去。

禮柯回來了嗎？

還沒有。

這人怎麼回事啊？

估計過半小時就該回來了。

兩個女人開始一邊吃粥一邊等，光線透過玻璃窗射入，屋內熱辣起來。巴禮柯的母親焦躁不安，大罵：他回來我一定打斷他狗腿。我說真的，一定打斷他狗腿。女人沒有搭理，碗也不洗刷了，靠在沙發上打毛線，一針一針地打。牆上的鐘一格一格地走。巴禮柯的母親咕噥了幾句，在床上靜靜地躺下。

鐘敲響十點時，女人妄圖再打幾針，手卻沒力了，站起身來時腿也沒力了。挪到電話機旁後，頻繁地撥打。關機。女人又挪到巴禮柯母親的房間，發現她在偷偷出眼淚。女人伸手過去，她就抓住她的手，好像巴禮柯藏在她手裡一樣。

我兒，你回來呀，快回來呀。

註一：一種護膚品。

我去報警。

女人氣狠狠地說。女人走出門時，正好碰到鄰居，就招呼鄰居到屋裡招呼下。女人走到街道上時，兩條腿一下比一下有力，走得呼吸緊密起來。可是一到派出所，身子就全部軟下來。警察扶她，扶不起來。

怎麼了？

我男人失蹤了。

七

女人回來時，兩條腿又有力起來，上樓梯還小跑起來。可是推開門後，房間正中坐著的是哭得一塌糊塗的巴禮柯母親。鄰居說：沒事的，沒事的，就是天上只有一顆星星，巴老師也能辨清方向。女人看了眼牆上的鐘，是中午十二點，各種可能像魔怪一樣衝殺上她的腦袋。

被狼吃了；

摔懸崖下死了；

被山上掉下的石頭砸死了；

掉到獵戶的陷阱流血過多死了；

冷死了；

被路過的山人打劫殺死了；

從山上失足滾下來撞樹上死了；

自殺了。

他不可能自殺，他有娘，有班上，本來退休了，學校還沒說返聘，他就屁顛顛地回去了。她去床頭櫃裡翻，翻出六本存摺，四張銀行卡，一個都沒少。

她走出來麻木地看著虛掩的門，門下有道窄長的黑影。中斷的哭聲再度響起時，她惱恨起來，說：別哭了，別哭了。然後撥打派出所的電話。派出所說已經和青山村委會聯繫過了，沒有發現巴禮柯下山的情況，我們正在進一步追查。女人放下電話，也不知道如何辦了，拍起沙發，投身於哭泣當中。這個鄰居慌了，出門找人支援，不一會兒眾鄰居擠進來（包括摟著皮球的小孩）。他們眼神焦急地看著這兩個東倒西歪的女人，幻想著那個走失的六十一歲的孩子。中間有一個勸慰良久，忽然拍腦袋，回家找來了電話本。在本子上有一個電話，是戶外搜救隊的。

「這個比派出所有效。」他說。

鋪墊

八

華萊士不是他真名，自從看了一張叫《勇敢的心》的碟後，他的真名就消失了。

每個城市都有一些神祕的人自願聚集在一起，比如養鴿子的，唱搖滾的，搞戶外搜救的，他們有著自己的語言，封號和尊嚴，做著可能是唐吉訶德的事情。他們永遠不會有辦公室，卻蔑視掛牌子的單位和穿制服的人。

華萊士是戶外搜救隊的隊長。十一月四日晚他看了一遍地圖，又看了一遍，慎重畫了幾個圈，然後拆下西服、領帶、襯衣、皮帶、西褲和鱷魚皮鞋，赤身裸體走到鏡子前，給臉頰抹上印第安人才有的油彩，然後又穿上膝蓋破損的淡迷彩服和行軍皮鞋，戴上墨鏡和美國軍人的貝雷帽。他擺弄了幾次帽子，使帽簷一側恰好露出一叢白色的板寸（平頭的意思）來。他就這樣戴著帽子，穿著鞋鑽床裡睡著了。

十一月五日清晨五時，鬧鐘還沒響，華萊士就一躍而起。他將行軍包扔進拆卸了消音器的吉普車內，駕駛著它上了街道、水泥路和柏油路，朝著黑暗中的青山村前進。在那裡，他抽掉將近半包菸，十六個戰友才陸陸續續趕到。

初起的太陽微弱，他對了下錶，斜起高挺的鼻子，以使堅毅的唇廓能完整露出。他像將軍一樣說：目標，一個叫巴禮柯的老師，穿著黑色T恤，黑色田徑褲，身高一點八米，體重八十公斤，國字臉，眉毛間留有一道疤痕；範圍，青山副峰和尚嶺；戰術，兵分四路，圍攻式上山。出發。

和尚嶺海拔八百六十三米。電信通過手機定位，證實巴禮柯的手機十一月三日上午十時曾在此出現過信號。華萊士強調這是唯一可用的線索。他心裡盤算，搜遍這裡大約只需四到五個小時，但是久疏戰陣還是使他們犯下想當然的錯誤。當霧像汽車尾氣一層層噴出來時，他們便只能看見自己的腳尖，原本陽光條件下粗放式的搜索改為一步兩步的腳量。然後因為持續迷路，搜救隊亂成一團。

直到霧氣被黑幕逐漸取代，他們才放棄了畢其功於一役的信念。

「我們怎麼回去啊？」

「朝著地球重心走。」華萊士在對講機裡哀喪地說。

九

十一月六日早上九時，陽光大好，遠處的和尚嶺像尷尬的禿子，擺在紅葉掛滿的山野之間。華萊士面前的隊員變成三十八個。他們花了幾小時，匯聚到嶺頂。他們看到的除開石頭，還是石頭。華萊士又佈置他們從可能的路徑返查，他們一路查到山腳時，沒有找到任何遺物、氣息和腳印，倒是發現和尚嶺是世界的起源，歪歪斜斜的明徑、暗徑鋪下來有十幾條，通往羅馬、東京、紐約、世界各地。

他們待在廢棄的石灰窯下抽菸，看到三條搜救犬拖著養犬員往嶺上飛躥。

十

十一月七日早上九時，天色陰沉，華萊士面前站了五十人。他們按照前夜制定的計畫朝著海拔一千八百四十一米的青山主峰行進。剛過和尚嶺，小雨落向塵土，好像露珠從樹葉上無意墜落，接著一針一針密起來。山路逐漸濕滑。華萊士看著鞋尖的黃泥，焦灼不堪，拿起對講機喊：現在要做的就是搶時間，越晚雨水對現場的破壞越大。想想他又說：注意安全，注意用木棍、枝條探路。

但還是有人滑落到灌木叢中。

下午一時，一名隊員沿路爬行時走到路邊準備小便，前腳撥掃灌木叢時忽然空了，立刻向後一倒。待起來後拿枝條刺探，才知下邊是空的。搬起石頭往裡一扔，聽到悉悉索索一陣響動，然後聲音沒了。然後山腳下傳來一陣跌撞的回響。

我不能再往上了，我的命差點沒了。

要下山的現在就請下山。

華萊士憤恨地在對講機裡說。接著又說：外地來的兄弟請注意，今年以來本城降雨量明顯增多，灌木生長茂盛，除開能遮擋住路面外，還遮蓋住了肉眼看不見的深溝以及懸崖，請務必小心。但是恐慌已似病毒傳染開來。那個小便的隊員率先走下山，他的同夥跟著下去，接著來路不明的想想也下去了，那些還在爬山的人回頭一看那麼多人回去了，以為計畫有變也跟著下去了。華萊士像是被背叛的酋長，兀自向上走了一陣，在雨勢加大後被迫撤退。

回到青山村，他看著收拾包裹的戰友，臉色鐵青，一言不發。這時，一個老年女人推著輪椅走過來，輪椅上坐著一個年紀更老的女人，她就是巴禮柯的母親。巴禮柯的母親癡癡地望著華萊士，華萊士往哪個方向走，她的眼神就落在哪裡。華萊士被看得心慌，便走到她面前。她顫抖著手從包裡翻出一個塑膠袋，又從塑膠袋裡翻出橡皮筋捆好的人民幣。

首長，這是我攢下來的四百塊，你兩百，你手下兩百。

奶奶，快別。

華萊士的背脊鑽過一股熱流。接著他又說了一遍，奶奶，快別。

十一

十一月八日早上九時，前夜停息的雨又綿綿下起來，華萊士面前的隊員變回三十八人。他返身指著霧靄籠罩的青山主峰說，這就是目標，不會有別的目標。

他年紀大了，或許不會爬那麼高的山。一個隊員插嘴說。

不，你應該知道有人問過英國登山家馬洛里，你這樣費力登山為什麼？華萊士又返身指了一下海拔一千八百四十一米的主峰，說：Because it is there.

這一天仍然有人滑倒在路上，也有人用棍棒探測出隱蔽的懸崖，但是再沒有人退縮。華萊士走著走著，幾次幻覺巴禮柯從雨幕中跑出來，定睛一看，卻只是白花花的雨散著光。他不知道這是希望還是絕望。餓了後，他靠在樹根上大口啃麵包。然後拿起對講機說：一天，蚊子跟螳螂去偷看一女子洗澡，蚊子自豪地說，看，十年前我在她胸前叮了兩口，現在腫得這麼大了。螳螂不服氣。

螳螂怎麼不服氣了？

對講機裡有幾聲嘈雜的回話。螳螂說，那算什麼，我十年前在她兩腿間劈了一刀，至今每個月還在流血。

下午三時，對講機信號弱起來，但是在斷斷續續的喀喀聲之後，卻傳出一個準確的消息：發現一枚缺損的鞋印。

你確信不是自己人留的嗎？

不會，這是雙旅遊鞋，後邊印著四個字母，我拼給你聽，a-n-t-a。

安踏。華萊士說。

他們發現的鞋印只有後腳掌。在場人用手機拍好照片，走到一個坡上找到信號，將它發送到山下駐點，駐點又與後方網友聯繫，網友又與巴禮柯女人聯繫。巴禮柯的女人找出這雙鞋的盒子，將鞋的品牌和尺碼反饋給網友。網友根據這些情況，上網查找鞋的鞋底照片，並將照片傳送給山下駐點。駐點的人比照兩張照片。紋理，尺碼，鏤空處，完全吻合。

那麼，這個鞋印指明了巴禮柯的前進方向。他上峰頂去了。

華萊士興奮地說。

但是綿延不絕的雨忽而潑灑起來，兼之天色黑得很快，能見度十分低，眾人也只能在發現鞋印處做足標記，倉皇下山。山下來了不少記者。一個村民說：「珠穆朗瑪峰有人上去，但是青山峰頂路途崎嶇，已多年沒人上去了。」

十二

十一月九日上午九時，繼續下雨，華萊士面前站著一百九十七人。他說：「現在人力就是一切，我們與消防隊合作。」但是惡劣的環境導致拉網式排查進行到一小半時就被迫結束，而且前邊看起來沒路了。華萊士回來後上網，看到巴禮柯過去的學生在祈福，「慈祥」、「永遠微笑」、「樂觀」這樣的詞被反覆使用。心下感觸。後又看到一位說，巴禮柯上課風趣幽默，當年為了多上他的課，大家商量集體不及格。華萊士心想可能嗎。接著他想要是自己死，也會不會這樣死得讓人牽腸掛肚。

十三

十一月十日上午九時，天氣放晴，白雲懸浮於青山，青山背靠浩淼藍天，華萊士面前站著四百餘名隊員、志願者和記者。他揮舞著手大聲說：「人類的極限是多少，有人說是七天，有人說是四十九天，有人說是八十一天。我們就相信是七天。今天就是最後一天，活要見人，死要見屍。」

隊員到達昨天排查過的區域，用柴刀砍殺荊棘、叢枝，進展緩慢。灰心絕望之餘，卻是華萊士用望遠鏡看到另一方向的叢枝上掛著一張窄長的紙條。他游移過去，看到紙條為人工撕裂，小而尖的一邊指著一個方向。紙條上邊有「附小」兩個紅色宋體字。

到這邊來。

他招呼道。很快，華萊士看到一處灌木被砍斫的痕跡，接著越來越多的痕跡閃現出來。

巴老師是聰明人，他選擇了這座山的弱點開路。

華萊士指揮眾人朝前砍斫、拓寬，又一張紙條浮現出來。接下去又有一張。越來越多的紙條像火把一樣，向前燃燒，一直燒到一個開闊的草坡。草坡邊有棵樹，樹下有堆人工鋪就的草，草上有張塑膠袋包好的紙片。紙片上寫著：師院附小巴禮柯十一月三日攀登至此疲極，迷路。在此住一夜，準備明日順十字路口紙條方向下山，謝謝恩人。華萊士大聲朗讀著，熱淚盈眶。再細看，在草堆邊有吃剩的野山楂核，人類的糞便以及揉皺的衛生紙。華萊士喊道：他不是一般人，你看他還知道揩屁股，寫的字也遒勁有力。接著勘察，又在草坡四周看到四條不很明顯的小徑，往北的那條有最後一張紙條。

老天爺啊，他往那個方向去了。

華萊士往著北的方向一跪。那邊山連著山，連了幾十公里。

十四

十一月十一日上午十時，華萊士站在警車的腳踏上，拿起警用喇叭。在他眼前，是一個個接近兩千個人頭，兩千個人頭像浪花一排排湧過來，湧到這裡算是靠岸了。在村口，還有不少車輛在忙著倒車。在路口，還有不少車輛在緩慢開進土路。因為趕來的人太多，平日荒涼的向青路一大早發生數起追尾事故，堵塞達一小時。華萊士看著底下一雙雙仰望的眼神，熱血沸騰，幾乎不信喇叭裡的聲音是自己的。

出發。

他喊道。

龐大的搜救隊伍在搜救犬帶領下，浩浩蕩蕩，塵土飛揚，開過馬路，開過和尚嶺，開進青山主峰，在前頭發現的草坪處向北擴散，進行地毯式搜查。因為天氣晴好，一些訓練有素的人開始採用繩索工具，下到一些懸崖下探尋。下午二時，華萊士的手機接到短信：根據科技公司GSM定位查詢，巴禮柯的手機十一月三日傍晚七時曾在火車站短暫出現過信號。

這是怎麼回事啊？華萊士看了眼遍布山野的人群，不敢相信。他拿著手機四處走，終於走到信號有兩格的地方，便打過去。

這是怎麼回事啊？

是他們說的。

他們有沒有定位錯啊？你再問問。

幾分鐘後，短信傳到手機上，是這樣一行字：他們說，我們對可能發生的追蹤錯誤不承擔責任。

什麼野雞公司。

華萊士像是被鎮壓了，坐在石頭上理思緒。巴禮柯留言「在此住一夜」，那留言時間一定是在傍晚，他當時在草坡上，除非長了翅膀，才能飛到火車站。即使巴禮柯留言時間是下午，能搶到時間趕到火車站，作為一個道中人，他也應該將布置的求助現場銷毀掉，以免誤導別人。更何況紙條準確指出的方向是北，而火車站明顯在南。也許他記錯了時間，將四日寫成三日，但是那也只是表明四日他在草坡。他跑到火車站，再跑回山上？他瘋了。

他給巴禮柯家裡撥打了電話。

巴老師回家了嗎？

沒有呢。山上有新情況了？

沒有。

華萊士抽上一根菸，看著一座山搭著另一座山的胳膊，另一座山搭著另另一座山的胳膊，轉著圈綿延開去。

你還信不信巴老師？

他問自己，問完看了眼報紙上巴禮柯的照片，巴禮柯對著他和藹地笑著。

下午三時三十分，恍惚前行的華萊士陡然聞到奇異的味道，再聞時又沒有了。他捏著鼻子休息了一下，四處各走了七八米，終於準確捕捉到方向。是股腐臭。他拿枝條四下撥，一下看不到什麼，招呼別人一起來撥後，終於從一個鋪蓋嚴密的枝葉下探測出一個懸崖。味道正是從下面浮上來的。

華萊士在腰間繫繩索時，心臟跳得很快。上邊人把他往下放，放到半空，他就低頭看，卻只是看到一顆又一顆清白的石尖。落地後，他朝四周看，也只看到空蕩蕩的石壁。沒有螞蟻，沒有蛆蟲，沒有食腐的鳥兒，什麼也沒有，但是味道明明在。華萊士拖著繩索焦急地走來走去，終於在腐臭之霧中找到一個隱蔽的石縫。用枝條撥開縫隙前的草葉，他看到令自己羞辱終身的東西：一個鷹窩。

十五

十一月十二日，搜救人員降為五百人；

十一月十三日，搜救人員降為四百人；

十一月十四日，搜救人員降為三百人；

十一月十五日，搜救人員降為兩百人。本城電視台播放了一期名為《尋找巴老師》的專題片，以每天為章節，每個章節開始時必有一隻手有力地捏著郵戳，向著電視螢幕蓋日期，一直蓋到觀眾揪緊的心臟。華萊士看到自己在鏡頭前表情鎮定。華萊士說，巴禮柯身亡只可能有三種情況：一是餓死了，但是現在山上正是掛果季節，巴禮柯不致坐以待斃；二是被狼吃了，但是排查到今天還是沒有看到顯見的血跡，我們都知道這樣的人獸搏鬥會遺留下大量的血跡；三是墜崖死了，但是基本的懸崖、斷崖和深溝都被插標探訪過——現在只有繼續去撲剩下的沒有發掘出的懸崖、斷崖或深溝——也只有這樣了。華萊士抽著菸，看著電視裡陌生而誇誇其談的自己。

十一月十六日，搜救人數降為一百人。《尋找巴老師》被中央電視台以及國內十五家上星衛視的講敘類節目轉播。華萊士正在拉繩索時，接到戰友遞過來的電話，是家日本電視台進行遠端連線，他已經有些經驗，也懂得政策。說到入港時，忽聽一聲慘叫迴盪山谷：一根尼龍繩綳斷，一名志願者墜落下崖。華萊士匆匆說：我們很忙。把電話丟給戰友，趕過去，崖下一個過於自信的志願者正僵硬著身軀呻吟，是盆骨摔壞了。專業消防隊馳救三小時，將傷者運送至醫院。華萊士在鏡頭前摘下眼鏡，露出疲倦的紅眼圈，說：我不贊成非專業隊員繼續上山搜救了。

十一月十七日，搜救人數降為五十人。戰友報告來新消息，在新區域發現乾枯的女性衣裳，又在不遠處看見一具男性屍骨。華萊士激動了好一陣子，可是接下來的結論很清楚，排除是身材高大的巴禮柯。華萊士拖著腿回家，打開電視，電視正在重播採訪巴禮柯母親的鏡頭，她對著鏡頭哭泣，說，我今年八十四歲，你們都是好青年，你們的恩德我報答不盡，你們出事了，我不知道要怎樣感謝。

十一月十八日，搜救人數降為三十人。華萊士看到報紙說，巴禮柯的女人根據律師建議，到公安局申請立案，提法是「疑似被侵害」，理由有二：一是山上發現屍骨以及女性衣裳，不排除有殺人者潛藏於山；二是科技公司定位顯示巴禮柯的手機曾在火車站出現過，不排除是殺人者攜帶遇害人手機潛逃至此。公安局表示考慮接受這個建議。華萊士想她們或許心死了。

十一月十九日，搜救人數降為二十人；

十一月二十日，搜救人數降為十人；

十一月二十一日，搜救人數降為十人；

十一月二十二日，搜救人數降為五人；

十一月二十三日，搜救人數降為三人；

十一月二十四日，搜救人數降為兩人；

十一月二十五日，搜救人數降為一人。華萊士孤獨地走上山，他感覺自己的身軀像紙條捆綁的柴禾，隨時要散落一地。他對自己說，能走多遠就走多遠吧。走到一個山坡時，他看了眼群山，看出自己的渺小來，便將一面紅色的旗幟插在那裡。天完全黑掉後，華萊士孤獨地走下山，他在小賣部買了一包菸，抽上幾根，然後發動那輛日本原產的吉普車。上柏油路後，華萊士看著地面像河流一樣流淌，腦子一邊理這些天的情況，卻是理到哪兒就卡殼在哪兒，他知道自己要睡了，便睡了，他睡了很久，然後被一聲巨響驚醒，他看到車子抵著一根巨大的樹。他感覺胸前的肋骨劇痛，好像是要死了。他疲乏地想，不會有三百人、五百人、一千個人來尋找他了。他不是事情的元（根本的意思），或者，他不是元的事情。

十一月二十六日，青山空無一人。

高潮

十六

事情就這樣過去了。師院附小曾經商量要辦追悼會，一個老師說叫追悼會不好聽，應該叫追思會。另一個老師說那也不好聽。校辦的人找到巴禮柯女人，委婉地說了這個意思，女人木然站立很久，輕輕搖頭，說：死不死，活不活的。

死不死，活不活的，不如死。死尚有個清晰的結論，如今一鼓作氣，再而衰，三而竭，失去了理由。就像好多天後才知自己被人罵了，要上門算帳，失去了理由。女人戴好手套，一隻腳踩實腳踏，推著自行車小跑幾步，另一隻腳飛越座椅，跨了過去。她開始上班了。

事情就這樣過去了。人們將失蹤人口自動計算為死亡人口，將巴禮柯女人自動計算為遺孀，將巴禮柯母親自動計算為白髮人送黑髮人，認為世間悲苦莫過如此。一個姓巴的家庭，如今只剩兩個外姓女人了。人們找了很多機會來表達自己的歉意。

二〇〇八年二月六日，農曆除夕，先是學校的一撥人提著大大小小的禮品進來，坐滿了沙發，接著鄰居也提著包好的餃子過來，站滿了房間。

你們回吧。巴禮柯的母親說。

大家卻是沒有走的意思。

那就吃掉我炒的花生。

巴禮柯的女人一手一手給大家捧。這時房間裡有電視上朱軍周濤濃情的聲音，廚房有餃子煎得劈劈啪啪的聲音，窗外有煙花一朵一朵沖上天的聲音，遠處有大鐘敲響的聲音。在這些聲音中間夾雜著鑰匙插在門上轉動的聲音。大家並沒有注意到。然後，一個鬚髮花白、眼窩深陷、皮面滄桑、瘦骨嶙峋的老頭拄著拐杖，像隻蝦米躬身飄了進來。他在一雙雙木愣的眼睛注視下扔掉油膩的包，走到茶几邊上跪著，拿髒手抓花生和糖果。他把糖紙一起嚼了下去，把花生殼吐出來。他的口腔飄出一陣濃重的口臭，他拖著一條油膩的田徑褲。

巴禮柯的女人猝然暈倒。巴禮柯的母親拿起拐棍，一邊出眼淚一邊戳他，戳了三四下，咬牙切齒地說：看我不打斷你的狗腿。眾人一下像是看到不該看的祕密，尷尬起來，爭著去抱扶巴禮柯女人。掐了好一會兒人中、虎口，巴禮柯的女人才像孩子出生一般，號啕大哭起來。眾人說：「回來就好，回來就好。」卻是幾步就溜走了。他們走在風中，走在雪中，好像被玩弄了，哭笑不得。他們把短信發給一個又一個認識的人：巴老師回來了。

回來了？

回來了！

十七

巴老師到底去哪裡了？這個問題卻一直沒有答案。一開始人們以為羞於啟齒是因為它關係到一個老人的尊嚴，在這樣的敏感期度過後他自己會說出來，但是他卻一直緘默。後來人們相信這樣的祕密至少他女人會掌握，但是女人說：我說你要是不說，我就去死。你猜他怎麼著了，他浮了一個眼白。

他浮了個眼白，像看陌生人一般看著女人，像在狼窩生活很久，心野了。這樣就有一場看不見的戰爭，人們（包括他的女人和母親）試圖搶占這個祕密，而巴禮柯卻將之視為退無可退的一個高地，嚴防死守。有時走過街道，別人就是沒說話，他也會惱煩地說：別問了，有什麼好問的？

巴老師，你至少也得替那摔殘和撞死的搜救隊員留個說法吧？不是我多嘴，派出所還立了案呢。

膽大的鄰居在他身後指戳。巴禮柯呆立了一下，氣恨地走了。

僵持的結果是巴禮柯從此成為孤魂野鬼，人們（包括他的女人和母親）認為他破壞了彼此之間基本的信任。而巴禮柯好似樂得承擔這個身分，學校不用再去了，他開始梳理花白的頭髮，穿上乾淨整潔的衣服和皮鞋，像個紳士在城市四處逛。有人說他喜歡站在美容美髮店的玻璃窗外，用手撥弄散掉的髮型。這個說法增加了女人的懷疑，因為巴禮柯雖然還是沒有去動用那六本存摺、四張卡，但是學校的退休金卻是不再打進來。巴禮柯把它們截留了。

你拿那些錢去幹嘛？女人問。

你管得著嗎？

我當然管得著，老娘是你的老娘，不是我的。你不養難不成我養？

你不是存了七八萬嗎？

雖然早已經習慣這樣的冷聲冷氣，但女人還是忍受不了，眼淚流下來，也不說話，像多年前那樣憤然走到房間收拾行裝，準備離開。收拾了十來分鐘，收拾的不過是三十年來的生活證據，點點滴滴浮現眼前，又抽泣起來。前方是不可掌握的黑夜，自己也不再青春年少，就是連「離婚」這枚砝碼也早早弄丟了。這樣一想，死這個字便閃進來，她想死了也好。這時巴禮柯進來，從公事包裡翻出一沓人民幣來，說：你數數。女人忽而在海中撈到船沿了，點著口水一張張數，一邊數一邊心算，一分不少。

我給學校打電話，以後都打給你。巴禮柯說。

我給你留點吧，來，給。

女人抽出三張一百，給他。他遲疑了下，伸手接了。女人後來就怪自己仁慈了，但當時好像只有仁慈一條路。巴禮柯像個哀傷的破產者站在她面前，這些錢本是他掙來的。

女人後來在巴禮柯走了一百米後，悄悄跟上。巴禮柯不像以前身體好大刀闊斧地走，女人走著走著就近了，竟要壓迫自己走慢點。巴禮柯目不斜視地走過銀行、超市、電信營業廳；走過人行道、人行橫道、盲道；走過電影院、飯店、洗浴中心；走過象棋攤、秧歌隊、賣藝場子；走過美容美髮廳。美容美髮廳門口坐著穿鬆糕鞋、塗豬血口紅的小姐，她蹺著蔥白的二郎腿，雙臂緊縮，擠出乳溝，有意無意地對路人說，玩嗎？巴禮柯目不斜視地走過去，然後在前方大約一公里處轉身，按照原來的路線走回來，目不斜視地走過美容美髮廳、賣藝場子、飯店、超市，走回家。

女人跟蹤到第八次時，興趣索然。她沒有跟上去，她去農業銀行排隊，大約一小時後輪到她了，她把存摺塞進去，說：今天是十五號，我想知道工資打到帳裡沒有？儲蓄員把存摺放進印表機裡，出來後顯示巴禮柯本月的退休工資一分不少地打了進來。生活就這樣了，人會變得不可思議，錢不會。

十八

二〇〇八年七月十五日，很多年紀大的人到銀行排隊，看工資到帳了沒有。巴禮柯像往日一樣，走上街頭，朝前漫無目的地走。

走到十字路口，他慢慢等紅燈變成綠燈。天色尚早，大約下午三四點，灑水車像隻螃蟹滑過來，把水澆向一輛輛自行車的輪胎。巴禮柯向後退上台階，看著它朝右滑去。綠燈已經在跳了，他並不急。過人行橫道後，他蹲在百貨大樓的台階上看別人下棋，那是兩只同樣蒼老的頭顱，湊在一起，像小孩子玩神祕的遊戲。他看了一會兒走了，又在酒店門口停下來。酒店前門停車場的開闊地，一班穿著宋朝服裝的服務員筆直站成三排，穿西服的領班大聲說：歡迎光臨。他們就大聲說：歡迎光臨。然後一起鞠躬。領班又大聲說：歡迎下次光臨。他們就大聲說：歡迎下次光臨。然後一起鞠躬。表情嚴肅。

走到一間報亭時，他拿起一份晚報翻閱，翻了四五個版，裡邊探出一個腦袋，買嗎？他抖抖放回去了，好像是不值得買。走到家電超市門時，他看到那裡摞箱子一樣摞了二十多台彩電，每台電視裡都在放范偉一瘸一拐離去的畫面。謝謝啊。旁邊看的人都笑了，巴禮柯鬆著兩隻手臂麻木地看。待電視牆統一變成雪花，他一個人呆立在那裡，好像還有等待的。看了一下手錶，他終於又走了。

他目不斜視地走過夢容美髮廳。走過去時，一個穿鬆糕鞋、塗豬血口紅的小姐蹺著蔥白的二郎腿，雙臂緊縮，擠出乳溝，鄙夷地說：玩嗎？他目不斜視地走了過去。十分鐘後，他走了回來。那個小姐交叉了下二郎腿，爾後起身拉座椅，乳溝上像是長了兩隻眼睛，對著他眨。他像任何一個生手一般，手心出汗，任人宰割地看著裡邊。裡邊坐著五六個雷同的小姐，她們像豬仔一般拱到門口。金色的、綠色的、紫色的假睫毛一起撲閃，好像在說：來吃我吧，來吃我吧。她們把手一隻隻撈向巴禮柯僵硬的手臂，將他撈進去。

他指了指最裡邊一個獨自抽菸的女人。她根本沒有看外邊。周圍一片唉喲的唏噓。他臉紅了。女人把菸灰彈在菸灰缸裡，轉過身來，是張麻木的瓜子臉，魚尾紋和皺紋都留下了痕跡。她坐著，卻是俯視般地看著巴禮柯。

我？

她笑了一下，牙齒已經不白。笑容很不禮貌地陡然收住。巴禮柯躲避著她的眼神，倉促點頭。她站起身，撣撣黑色短裙，從化妝台上撈了卷衛生紙塞進包裡，然後說：走吧。巴禮柯像條驢，低頭跟著她走了。

十九

你今年多大了？

走到空蕩蕩的巷子時，巴禮柯的心跳才平緩了一些些，他這樣說話。前邊釘著路面的高跟鞋停下來，接著又釘起來。

二十五。

你是哪裡人呢？

四川。

四川哪裡？

你們這些人淨整這些沒用的。

巴禮柯有些尷尬，過了一會兒他又說：我看你不像是四川的。

那老闆你說呀，你說我是哪裡的我就是哪裡的。

我看你是江西的。
前頭的步子停下來，接著又走起來。
江西哪裡的？你猜猜看。
瑞昌縣的。
女子轉過身來，從上到下打量巴禮柯，眼裡露出惡毒的譏誚來。後來那譏誚的光又變成屈憤的怒火。
對不起，今天不做生意了。
姑娘，你誤會了，我不是來做那事情的。
那你來做什麼？
我只想和你聊聊天。
你幾十歲的年紀了，別和那些大學生一樣了。你是不是要跟我說早些從良，到外邊去上個正經班啊？是不是還要說你愛我，要等我啊？
巴禮柯窘迫得不行。在女人就要轉身一個人走掉時，他的眼淚忽而淌下來。女人沒見過這麼老的男人鼻子尖掛鼻涕，斜眼看了他幾眼，又停住了。
算了，你有什麼說的說吧。
我請你吃飯。
女人沒有回話。
我請你吃飯。
女人咬著嘴唇，想了想，看了看巷子四周，說：好吧好吧，就那間驢肉火燒。

二十

他們走進窄狹的驢肉火燒店。桌面油膩，老闆圍著骯髒的圍裙，狐疑地看著他們。巴禮柯試圖消除這顯而易見的誤解，可是女子卻以她職業的表情，冷漠而嫌棄地看著巴禮柯。老闆詭笑著走了。

我知道你是誰。

女子說。然後從包裡拿出菸，清晰地打響打火機，專注於第一顆煙圈。此前巴禮柯一直是情緒的獅子，現在好像也不用遮掩了，嚅動著嘴唇，準備說話。

你說吧。

女子把菸灰彈在地上，眼睛直視著他。

從那裡回到這裡一共是一千三百五十公里，一共經過二十五個城市。春節前，公路邊菜地沒有菜，只有凍土，但是結婚的多。我在每個城市都喝了一頓喜酒。我直接走進賓館，裝作有事。春節晚會演過。男方以為是女方的客，女方以為是男方的客，塞個空紅包就行的。

我不是那樣，我是裝作進去有事，我不知道哪裡可以容身，進了廁所，洗好臉，出來就清醒了，知道哪桌是散客，就坐在那裡吃，吃光了。新郎和新娘過來敬酒，我又上廁所去了。我在廁所打飽嗝，眼淚就下來了。

為什麼？

因為一個人都不認識。

你說吧。

我吃的時候，就想再不可能有下一頓了，可是我在每個城市都吃上了一頓。開始時比較順利，後來衣服餿臭了，服務員伸出白手套攔我。我說我有事，他們說有啥事，我說不出來，他們就踢我。但是北方人比南方人好像多點義，那些流浪漢跑到喜宴門口打板子唱歌，把裡邊人唱出來，往他們的塑膠袋裡倒剩餘的魚肉。我跟在他們後頭，他們說：不是我們一夥的。但是那些婦女還是給我也倒了一份。我得手就跑了。

你吃點吧。

女人頭向後仰了一點，保持著對巴禮柯的壓力。

我不餓。我吃不足時就去垃圾箱裡刨，開始還知道腥臭，後來就不知道了。我身體還乾淨時，從很遠的鐵路壩上去，向火車站走，走到月台。我坐不上快車，快車門口都有剪票的，我跟著一群農民工擠進慢車。我總是想自己能多乘上幾站，但是他們總是很快將我發現，在下一站將我推下火車。而越靠近這裡時，上車的農民工越少，我便沒法往上擠了。我只能沿著鐵軌走。我看到鐵軌上有石頭、飯盒、糞便，還有死掉的嬰兒。

女人將半根菸掐滅，打了一個哈欠。

你沒經歷過一分錢都沒有的時候吧？巴禮柯討好地問。女人搖了搖頭。這個時候小店走進來一對年輕夫妻，男方身材高大，手裡抓著寶馬鑰匙，女方相貌姣好，白嫩的脖子上掛著名貴項鍊，兩人臉上帶著到此探險的上層人的愉悅感。坐在巴禮柯面前的女人本已將目光收回到食物上，忍不住又往那做妻子的瞟了一眼。這一眼便瞟到她耳後不易察覺的疤痕。女人無聲地恥笑。

你說吧。她說。

我花了將近三個月才回到這裡，可是我去那裡只花了一天一夜。我坐著最便宜最慢的火車，也只花了一天一夜。我換坐中巴車，也只用了一個下午。一天一夜一個下午，我去了那裡。

二十一

我本來可以早點去那裡的。

巴禮柯絕望地看了眼女人，女人正仰著面孔看天花板上爬行的壁虎。兩下裡無話，壁虎爬在天花板上也沒有聲音。巴禮柯端起紫菜蛋花湯吸了一口，聲響很大，女人聽到了，坐直身體，說：是啊，你為什麼不早點去呢？

我說出來就好過一點。

你說吧，我聽著呢。

我本來可以早點去那裡的，但是一直拖了三十二年才去。

為什麼要拖呢？

因為家裡擺著一尊遺像。我看到那上邊的相貌是端正的，斯文的，五官齊全的。但是聽母親說，死屍搬回來時腦殼是破裂的，血一直在滴，滴了一路，跟回了一路的螞蟻。我下班要是回來晚一點，我的母親就坐在那裡不說話，生悶氣。我說為什麼，她就指著遺像說，你要是想走也可以，你看看你爸再走。我就陪著她坐在幽暗的時光裡，好像坐進一口深不可測的井裡，坐了三十二年。

你說吧。

我要是走了，我的父親樓就白跳了。他跳下去了，本不該是我回城的，結果我回城了。

本來該本不該的，這話我從小就在聽，每天都聽，聽煩了。

巴禮柯忽而酸楚起來，擤了下鼻涕，接著說：我的母親跟我說，你捏捏我的腿，一天比一天壞了，你要是走了，我就無依靠了，就要爬到街上去要飯了。別人是拿腳走路，一步走幾尺，我是拿肚皮走路，我就要被車子軋死了。後來，好像是要做結實這個牢，她的腿真的壞完了，慢慢連拐杖也撐不住了。她說你一人招呼不來，你得有個女人，我就有了個女人。我好像什麼都不知道，忽然得到一張紙條，要我去公園，我就去了公園。

一共是二十元。

老闆看到女子勾動的手指，過來收錢。

我來我來。

巴禮柯搶著說，老闆看了眼他，覺得理所當然是他付的，就把錢還給女子。女子也不說話。巴禮柯把一張一百遞了過去，說，再加一壺茶，點心什麼的。

我不走。女子說。

好。在公園我遇見了那個滿身是雪花膏香味的女人，也就是我後來的老婆。我草率地同意了，可是我不同意又如何？本質的事情是遺像，這個女人不過是量上的積累，既然我突破不了我的父親，那麼娶一個我注定不喜歡的女人就是理所當然的。我不娶這個，就得娶那個……總是要娶的。結婚那天，我臉色蒼白，大病一場，人們卻像自己結婚了，臉色紅潤，頭髮上沾著彩紙。他們認為再沒有比這一對更般配的了，他們將我丟在床上，就好像丟一隻捆綁好的牲口。他們把門重重拉上，然後反鎖上它。他們在外邊嘿嘿地笑。我看著我的女人，尷尬地笑，任由她的手撫摸我的頭，感覺像一個孩子被陌生的婦女抱著，像一個人投水自殺，一步步走到深湖裡去，淹沒了。

後來呢？

女子玩弄著新款的諾基亞手機，旁邊的夫妻正好奇地看著這邊。

後來我成為一個業餘登山家。開始學校那些老師邀我時，我並不應允。後來他們就到我家來邀，我也不應允。我的母親和妻子就說，你去吧，記得晚上八點回來吃飯。我就由著這些押差一樣的同事帶著上山了。其實我的腳一走出家門就自由了，就能感覺到它們的輕快和喜悅。但是在快要到達目的地時我又絕望了，因為我清楚地看到，到達目的地後的自己還是要折回去，乖乖折回那個四十來平米的牢籠。

女子放下手機，抱著手望著他。

其實新鮮的空氣是假的，茂盛的樹木是假的，潺潺流動的溪水也是假的。它們並不是空氣，樹木和溪水，它們是鋼筋做的柵欄。我在山上坐著，包圍我的仍舊不過是鋼筋做的柵欄，我以為我離某種奇蹟近了，其實是自欺欺人。我只不過是出來放放風而已。我出來放風，但是粗大的繩索和堅固的鐐銬還掛在我身上，我走多遠都是白走，我的母親只要輕輕一拉，我就得乖乖回去。

陳世美也會這麼說吧。女子揶揄道。

是啊，陳世美也會這麼說，陳世美也會找理由。

那你最後怎麼還是去了呢？

因為我在山上聽到了巴哈。

巴哈？

是啊，約翰・塞巴斯蒂安・巴哈。西方音樂之父。

你這麼說我倒有印象了，那個人總是教育我，說這個巴哈生前死後好長一段時間都不受重視，後來就被尊稱為開山鼻祖了。

是。如果不是後來一個叫卡薩爾斯的少年買了一只新琴想練手，去城市中所有的樂譜店找可供演奏的譜子，他那偉大的《無伴奏大提琴組曲》就要永遠沉睡了。

巴禮柯停頓了下，說：想來我也叫卡薩爾斯，卻在這裡生活了足足三十二年。

他接著說：我頂職回城時，教育部門的人問我，你知道楚辭嗎？對函數瞭解多少？會不會英語？草履蟲呢？我搖頭，額頭滲出汗來。他們說，那好吧，你去教體育。其實我應該跟他們說，我知道貝多芬、莫札特、柴可夫斯基和巴哈，但是我一緊張，就做了三十二年的體育老師。

這時門外傳來寶馬車發動的聲音，女子轉過頭去。那華貴的銀灰色車皮掠過時，女子露出被鎮壓的表情來。她在嫉恨。

二十二

你說你在山上聽到了巴哈。女子回過頭來說。

是啊，是我最後一次登山時聽到的，那也是我第一次一個人登山。因為約好的同事病了。我一個人坐在公交車上，看著黑暗像一顆顆分子慢慢消散，逐漸來到的光明穿過一棵又一棵梧桐樹，灑到柏油路面，忽然覺出比以前更大的自由來。我下了車，張開雙手，腳底下感受著石塊和地面的熱度，一個人朝山上走，也沒有目的，也沒有隱憂，就是癡癡地往上走。走到和尚嶺時，忽然打了個冷顫。我關掉了手機。我想我應該擁有這麼一天，什麼人也不知道我，什麼人也找不到我，我一個人安靜地享受著這個世界。

然後呢？

然後我披荊斬棘，豪情萬丈，走上海拔一千八百四十一米的青山主峰。在此之前，我的所有同伴都說這是不可能的事情，但是我只用一眼就比劃出這山的弱點，我用柴刀輕鬆劈出一條路來。劈到後來就看到一個草坡，草坡那裡有東南西北四條路，我很簡單地走上往東那條，上了一百米便上到頂峰，在那裡，那些未經阻攔的風衝過來，颳過我的T恤衫。清氣一直灌到我的肺內，好像給內臟洗了一遍澡。我看著那些平日可怕的山肩挨著肩，窩在一起，便大喊：徽敏。

女子陡然驚了一下。

我喊完，名字就在山和山間傳遞開來，好像可以傳到霸州、潢川、麻城，一直傳到江西省。但是我又清晰地看到它撞在不遠處的一座山上，熄滅了。我失落地坐在那裡，哀愁莫名，我想我是達不到。可是就在我這樣枯坐，收拾背包準備回家時，忽然風來了，整個山野的紅葉、草叢和樹枝都舞蹈起來，好像麥浪一路劃過。我站起身，馬上聽到我一生都不可能再聽到的詩篇，巴哈的《無伴奏大提琴組曲》。我的耳朵裡全部是逢—逢—逢的鳴響，逢—逢—逢。

女子呆望著巴禮柯。巴禮柯手舞足蹈。

我靠在樹上，淚流滿面，聽到漫山遍野都是大提琴的聲音。大提琴的聲音像潮水一層層經過我，又一層層消失，直到完全消失。就像從沒有來過。我感覺到孤伶伶，我一個人孤伶伶地站在山上。我開始焦躁起來，我並沒有像教科書上所說的那樣，得到純淨的內心，從此寬懷仁厚，我開始焦躁起來，像獅子一樣來回走動，我大喊操你媽。操你媽，我的父親；操你媽，我的母親；操你媽，我離過婚卻仍舊和我生活在一起的女人，操你媽。

你沒事吧？女子握著茶杯說。

我罵夠了，宣洩夠了，吭哧吭哧靠在樹上，接著哈哈大笑起來。我也不知道自己為何如此愉悅，如此解恨。我按照自己的旨意走下山，走到草坡，收拾一堆乾草，吃上幾顆野山楂，拉出一泡屎，然後取出紙筆，在乾草堆上留下一張紙條，說我在這裡迷路了，休息一夜，來日將從往北的那條路下山。可是。

可是什麼？

女子看到巴禮柯迎著她竊笑。

可是我卻往南走了，那就是我上山來的路。我把空白信紙拿出來，撕成一塊塊紙條。我把紙條擺在草坡的路口和路邊的叢枝上，告訴他們我往北去了，可是我卻往南走了。我從他們眼皮底下失蹤了，我失蹤了，我曾經以為毫無希望，可是這天我找到了飛越的翅膀。我飛走了，用一個正當的理由從他們的牢房裡飛走了。

你就這樣到我們南方來了？

是。我迫不及待地走下青山，走下和尚嶺。走到山腳時，我看到遠處有村民，就縮回樹林朝西走。我穿過隱祕的河流，穿越村莊的視線，走到遙遠的公路上，在那裡等車。二一六路開過來時，我轉身蹲著，告誡自己不要出錯。我坐上了另一路車，到城裡又換乘別的車，坐回到我的家，我當然沒有回家，我走到一個爛尾樓，走到三層，扒開水泥袋，扔掉堆砌的壞磚頭，從裡邊翻出一個塑膠袋。塑膠袋裡有一張農村城市銀行的卡，我帶著卡去自動取款機取出七百元改卷費。我帶著這七百元改卷費打的（註二）去了火車站，買好了去你們江西去你們瑞昌的火車票。我記得我是第一個通過檢票的，我快步走進車廂，找到一個位置坐下。我看到一些人拖著行李默然無聲地走進來，將行李默然無聲地塞上行李架，又默然無聲地下車抽菸。我想怎麼還不走啊，怎麼還不開啊，便打開手機看時間，我看到時間是二〇〇七年十一月三日傍晚七時。我想還有十分鐘火車就要開了，可是它們要是晚點也說不定，我緊張地看著窗外，看著那些在月台上奔跑的人，好像他們是來尋找我的，是來擒拿我的。我怕他們後頭跟著一個頭髮花白的女人和一個滿臉斑點的女人。我怕。直到列車員蠻橫地關上車門，我才安心了。我想你怎麼就不再蠻橫一點呢。我新奇地聽著車廂裡的河南話、山東話、湖北話、乘務員變味的普通話，還有你們江西話，身體生出一層層的暖來，我想我是個旅客了，畢竟是個旅客了。我這個旅客的心臟像青年人一樣蹦跳，我好像青年人一樣幾乎要站起來大喊：徽敏，我來了。

話語陡然停止。好像浪尖停在半空。好一陣子後，女子才把積長的菸灰磕到碟子裡。她看了看巴禮柯，巴禮柯正悲哀地坐著。

你來了，你只用了一天一夜一個下午。可是那個徽敏死了。女子毫不留情地說。

二十三

要不接下來我替你說吧。女子說。

巴禮柯抬起哀求的眼望她，好像一條被阻攔在家門口的狗，又期待，又害怕棍棒再次落下。但可怖的事實還是再一次從女子嘴裡說出。

我來說吧，你光榮來到了我們江西省瑞昌縣樂山林場光明村。你看，這是我的身分證，光明村。你來到了光明村，然後只看到一個墳包，是不是？墳包上的字刻錯了，是不是？安徽的徽，刻成了微笑的微。

是，是。

我們鄉下人不識字，刻錯很正常，不像你們城市人。她是認識字的，可是她死了，就不知道自

註二：指搭計程車。

己被刻錯了。她死得好，就是死慘了一點，喝農藥沒喝死，又掛著褲帶把自己吊死了。我們找了兩天兩夜沒找到，準備不找了，還是狗叫了，狗叫著往山頂跑，我們跟上去，就看到一團黑影吊在樹上。我們拿火把照，照到她的眼球撐裂，舌頭伸到有一根筷子那麼長。我們都嚇壞了，我爸也嚇壞了，可還是我爸爬到樹上把她放下來，又把她抱回家。我爸在路上只說了一句話：她是站得高，望得遠啊。

巴禮柯低下頭。女子說：她天天盼你來，你不來。她死了，你卻來了。巴禮柯露出桌面的肩膀瑟瑟發抖起來。

她天天盼你來。她在房裡弄了一個大箱子，掛上鎖。大箱子裡放著一個小箱子，也掛上鎖。她每天開三遍大箱子的鎖，又開三遍小箱子的鎖，為的是看一眼裡邊的黑白相片。我們只要一過來，她就趕緊把相片放起來，鎖上兩層鎖。她死了以後，我們撬開箱子，才看到這個人長得什麼樣。

巴禮柯抬起頭，眼神焦渴。

是的，國字臉，小分頭，眉頭就和你現在這樣，有一道疤痕。你這疤痕是如何來的？

打架打的。

應該是在我們那裡打的吧？

是。

她說了一百遍了。她瘋了後就和每個人講。她講她一個人睡在林場，晚上也不敢開燈，也不敢熄燈，總是聽到窗外有悉悉索索的聲音。她就去光明村找你，你帶著二十個知青跑到林場，什麼也不說，把食堂砸個稀巴爛。你像保護神一樣把她帶走了，帶往光明村，走到半路，林場召集的兩三百號系統職工和當地村民提著鋤頭、菜刀和斧子趕上來，將你們圍起來打。你們被打得雞飛狗跳，喊爹哭媽，四散逃開，這個時候說是你本來趴在地上，忽然掙脫起身，大聲說：你們不是狠嗎？打死我啊，我今天倒要看看死字怎麼寫。你當時的頭在流血，鼻子在流血，嘴角在流血，臉上衣上都是血，像鬼一樣把他們震懾住了，他們兩三百號人呆立不動，看著你。說是你忽然又從別人手中奪來一把菜刀，對著自己肩膀、手臂胡砍，砍了幾刀就有人笑了，因為你拿刀背砍自己。你看了一眼，把刀口調轉過來，照著自己眉骨就砍了一刀。

是。

你就砍了這麼一刀，二十個知青和兩三百號敵人都跑過來攔你。你像得了癲癇一樣四處騰跳，人們只能把你箍住，你跳了幾下，說：好。大家不知道什麼意思，你又說了一聲：好。大家就把你放開了。這個時候說是你一人指著兩三百號人喊：你們是不是耍流氓？有一個人躲著說，是又怎麼樣？你便操起鋤頭衝過去打，兩邊便又混戰起來。她講到這裡喜孜孜的，說是你一人把他們全打翻了，你們贏了。

我們沒贏，是書記跑過來朝天放了一槍。書記說：你們誰是毛主席無產階級文化大革命陣營的戰士，誰就放下武器站到我這邊來。結果兩邊都趕緊站過去。書記說，答應我，連人民內部矛盾都不算。我就和林場的團支部書記握手，說，是，連人民內部矛盾都不算。

她講完這個就說：小柯為了我連命都可以不要，他一定會來接我的。

巴禮柯像是又被重擊了一下。

你記得我們村有個供銷分社不？

記得，打架後徽敏被安排到光明村，就在那裡站櫃檯。

是啊，她在那裡站櫃檯。文化大革命的時候鄉一級有供銷社，村一級有供銷分社，可是一個破村要什麼供銷分社？擺那麼多糖果、布匹賣給誰呢？她就賴在那裡。後來縣裡發文件說取消村一級分社，她還寫報告給上邊，上邊不批她就去上訪。上訪沒結果了，人家要來取牌子和公章，她就賴在地上四處打滾。幾十歲的人了，平時愛乾淨愛漂亮，就那樣在地上像貓像狗一樣打滾。人家說，好吧，牌子給你保留。她還是打滾，人家又說，好吧，公章也給你保留。她才爬起來。你說她保留這個牌子幹什麼？不就是想告訴那些來買貨的人，我還是公家的人，我跟你們不一樣？她只要站在那漆黑發亮的水泥地上，手摸著那漆黑發亮的櫃檯，就覺得我跟你們不一樣。她就不能餵豬，就不能挑糞？她一天賣不出幾包香菸，可就是要把這場面保持下去，你說她糟蹋誰的錢？糟蹋我爸的。我爸上山只能砍三棵樹，一棵樹出三根棍，砍三天湊齊二十七根棍，挑到莫家鎮賣，賣不到二十塊錢。棍削得整齊，錢賺得辛苦，卻不夠她一次進貨。她進貨也不進老百姓要買的貨，就進那些洋氣貨，誰買呢？

巴禮柯的頭像罪犯一樣貼在桌面上，左右搖擺。這時老闆從廚房走出來，走到門口，伸了個懶腰，蹲在那裡一邊抽菸，一邊看來來往往的小姐的腿。

她就那樣站在櫃檯裡，站到白髮從黑髮裡鑽出來，站到白髮蒼蒼，像個狐仙。天黑了她也不捨得關店鋪關燈，為什麼啊？因為怕天黑了你來了找不到。她在那裡戀戀不捨地等，有時候都能等到村裡所有的燈火都滅了。你知道我爸說什麼吧？我爸說，你不如去找啊，你去城市裡找，我不攔你。我爸造什麼孽？又不是我爸賴著要娶她的，是她賭氣要嫁進門的。她等，她沒有等到你，倒是等到了一幫城市裡的親戚。她拿著信開心了很久，提前十天就吩咐我爸去打獵，提前三天就吩咐我爸去買菜，什麼兔子肉、野豬肉、野雞肉，城裡人不太吃的東西都預備好了，那幫親戚卻拖了有一個禮拜才到。菜都餿了。他們吃飽了喝足了，開著一輛車就走了，再也沒回來。他們走的時候，她攔都攔不住，追著車子跑了很久，精神病又發作了。以前她還喜歡摟著我跟我說，等小柯來了，我就跟他走，我帶著你一起走。那天以後她就喜歡掐我的胳膊，我那時還小，一條胳膊就被掐紫了。她對著我學那些親戚的話，喲，還生了個女兒啊。她怪自己生育了我。生育了我，小柯就不來找她了。

你今年多大了？

不是跟你說了二十五嗎？

二十五，你媽那就是三十六歲生的你。

人總是要生的，到了三十六還不生就說不過去了。

巴禮柯悽惶地看了眼門外，老闆站起身來，對一個看不見的路人說：等下再過去，還有兩位貴客呢。

巴禮柯說：要不我請你去茶館坐下吧。

不要得寸進尺了。就在這裡說完，說完拉倒。

好吧。

你知道我過去有多麼害怕嗎？我看到瘋婆子從供銷分社回來，就從門口躥回家裡，又從家裡躥到後邊的山腳，在那裡找個薯洞，揭開木板，鑽下去。薯洞裡有腐爛的味道，老鼠看到我進去，不知道往哪裡跑，我嚇得哭起來，可是我不敢放聲哭。我躲在漆黑的薯洞裡，一下一下數時間，數夠一千一萬，數到我以為瘋婆子走了，才敢出來。我怕她掐我，打我。我要等我爸從田地裡回來，我才敢扯著他衣角回家。

她後來喜歡打你？

她總是站在供銷分社瞎想，她一想到我是禍根，就跑回來找我。總是這樣。我真不稀罕跟她學普通話，真不稀罕她以前是商品糧。我只盼著她早點死。說起她死，我們找了兩天兩夜，哪裡都找了，唯獨沒想到山頂。其實我們早應該想到的，因為她總是聒噪，你們兩個曾經偷偷跑到山頂，對著山野拉大提琴。就是拉那個巴哈的什麼曲。她說她一拉起來，那些紅葉、草叢和樹枝就舞蹈起來，好像麥浪一路劃過。她說那把提琴是你偷了林場的大獅子鼓，在鼓腰上鑽了兩個洞，然後到處找弦啊線啊，慢慢安上的。她說你調音調了有一個月，她說這個世界不可能再有誰能像你一樣，用如此簡陋的材料製造出這麼準確的一把琴來。她站櫃檯的時候看著它，回家了抱著它，有時候就是睡了也還是抱著。她抱著它說，小柯會回來的，他造了這麼一把好琴。

老闆走回廚房時，曾經斜眼看過巴禮柯，淚花在他眼圈裡打轉。老闆又看了一眼。

她死了，我第一個想起來就是要丟掉這把琴。可是我爸攔住我，說畢竟是你媽啊。我就由著我爸處理了。現在這把琴還擱在尿桶旁邊呢。

對不起。

你說這事情是不是應該你負責？瘋婆子天天說，本不該她來的，她跟著你來了。本不該你回城的，你卻回城了。你說，你既然把她帶來了，為什麼就不把她一起帶走？

因為當時只有一個指標。

她說，本不該她來的，六九年你畢業了要上山下鄉，還沒輪到她，因為捨不得你，就主動申請跟你來了。她也是女人，她上你當了，你們男人沒一個好東西。

對不起。

對不起有什麼用？

對不起。

巴禮柯拿額頭一下下磕起桌面來，一旁老闆早看不過，跑來說，怎麼了，怎麼了？巴禮柯卻是越拉越哭，完全控制不住。

對不起。然後他努力地對女子說。

這個時候好像有一絲叫憐憫的東西擦過女子蒼白的面孔，但是那薄薄的嘴唇終於還是向下一扣。

你對不起誰呢？她說。

我對不起你們母女倆。

呵呵，你可以對不起她，沒什麼對不起我的。我又不是你生的。我要是你生的，你就對不起我，我不是你生的。算了，理不清楚，謝謝你埋單了。

女子冷笑著站起身，把包掛在肩膀上，頭也不回地走了。老闆在後邊高聲說，莉莉下次記得來照顧生意啊。巴禮柯偏過頭失魂落魄地看了一眼，他看到這個留著秦徽敏最後痕跡的光明村後代，消失時穿著一件黑色短褲。那叮叮噹噹的高跟鞋聲一聲聲踩進他的心臟。

她的父親比她寬宏大量，卻讓他哭不出來。她的父親沒跟他說什麼，卻也沒有責怪他，毆打他，相反還請他吃兔子肉、野豬肉和野雞肉，吃完了才把他帶到墳包。她的父親說：徽敏啊，我幫你把小柯等來了。小柯還是那麼年輕。

二十四

三四個月後，某天清晨五時，六十二歲的巴禮柯離開家裡。當時他穿著黑色田徑褲，黑色T恤，背著一個包，包裡放著飯糰、茶壺、電筒、柴刀、信紙、筆和禦寒用的外套。

如果他就此再次失蹤，那麼找的人會很少，找兩下就算了。女人和母親也會照例悲哀好一陣子，但是因為有了上次的經驗，會顯得從容不少。但是在晚上八點，電飯煲的溫控開關自動斷開時，他的鑰匙正好插在房門上。因為是側著身開門，背包忽然掉落在地，一些野山楂從裡邊躥出，跳著下了樓梯。

隱士

隱士

返鄉途中，我坐在一輛破舊的中巴車裡，被迫側身看著一個臉色蠟黃的農民，他的目光則落在車壁的癲癇廣告上，我們都很無聊，都把這當成必須忍受的生活的一部分，只有售票員眼裡不時露出老鼠那樣的驚喜來。她又一次將頭伸出窗外喊「快點快點別讓交警看到」時，群情激憤，可是車門一拉開，大家又住了嘴，因為緩緩上來的是個難得的美人。

美人看了眼便退下去，售票員忙捉住說：「有啊，有座位。」

「哪兒呢？」美人用著普通話說，售票員便把臉色蠟黃的農民撣到一邊。美人拿餐巾紙擦擦坐了上去，這使我愉悅不少，因為我雖還是側著身子，卻能獨享她長長的睫毛、高挺的鼻子、清亮的眼波以及埋藏在頸脖之下的綠色靜脈。她坐在那裡，有有無無地看著前方，似乎有些憂傷，後來當我看見一枚袋子，我也憂傷起來，袋子上寫著Meters/bonwe，袋口伸出一棵粗長的蔥，正是這棵家居的蔥出賣了她，使她與《孔雀》（註一）裡委屈的姊姊無異，畢竟是在這小地方啊。

這時她要是哀望我一眼，我想必要被那叫「美與憐憫」的東西擊中了，可是這時是售票員過來收錢。售票員是作為陪襯人出現的，有著飛揚的眉毛、扁塌的鼻子、可怖的皺紋以及男人一樣的一層淺髭鬚。她看著美人拿出二十元，舔著舌尖點出十三元零錢欲找給對方，又出於職業上的穩妥，她先將二十元舉起來看，然後她說：「換一張吧。」

「這是你們賣票的找給我的。」美人大聲說。一車人忙看過來，先看美人，又看售票員，售票員親熱地說：「妹啊，我告訴你，碰到這種情況你當時就應該找她們，她們這種人我還不知道？」接著她將頭偏向大家，「現在就是十元也有假的，可要當心。」

美人咕噥著翻出錢包，挑出一張五元，兩張一元，總計七元，去給售票員，然後像此前一樣憂傷地看著前方。我愣了一會兒，想自己終於是回到縣城了。接下來，是我作為外地的一件大衣、一條褲子、一雙皮鞋或者一只皮包下車，火眼金睛的人們以此評斷出我的實際價值。有一年，我是作為一個外地女子臂裡挽著的男人回來，我知道自己並不愛她，但在落地的那刻，我柔情萬丈，羞澀地向別人出賣她的身分：大城市的，研究生，比我小六七歲。

但這樣的好事今年沒攤上，今年是個讓人拿不出手的年份，因此我得一下車就鑽進家裡，閉門不出，否則人們就要盤問我買房了沒有，買車了沒有，發財了沒有，就要扶著我的肩膀教育，老弟啊，三十好幾了。

我就這麼閉門不出，倒是父母覺得少了人情，要我出門，我便潦草地到街上走走，好似是為了完成一項任務。好似春節回家也是為了完成一項任務，一回來，任務就完成了，因此我早早買好返程票，坐等離別。這樣熬到正月初三，我做了白日夢，夢裡有個面目不清的同學使勁打電話，說，你要得啊回來都不見我們，你真不見也可以我拿刀殺了你。我窩囊地去見，卻發現路越走越荒，天越走越黑，我給走沒了。醒來後沒幾分鐘，家裡電話真響了，我走過去，想我得告訴對方我父親不在，我母親不在，或者我弟弟不在，因此我問，「你找誰啊？」

註一：二〇〇五年的一部大陸電影，描述七、八〇年代，一個五口之家的故事。

「我找你。」來者的聲音清晰而堅決。

「你是?」

話筒傳來遺憾的嘆息，接著他天真地說：「你猜。」我說不知道，那頭便傳來全然的失望，像是挨了一鞭子，他哀喪地說：「我啊，吉祥。」

「哪個吉祥?」

「范吉祥。」

這樣我就想起他應該是高中隔壁班再過去一個隔壁班，是一屆的，能想起還是因他有椿考上本科卻不讀的事。我想縱使是路遇也頂多點個頭，如今怎這般尋來?「我有好多心事等著要和你說，我從夏天開始就打聽你什麼時候回來了。」他說。

「非得和我說嗎?」

「非得和你說。」

「可我明晚就得走啊。」

「你今天總不走，你今天來。」

我把電話掛掉時，就怪自己軟弱，怎麼就不能違逆人家呢?從樓上下來，走在街上，進了三輪車，我還在想自己冤枉，我連范吉祥長什麼樣都不記得了，憑什麼跟著三輪車走完水泥路走柏油路，走完柏油路又走黃土路?可我就是這麼走去了。三輪車開到黃土路終點時，師傅輕描淡寫地說：「你沿田埂一直往前走，穿過河流，上到山頂，就能看見了。」我卻是把天色走得黑了，才走到山頂，那裡果有一間青磚小屋，屋東坡上種了紅薯，紮著密密的竹籬笆（大概是用來防野豬吧）。

我走近屋，發現屋門半掩，屋內陰黑，沒有人氣，我想這樣好，我來到，我看見，可以問心無愧地走了。可就在我鬼鬼祟祟地走時，門吱呀一聲大開，一個梳中分頭，穿陳舊睡衣的男人站到那裡，法眼如炬地看著我。我剛遲疑著抬起手，他已張開雙臂走來，將我抱住，拍打我的背部，就像溺水人密集而有力地拍擊水面。接著他拿臉蹭了我左臉一下，又蹭了右臉一下，濃情地說：「兄弟啊。」

進屋後，他拉亮昏黃的燈，給我泡茶，請我坐塌陷的沙發，又解釋要去廚房忙一下，他女人梅梅不在。我便不安地坐在那裡四下看。牆壁那裡沒有糊水泥或石灰，一塊塊磚擠得像腸子，到中堂處才有些氣象。中堂掛了副對聯，是：三星在戶；福如東海長流水，壽比南山不老松。中堂也掛了幅畫，是〈蒙娜麗莎〉，我不覺得是我在看，而應該是她在看，她就這麼無所不在、陰沉沉地看著。往下則是張長條桌，擺著一副盛滿乾皺蘋果的果盤、一台雙喇叭老式答錄機和一張嵌著黑白照片的鏡框。我想這就是命吧，范吉祥考上沒讀，擁有這些，我考不上走關係上了專科，也穿州過府。

出來時范吉祥端了火盆，又扯條凳子坐下。他摸著我的羽絨服說：「還有下就吃了，今夜就在這歇吧。」

「我明天要坐火車，怕是來不及。」

「明天幾點？」

「晚上十一點。」我淨吃不會說假話的虧，我要說早上八點，興許吃過飯范吉祥就打電筒送我下山了，可現在他卻連嗤幾聲。

「我的行李還沒收拾啊。」

「也不收拾一天，你就在這好好歇一夜。」范吉祥摸著摸著，又說：「又軟又保暖，怕是個牌子，值四五百吧？」接著他扯自家睡衣裡油黑發亮的雞心領毛線：「你們出門就富貴了，我是真沒用。」爾後他又解睡衣，撈毛衣和襯衣，露出腰部一道蜈蚣似的疤痕：「割了一個腎呢，做不得。要是做得就出門去找梅梅了。」

「怎麼割了腎？」

「壞了不就割了，割一個還有一個，死不了。」

「梅梅是當年那個劉梅梅嗎？」

「是啊。兄弟，我不就是要和你說這個嗎？鄉下人不懂得愛情，說出來好像醜人（註二），你一定懂的，我們這麼多同學就你在大城市。」

「我哪裡懂？」

「你不懂別人更不懂了。」

然後他說：「梅梅和我本來井水不犯河水，她坐第一排，我坐最後一排，她不喜歡我，我也不喜歡她，高中一畢業就不會有聯繫的，但你知上帝總會在人一生中出現一次，給予他啟示。我當時在走路，猛然聽到四個字——抬起頭來——便抬起頭來，結果看到梅梅將手擱在二樓欄杆上，撲在那裡朝遠處望。我想她在撲著望著，就這樣啊，可偏偏這時從廣播裡飄下一首歌，她又朝下一望，我便看到她的眼淚和整個人生的祕密。我的頭皮忽而生出一股電，人不停打抖，像是要癱倒了，接著，臉像是被什麼沖刷過，一摸，竟全是淚水。我想這就是召喚，便像另外一個人走上樓，對著她的背影說：「我是特為來護佑你的。」

「她沒有反應。我又抱住她說，上帝造人時，人有兩個腦袋，四手四腿，上帝嫌其累贅，將其一分為二，因此我們唯一的因果就是去人海尋那另一半。我現在找到了，你比我的父親還親，比我的母親還親，你就是我在世間唯一的親人，我孤苦的兒。可她只是竭力掙脫，掙開了惡狠狠看一眼，走了。我想自己是不是中蠱了，可當她從教室走出來，我的心又像是被剃刀快捷地劃過一刀，我確證了。兄弟啊，你現在看人只看到生理意義上的五官，眼是眼，鼻是鼻，我看梅梅卻不是，我看到她眉心間湧動著哀怨的瀑流。」

說罷，范吉祥取來鏡框：「你看是不是？這眉心、眼波和致命的哀怨。」我接過就著光線看，看到小圓臉、大眼睛、高鼻子、薄嘴唇和一顆顆乳白色的顆粒，說：「看不清楚。」

「是用一吋畢業照放大的，當然看不清楚，但是氣質在，可惜就是梅梅也發現不了這種氣質。你瞧她後來用什麼話來拒我，她說我根本不是你說的那樣，你有病吧。怕是要得罪我了，又說你我只是同學，平平淡淡才是真，既然從沒得到又何言失去。我受不得了，便寫訣別信，便躺在床上割脈，血滴在地上像音符強壯地滴在地上，我痛快地說，打發我吧！打發我吧！你來打發我吧！可她終未出現，那些血又悲哀地從地上飛回血管，我又可恥地健康起來——我只能像無賴一樣去纏她，說你就是我的，非是我的，結果她大哭著喊，求求你不要再折磨我，我想死了你知道不知道！我無比恐懼地站在那裡，攤開手覺得攤開手不對，收起來又覺得收起來不對，一下明白掉世間最簡單的道理——我喜歡她，而她不喜歡我，就是這麼簡單。我說：『你判決得對，是我騷擾了你，打攪了你，傷害了你，但從今你記得，以後就是你找我我也不要了，我要我是你生的，是狗生的。』

「我委靡下去，瘦弱下去，避開這個人，孤魂野鬼一般遊蕩。可我總還是看見了，我一看見，

註二：方言，指丟人。

委屈的淚花就翻湧上來，就跑走拿菸頭燙手臂。等到肉化膿了我才想到，原來唯一的復仇是考大學，是衣錦還鄉時在她心酸的目光前走過，這樣我才算將搖晃的自己安定下來。我本來只有三十來名，一個月一個月地爬，竟然爬進全班前三，老師說你要早有這股勁考清華北大沒問題，可他怎麼知道我是在躲避痛苦呢？

「也許是老師連番的表揚使梅梅重新認識到我，也許是女性本身就有歉疚，有一天梅梅給我留了張紙條，寫著『If you can do, show me your all.』，我方寸大亂，好似馬匹快要衝入敵陣卻急停住。我不知道她是什麼意思，最後只能用菸頭再燙自己，我把自己燙得吱吱叫才又心硬如鐵了。然後是高考結束，每個學生都像分娩好但看不見孩子的產婦，空虛而恐懼，就是梅梅也把持不住，遇見我也主動笑，她慘澹地笑著，問有沒有看見紙條。我低頭不說話，她又問，我看看她，她的眼是心無芥蒂的，便說，我不知道你是要羞辱我還是要鼓勵我。

「孩子，她說，然後將手摸上我的頭。那手像是有魔力，將怨恨一層層驅走，當她說別哭時，我要命地委屈起來，說我是你的孩子是你的孩子就是你的孩子，我像條狗被輕易收復了。但是伴隨著這巨大幸福的正是巨大恐懼，從根子上我覺得這是個不可知的女人，今日與之擁抱，明日說不定就要被勒令離開了，因此最初幾日我並不主動，由著她安排，她說你看我吧，我就遵命看她清亮的眼波和埋藏在頸脖之下的綠色靜脈，她不說我就失神坐著。直到有天她說你有心事，我看出敵意了。我說沒有。最終卻又拗不過，把那心裡話說了，我說我不信你，然後我看見她眼裡僅有的期待熄滅了，她站起來走上山坡。我以為她就要從此離去，她卻坐下來脫掉衣服，將自己攤開在那裡。我帶著自責走過去，在這悲壯的軀體面前畏葸不前，又是她將我拉下去，我一貼上這陌生的軀體，就像小偷一樣充滿罪惡感，我這是敬奉聖母卻又要把聖母操掉啊。這時又是她攬住我的腰，將我帶進她的身體內，我掉進信任的深淵，禁不住說對不起，她卻哭了，她說你知道我為什麼喜歡你嗎？

「她說我哥十幾歲就死了。她說得這麼哀楚，過幾天卻調皮起來，說你真的愛我嗎？我說嗯。她說好，你去把山燒了。我拿著打火機不假思索去點芭茅，葉子燒著很快滅了，我就去搜集松針，搜到一團我把它燒成火把，又把火把置於芭茅下，等有了點氣象我便用嘴吹用衣服搧，終於將它們劈劈啪啪弄大了。不一會，巨大的火苗像是跳遠一樣跳到老遠，我看見她在著急地哭，便說孩子快跑，拉著她的小手像一個騎士跑了。跑到山下，我抱緊她說我愛你，她卻說你怎麼真燒啊怎麼真燒。

「兄弟啊，是命，我現在一年四季住在這裡，就是為著森林防火。」

這會兒他嗅了嗅，猛而跳進廚房裡，不一會端著飄香的缽出來了，接著又往外端了幾樣炒菜、幾樣醃菜，又朝餐桌碼了三雙筷子、三副調羹、三只碗、三只碟、三只酒杯。我看看被刮得噠噠響的窗戶，問：「還有人來嗎？」

「梅梅啊，快回了。」

「這麼晚還回來？」

「是啊，沒壞人，整座山只住我們兩人。」

吃喝了一陣，范吉祥說：「剛才說到哪裡了？」

「說到燒山。」

「對。那時覺得燒山沒什麼，就是燒了整個世界也可以，可等成績一出來就知自己渺小了。我娘問考上了嗎，我說考上了，她哭，她有病不能治，而我父親一死那些親戚的錢也不好借了。梅梅也哭，梅梅家比我家還窮，她父親當年本可回上海，偏偏娶了一個農業戶口，結果把一點工資全喝掉了，有時喝多了就光著身子在家走來走去，把娘倆都走哭了。梅梅家在礦上只住著一間窩棚，窗戶塞著牛皮紙殼，屋頂蓋著柏油氈子，屋旁堆著大小木柴，就是我們家也燒煤了，他們還在燒柴。那時老師不知我們談戀愛，他說你們出息了就快成對夫妻吧，你們太可憐了。

「九月將近時，我們學費籌得很少，只知到山上哭，有次哭得不行，梅梅抱緊我，鬆開了又抱緊一次，然後走到懸崖上說，我先死，接著你死。我聽不懂，等看見一塊鬆動的石頭掉下去卻沒有任何聲響時，才嚇醒過來，忙跳過去撈住她。我說，梅梅，你的腿抖得跟錫紙一樣。梅梅不說話，一個人走下山，怎麼討好也討好不了。梅梅後來說抓鬮（註三），你抓到了你回來娶我，我抓到了我回來嫁你。我說你去吧我不上了。梅梅說不，這不公平。我便悲哀地看著她弄好兩顆紙團放在碗裡晃，我說你先抓，她說紙條是我做的，你先。我抓了，她又捉住我的手兇狠地說，願賭服輸。我看到寒氣便當真了，剝紙團時心臟還跳得厲害，然後我看到想要的結果，便故意在這唯一的觀眾面前笑。我笑得她眼裡落滿灰燼，人也駝了，便說再來再來，三局兩勝。她說不必了。但我還是做好兩顆紙團握著她的手去摸，她猶豫了一會選了一顆，貌似鎮定地拆開，又斷氣般嘶了一聲。我見她沒意思了，便又做了兩顆，自己摸著玩，拆開一看還是那三個字：上大學，便索然無味了。」

「我聽說你沒去讀。」

「是啊，我燒了錄取通知書。梅梅拿著兩家的錢去安徽讀金融專科了，梅梅說，吉祥，你一定要等我。我說，不用，你以後是城市人了，不要回來。梅梅說，不，我偏要你等著，你就站在原地不動，等著我。我沒說什麼，因為我已知命運的殘酷了，命運的火車像身體內的主心骨，要開走了，我什麼也把握不了，控制不了。」這時范吉祥低頭不語，再抬頭時嘴已裂開，像地下冒出交響樂，他慢慢哭開了：「火車開走了，我要回去見我的娘，我要跟她說我把你的錢糟蹋了，我娘要去見親戚，要跟他們說我把你們的錢都糟蹋了。

「她走了便只有我聯繫她，沒有她聯繫我了，她越這樣我越聯繫得頻繁，我急迫地想知道她是不是還愛著我，可她總是敷衍。我只能寬慰自己，梅梅要是騙你，怎麼把身子交給你？怎麼說跳崖就跳崖？怎麼不去找個有錢的同學好？憑什麼找你？再說她也沒有不同意你去上大學，是你非得讓她的，她又沒有求你。可我又想，她還愛的話，怎麼就不好好說話？說個話很難嗎？我便想到城市裡男人穿得花花綠綠，身上噴著香水，天天繞著梅梅轉，如此便是再忠貞的人也淪陷了。然後是我的腎做生活做出事了，到醫院才知是嚴重腎積水，我借錢把它割了，割完了哀傷地打電話，說：『我的腎切了一個。』她說，哦。我說我真想死了，她卻不說話，我便吼，我是個傻子！世界第一傻的傻子！那幾天我是要找地方去死，可就是嚥不下一口氣，我看到路人就拉過來說，劉梅梅是個狐狸精、白眼狼、毒蠍子，活該千人操萬人操，拿斧頭操鋤頭操大鋼釬操，操死這爛癟。

「梅梅你別看，我就是這麼罵你的。」

這時昏燈下只有我倆對坐，平靜而恐怖，接著更可怕的事來了，范吉祥對著那空碗碟吼：「看什麼呢劉梅梅，看什麼呢，我就說你呢，你喝老子的血，吃老子的肉，你不是還想吃嗎，來呀，吃，吃死你！」言畢將牛肉蘿蔔一古腦倒在那碗碟上，我將手小心搭過去，說：「別這樣，吉祥，別這樣。」他揮開了，又踢空凳，又砸空杯、空筷、空調羹，我顫巍巍起身，向門邊退，待要拉門門時，范吉祥說：「你幹什麼？」

「喝不得了，想嘔。」

註三：指抽籤的意思。

「冷死你。」他走來將我拖進廚房，讓我蹲在柴灰面前，用手拍我後背，我將食指探到喉口，卻是吐不出來，然後我又被推回到酒桌。我坐著，背部又濕又冷，後邊像站了許多躡手躡腳、張牙舞爪的鬼，我便撲著假寐，這時范吉祥情緒好了點，平緩地往下講：

「後來我上了懸崖，一個人站在那裡，看到藍色的天穹、古銅色的山脈和從遙遠世界飛來的風，也像錫紙一樣抖起來，然後我的腿腳也被人死命撈住。我尿好了一褲子才回頭看，是我娘。我娘無聲地將我帶回家，扶我上床，給我蓋被子，等我醒來給我餵粥水，我不吃她就說她從此也不吃了，她養我長大不是指望我當官發財，是指望死了等我埋掉。我這才算醒了，才把所有的東西都哭出來了，然後我循著母親意願來山上當臨時工，算是有個班上了。我在這裡一天天掐著時間過，掐到一天便知道梅梅嫁了，再難是我的了，又掐到一天，便清楚梅梅該生孩子了，便永遠與我沒有關係了——我也撇脫，就在這裡等娘死，然後等自己死。可是整整十六年後，梅梅卻像村姑一樣背著包裹上山了，我當時背對著大門吃飯，感覺背後有人，又不太信，遲疑間，肩膀就被那隻冰冷的手摸到了。我往上看，看到一張滄桑的臉和化成灰都認識的眉目。梅梅平靜地說：吉祥，我回來了。我平靜地說：好。

「梅梅說完這句，就不說話了，我叫她她就像啞巴笑笑。她以前笑好像是在陰黑的冰地打開一朵燦爛的光，現在卻是壓著憂傷。我走過去抱緊她，她就讓我抱著，許久才敢輕輕扯住我衣裳，等鬆開了我便見她臉上掛滿淚珠，我又憐又疼，不好再問什麼。直到有天她拉滅燈，像很早以前一樣悲壯地攤開身軀……我們好像不是為了做，把那件事做了，然後我起床小便，不小心拉亮燈，便一下看見她全身的褶皺，以及褶皺中間遍布的傷痕——她像一個老掉的、被暴打的嬰兒，躺在我的床上，吃驚地看著我。旋即她哭起來，悲憤地說：你看，我讓你看，你過來看，你過來。我過去，她拉著我的手摸她肚腹處的妊娠紋、乾癟下來的乳房以及被菸頭燙過的陰唇，悲戚地說：就是你也會嫌棄我的，會的。我說有什麼關係呢，梅梅，有什麼關係呢？」

這時范吉祥招呼根本不存在的梅梅一起敬我，我喝掉了，又小心看他吃了兩口菜，他吃菜是拿牙齒去碾磨，有著細緻而巨大的聲音。等這股聲音消失了，我說：「我真得走了。」

「不是說好歇嗎？」

「不是，是好多東西還要到鄉下買，怕來不及。」

「買什麼？」

「山藥。」

「喏。」他扯著我到廚房，揭開筐蓋，亮出兩筐上好的山藥，「你要多少我送多少，明早一早給你擔下去。」我啞口無言，又推說睏，范吉祥便取來電筒，搬來梯子。梯子頂翻一塊樓板後，架在那裡，我小心翼翼爬了會，回頭看，看到他鼓勵的眼神，「爬，爬。」我便萬劫不復地爬進去了，然後我聽到梯子撤走了，范吉祥在下邊說：「床在最裡邊。」

闔上樓板，我打著電筒四處照，照到一個卸掉燈泡的燈座、一張花式舊床和一個權當窗戶的小洞口，便再也照不出什麼。我將電筒照著牆壁，慢慢坐著，把光芒一寸寸坐暗了，黑色終於像是大衣披過來，便躺下去將被子拉到頭上，捂住自己，孤苦地睡。夢中好似在上海，到處只有城市才有的東西，忽而一陣啊啊啊的尖叫聲闖進來，越叫越大，終於是把我叫醒了。我起床在漆黑中造孽地走了一圈，掏出那東西對著磚牆撒了，想一夜過去它應該能乾掉的，然後我分辨出那尖叫聲原是從樓下浮上來的，便小心趴在樓板上，將耳朵貼過去聽，聽清那是女人忘情的浪叫。接著我意識到那裡還應該有一個屏住呼吸的男人。

這種事情男人就是這樣，既當演員又當觀眾，像作家沉默地參觀自己的作品一樣，沉默地參觀自己的性愛——他緊張兮兮地俯瞰陽具，計算進出的幅度和次數，又豎起耳測算女人的分貝值，最終還要偽裝很自豪地在女人耳邊問：「我可以吧？」可是高潮總是不請自至地來，他追叫幾聲，倉皇地倒在舞台上。

清晨時范吉祥的腦袋冒上來，「昨晚和梅梅那個，吵著你了。」我向洞口走去，他像惶恐的老親戚急忙下退，待我把腳伸在梯上，他已在下邊緊緊扶住。下來後，他一邊撣著我身上的乾草，一邊說：「梅梅走了，早飯沒弄，我們下山去，我請你吃。」

「不麻煩了。」

「可我總要把兩筐山藥擔下去啊。」

「真個兩筐啊？我只要一點點就可以了。」

「客氣什麼，你帶不到上海，留給家裡吃也好。」

「真不能，我找個塑膠袋盛一袋就夠了。」

「好吧，」過了好一會，他說：「那真是不好意思，我送你下山。」

「我幾十歲了，有什麼好送的？」

「送吧。」

「別送了，咱們兄弟講這個禮幹嘛？」

「好吧，」又過了好一會，他說：「明年回來記得找我啊。」

我們一同出了門，到了岔路范吉祥說你往東走，東邊近很多，他自己卻是背著帆布包朝西去了，說是要去林業站開會，我看著他小心跳過溝壑，心想沒什麼不正常。不久，我走到紅薯地，看見那片竹籬笆其實不是竹籬笆，是諸葛迷宮陣。陽光照射在十數行斜插著的乾黃竹子上，照出若干條死路和一條活路來，我想這大概是按小學課本做出來的，看陣前有黑箭頭便拔腿進了。然後在大約一刻鐘後，我惱羞成怒地推倒這竹排，沿著理論上的直線強闖出來，一袋山藥忘記在裡邊，我也不要了。

隨後我強壯、平安、自由、輕快地走在下山的路上，我想范吉祥一個人待在那死屋時，總是要摁下老式答錄機的OPEN鍵的，他將一盤磁帶放進去，闔上，又摁PLAY鍵。磁帶無聲地走上一陣子，慢慢送出一首台灣男人飛沙走石的歌來，范吉祥在這歌聲中有了些情緒，便抱著腿慈悲地說：梅梅啊，那個叫青春的東西早沒了，那個叫殘暴的東西也沒了，剩餘給我們的就是像很老很老的老人一樣生活。

翡翠椅子

翡翠椅子

讀者，這個故事的結構非常簡單，一部分是衛華向衛華的爹講一個困擾他很久的夢，一部分是衛華的爹向衛華講家裡為什麼這半年窮了。在中國，大多數父子的關係是拘謹的，不可能像朋友那樣長篇大論地聊天，如果聊上了，那就是有機緣。衛華和爹的機緣出於一場大雨。

那天傍晚，衛華跟著爹去柳樹前李家看電視。李叔在弓著身子轉台，李嬸在弓著身子倒茶，一百多號群眾在熱火朝天地議論《流氓大亨》上一集謝月明是否原諒了方謹昌，衛華想這樣的節日以前是在自己家門口上演的，可就是半年工夫，等他從大學回來，家裡便只剩一塊罩電視機的布罩了。電視放到一半，人相左右扭曲起來，李叔搖天線，換台，不得要領，就喊：「莫會計，電視是你的，你來弄。」衛華的爹深懷歉意地走上去，拍電視蓋子，拍一拍聽一聽，好像要拍好了，一個心急的漢子搶上來接管了，他便尷尬地走回，「我們回吧。」

他們沉默地回，來的時候天好好的，回的時候看起來也是，可是三哩路走到一半，大雨忽然滂沱地砸下來，他們便狼狽地閃進廟裡。他們想這是夏天的雨，來得急去得快，他們就坐一會兒吧，可是雨卻越下越長，越下越大，在荒村野路下出一團白霧來。他們就坐立不安了，倒不是因為別的，而是因為是彼此在一起坐著——他們既不能像生人那樣沉默不語，又一下無法踰越父子間構築了二十一年的秩序，因此他們綳緊身子坐著。

衛華的爹率先做出嘗試。他問學習如何了，衛華說還可以，拿到獎學金了；他又問找朋友了沒有，衛華說沒有；他說哦，然後雙方無話。衛華想時間啊雨啊就像鋸子，一下一下鋸他和爹，最終他像是被逼著把一句話說出來：「爹你是無神論嗎？」

「是。」

「我也是，可是我卻碰到一件怪事。」

「衛華你說。」

衛華在這聲音裡聽出一個成人對另一個成人的尊重，慢慢放鬆了。

一般人做夢，眼睛一睜，夢就跑了百分之八十，再策馬去追，剩下的百分之二十也跑了。衛華做的這個卻不，一個月後當他說起，他還能準確說出那間房子的每個細節。房子有十平米，四面刷白；東面掛著〈醫護守則〉，〈守則〉旁是一面八成新的錦旗，錦旗上綴著「醫德高尚」四字；西面掛著圓形掛鐘，鐘下是一幅日曆，日曆翻到五月二十五日；南面有鮮紅的語錄，除開毛澤東三字，其餘都是用宋體寫的；天花板是蝕刻風格，正中掛了一盞日光燈，燈光罩住一副行軍式病床，床欄杆淡灰色，掉了幾塊漆，床被單飄出福馬林的味道；床邊擺著一張紅木太師椅，椅子方方正正，椅面兩尺寬，兩尺長，四條腿兩尺高，靠背也是兩尺高，靠背正中安了一面灰濛濛的鏡子，枕頭的部分則雕成回字形，回字中間嵌了一塊翡翠，翡翠翻滾起伏、綠深如草。

衛華最初出現在夢裡時，是在一個極度光明溫暖的地方，很快他得到一個確切無疑的凶訊，要他往一個地方去。他並不知道那是什麼地方，但他熟練地沿著濕潤的鐵軌走，走到盡頭看見一座白色的院落便翻進去，他記得右手食指指尖擦到了牆尖嵌著的玻璃渣，以致後來當他透過鐵柵欄聚精會神地朝房間望時，還得不時去吮吸出血的手指。他望到那間房子有〈醫護守則〉、錦旗、掛鐘、日曆、語錄、病床、被單、日光燈和翡翠椅子，它們組成一個安靜的宇宙，風吹進來時，宇宙萬物蠢蠢欲動，像是戲台在焦灼地等待演員。

衛華吸動喉結，慢慢感應到一只活動病床正從遠處推來。它的四只輪子卡在花園過道的水泥磚縫，它被抬過台階，又碾壓過光滑如鏡的走廊地面（發出好聽的聲音），然後是房門咯噹一聲被推開，它被推到衛華眼前了。衛華看見四個粗壯的男護士在意識到推錯方向後，又將活動病床往後拉，拉到合適位置了就將那個四肢僵硬的病人提起來，扔到這間房子的固定病床上。就像扔一袋水泥。衛華記得在扔之前，一個男護士朝手心吐了口唾沫，搓了搓。然後他們拉上門走了，留下這個病人躺在床上大口呼氣。這個病人右手舉在空中，像是揮手；左手蜷縮在胸前，好似黏在胸口；左腿筆直朝天伸著，與平面呈四十五度角；右腿盤著，右小腿伸到懸起的左腿下邊，伸到身軀這邊來——他就像是被人喊了一聲不准動，從此就不能動了；他就像是一隻活蹦亂跳的龍蝦被拋到油鍋。衛華不覺得這是滑稽的事情，因為他看到對方的身軀在痙攣，腦門上的汗珠像爬蟲一樣一隻隻從地底下跑出來。衛華將叼著的手指放下，捉緊鐵柵欄，有些孤苦，他想對方是要艱難地將身軀和頭顱轉過來。

很快，那些護士又像戲劇裡的龍套兇猛地闖進來，他們將病人粗暴地抬起，翻過來朝下一扔（使之恰好朝向衛華這邊側躺），又匆匆撤了。病人盤到身體外的右小腿與床板發生衝擊後，將右膝頂到一個新的位置，發出沉悶的聲響，病人因此將臉擠成一團。待那擠成一團的褶皺舒緩下來，衛華想，再也沒有什麼比這更確信的了，這就是他的一個兄弟。這個兄弟長著濃密捲曲的頭髮，臉像女人一樣白皙，如果不是因為這場怪病，他一定是世間最美好的一個男子，年輕而富有活力，永遠與女人載歌載舞，可現在他卻像條被宰的狗兒哀戚地看著衛華。

「我只有你這麼一個兄弟了，我就要死了，你救救我。」衛華看到他的眼睛這樣說。衛華用力搖鐵柵欄，好像要搖脫臼了，那東西還是紋絲不動，於是衛華像預見到什麼，拚命喊，喊得那麼大聲，又那麼無聲，那麼有力，又那麼無力。衛華便想這是夢，可他分明又聞到醫院的味道，分明又感覺到全身的疼痛，他便在這殘忍的現實面前痛哭起來。然後是一個滿頭銀髮、皮膚黑黃、戴著黑框眼鏡的老醫生走進病房。他只那麼輕輕一拍，側翻著的兄弟便躺正了。

醫生拿左手細心測量兄弟的顱頂，又拿右手將棉球蘸向托盤裡的酒精，對準量過的部位擦拭。接著，醫生丟掉棉球，從口袋裡掏出一枚銀光閃閃的東西，他拿左手捏住那東西，又拿右手到口袋繼續掏，掏出一柄粗黑的釘錘。醫生晃了晃釘錘，對準左手扶住的銀釘敲打，釘進去一部分後歪了，他咬牙將它拔出；待部位吃準了，他小心而迅捷地連敲兩下，然後停下來細細查看，如此歇歇停停敲進去了一半，他便猛然一錘，將剩餘一半一把敲進去。衛華看到兄弟的四肢像是風扇狂掃起來，最終又像風扇那樣減速、慢慢停下來、一動不動。醫生坐在那裡等屍體創口的黑血流乾了，拿棉球細心擦拭，最終將那張臉擦得一塵不染，然後他站起來，像偉大的木匠一樣轉著圈參觀自己的作品。

衛華說：「爹，有三點我無法解釋。一是我在生活中從未聽說過日光燈，卻在夢裡見到了；二是我每次夢見人都是面目模糊，這次卻看得清清楚楚，連眼皮上的疤痕都看清楚了；三是我把他的面容與我所有的兄弟，包括堂兄弟、表兄弟、同學、朋友進行比對，發現沒有一個是吻合的，我的兄弟裡沒有一個是頭髮自然捲的。但現在我卻覺得我在世界只有這麼一個兄弟，別的兄弟都不是兄弟。」

「你說的都是真實的。」

衛華的爹答應道。

根據爹的講述，當年衛華家因為修屋，臨時住進鎮政府的廢棄宿舍，那宿舍上面八間房，下面八間房，只住了兩戶人家，另一戶是一對外地夫妻，他們很少和衛華家搭話，一回家就將門鎖死住，連玻璃窗也不開。衛華媽覺得是自己家的倒來打攪了人家高貴的生活，有些仇恨，可是衛華爹不覺得，衛華爹覺得是人家有自己的心事。那男人雖然長得孔武有力，臉上卻時時流露出哀喪的表情，好像被什麼懲罰了一直未能翻身，衛華爹覺得還是不去驚動為好，反正中國不缺井水不犯河水、老死不相往來的生活。

事情到衛華出生時有了轉機，那天風和日麗未有徵兆，可是衛生院的小醫生接生到一半說是尿急去找廁所，就再也沒回來，衛華爹意識到她不可能回來後，氣得拿菜刀對著衛生院大喊：「你們不是耽誤人嗎！」這時衛華媽發出瀕死的喊叫，衛華爹便丟下菜刀，撒開腿像駒子一樣向河岸邊衝。好像三兩步就衝到了，可是人家接生婆跟著走回卻花了半小時。那婆子是個小腳，走路一顛一顛，顛了十來步就疼，她說你走那麼快幹嘛，你走得快你又不會接生。衛華爹不能罵不能打，恨恨看了一眼，抱起老女人就跑，卻是連人帶己一起摔著了。這樣折騰到家門口時，衛華爹發現四周出奇的安靜，一時承受不住栽倒在地，待接生婆將他掐醒，他便迷迷糊糊看到外地人像聖人一般從他家走出，沾滿血污的指間還夾著一根香菸。外地人露出極度疲乏後才有的笑容，一路走過來，說：

「恭喜。」

這件事後，衛華爹總有一種強烈的報恩衝動，但是他不知道要買些什麼，或者要幫什麼忙，他實在不知道自己對人家有什麼用，人家總是說不需要的不客氣的。這種事情大概還是女人有智慧，衛華媽身體還沒養好，就抱著衛華上樓，把這對夫妻從門裡敲了出來，說你得做個乾爹，這孩子的命是你撿來的。外地人卻說你們不怪我壞規矩就好了。這話說得三人都尷尬起來，然後是衛華媽反應過來，說怎麼會呢怎麼會呢。衛華媽又懇求了幾番，才算把他求住了，他走回屋取了十元錢，說你不收我就不認，這樣衛華家又欠上一筆。倒是衛華媽聰明，火上澆油要乾爹給賜個名字，嗯，外地人思考了下，叫炎生，想想不妥，就又取了這個衛華。

也就是那次，衛華媽發現他們家屋內一片陰黑，窗戶掛著厚實的窗簾，漏縫塞著嚴密的布團，他們也不是兩口人，他們還有一個孩子，就是為著這個得怪病的孩子，他們深居簡出。「所以你是有兄弟的，你兄弟眼皮上有疤痕，是因為偷偷跑出來玩，被太陽照出一個大癤子來。」衛華的爹說。

在衛華像是被澆水的作物瘋狂成長，雙腿已能支撐起軀體但記憶功能還遠未開啟時，他們搬回到村裡，而外地人也搬到遠處了。他們兩家就像迎面開來的兩輛汽車，萍水相逢了一下，留下一個名字和十元人民幣，然後彼此消失——但是有那麼一天，外地人卻挨家挨戶問找上門來，當時衛華一家三口正走在前往外婆家的路上，被外地人騎自行車趕上了。看得出來他十萬火急。

「乾爹有什麼事？」

「就是請你們到家吃個飯。」

衛華爹和衛華媽有些奇異，但也許這就是城市人的處事方式吧。他們抱著孩子折回來，跟著外地人走，外地人好像很開心，把衛華抱到自行車橫槓上坐著，哄著，像蛇一樣扭曲著騎。如是走了四五哩路，走到外地人的新家，卻是個獨門獨戶的舊樓，屋前的野草一路長，長進濕爛的木牆裡——大概也是個危房。

進屋後，衛華爹感到一股陰濕的氣從地面升起，爬到他剛才還被太陽飽曬的背部，打了個噴嚏，然後他聽到一個小孩喊：「有人打噴嚏咯，有人打噴嚏咯。」他便放下衛華，讓他的兄弟摟著他抱著他，親熱他，那孩子似乎很開心，大聲叫喊：「媽，媽，我弟弟來了，我弟弟來了。」然後這屋裡所有的人都像是找到自己的歸宿，衛華被他的兄弟帶走了，衛華媽進廚房幫忙，衛華爹則被主人領著參觀樓內構造，他們進了東廂房，又進了廂房後間，那裡有一個撲著的谷斗（註一），外地人將谷斗翻起來，便顯現出一把太師椅來。椅子方方正正，椅面兩尺寬，兩尺長，四條腿兩尺高，靠背也是兩尺高，靠背正中安了一面灰濛濛的鏡子，枕頭的部分則雕成回字型，回字中間嵌了一塊翡翠，翡翠翻滾起伏、綠深如草。

外地人說你坐著看下，衛華爹便拉過來坐，坐了一會兒，外地人扶住他肩膀說，送給你了。衛華爹是在那個時刻看見對方眼中憂傷的。那是人們在下定決心做出某種對自己不利的事時才會有的憂傷，那是既有獅子式威嚴又有綿羊式哀求的憂傷，那憂傷讓人感覺不祥。衛華爹從椅子上跳下來，說不能要不能要。對方冷漠地回了一句：你必須要。衛華爹問發生什麼事情了，對方卻是不答。

待用尿素袋罩好椅子，外地人輕聲說，我們吃飯去吧，他們就出來了，隨後發現各自的兒子不見了。他們焦灼地找了一圈，最終在二樓一個漆黑的角落找到了。衛華爹還沒伸手打，衛華就哭了，外地人打了很久，衛華的兄弟還是咯咯笑，最後外地人發狠抽了一嘴巴，他才像警報器一樣痛哭起來。

「你要是把你弟弟摔下來，你怎麼負責？」外地人將他丟在地上，踢了一腳，就像那是條小狗。外地人再要踢時，衛華媽衝過來擋住，她抱起孩子，心疼地撫摸他，把他撫摸成一隻懂事的小貓。後來衛華媽說，她就像抱著一個冰塊，她還沒抱過這麼涼的孩子。

吃飯時，外地人沒喝就有些醉意，一次次舉杯和衛華爹乾，把一瓶西鳳酒悄悄乾完了，而身為農村婦女的衛華媽和身為城市婦女的外地人妻子則像兩條不同的河流，似懂非懂但是徒勞地交流著。吃過飯後，外地人將翡翠椅子提到自行車上，用繩索細心綁好，送往衛華家，衛華爹要攔，人家已經騎著車先走了。衛華爹看到好幾次椅子要掉下來，外地人停下車細心地重新捆綁，可是一到目的地，他就把它一丟，頭也不回地走了。

衛華爹在家摸了幾天翡翠，一會兒滑，一會兒澀，一會兒像是有涼風生出，便拿眼睛緊盯那綠，卻是發現世界沒有比這更綠的綠，沒有比這更金貴的金貴，他何德何能受此大禮？因此他要把它送回去。他兜裡塞著七只熱雞蛋，背上扛著這稀罕寶貝，信心百倍，遠遠看見舊樓的屋角，覺得他們好像還在那裡陰沉地生活。可走到時，他發現房門大開，野草從台階爬進屋內去了，屋內除了毛主席畫像一張，什麼都沒有。衛華爹於是嚎啕大哭，說兄弟啊，兄弟，你這祖傳寶貝是要送我呢還是託我保管呢？你這麼重你就丟給我了。

衛華爹哀傷地把它背回來，夜晚總是拿抹布蘸水擦，等晾乾了再塞回去（他也像外地人一樣，將它保護在谷斗裡）。然後有一天他到大隊去，隊長把他拉到角落劈頭罵，你找死啊，幹出這麼對不起組織的事來。衛華爹不知犯了什麼錯，給隊長打菸隊長也不說，等回家了他才明白過來，忙趁夜將椅子丟進薯洞。第二天他正在考慮是將這東西交上去還是藏起來，工作隊就步履整齊地開來

註一：脫去稻穀殼的木製農具。

了。事情就是這樣，如果工作隊態度和藹，治病救人，衛華爹就帶他們到薯洞去了，但是工作隊來的是十幾號人，就有些硬氣了，而這個世界的男人只分兩種，一種是吃硬不吃軟，一種是吃軟不吃硬，衛華爹就是後一種。當那些人的腿腳像雨一樣淋到衛華爹的身上時，他們還不明白，衛華爹正在念念有詞：我是劉胡蘭，我是劉胡蘭。這個男劉胡蘭臉貼上了紙條，頭剃成了陰陽頭，身子也坐上了噴射式飛機，歷經多年磨難，終於是讓翡翠椅子安穩無恙。可是等到這所有外力一消失，他和衛華媽就怨恨起來了——憑什麼是你那麼安穩？憑什麼？他們就想這是十足倒楣的東西，這是人生的禍根，因此這時就是沒人來要，他們也要把它劈了、燒了，讓它化為烏有，何況這時還有中學的韓老師出錢來要。韓老師說出五十塊錢，夫妻倆說十塊就可以了，可最後他們連十塊也忘記收了。他們看到那把椅子和貪婪的韓老師一起融入黑夜後，像看到致命的罪證融入大海，禁不住無比輕鬆起來，他們甚至想連夜找到工作隊，要他們來看這薯洞，你們看，這裡除開有幾滴老鼠屎，什麼也沒有，我們本來就什麼都沒有。

然後他們就忘了這把椅子，以及外地的兄弟，像大多數中國老百姓一樣，他們眼睛朝前看，朝鍋裡看，並不知自己的肉體經歷了那麼多的歷史。在某一天發現孩子的天賦後，他們開始對孩子採取嚴格的「胡蘿蔔加大棒」政策，考一百分獎雞蛋豬肉，少一分則暴揍，竟是讓孩子在「千軍萬馬過獨木橋」的險惡形勢下考中大學。孩子臨走時他們交代了很多做人的原則，可是一回家，他們就開始學習抽菸、提手提包，身體不好也到處走走。他們總是迎上人們尊敬的目光，羞澀地說：「天津大學，要說是個重點，比北大清華還是差些；寫信回來了，拿到獎學金了，不是一等的；哪裡談戀愛了喲，孩子說看畢業分配個什麼工作再考慮，我們也急，急有什麼用。不過，他們還是背著孩子去見了些姑娘，有的是商品糧（註二），皮膚白，骨盆大，能生產，他們很滿意，但是他們忽然意識到自己做不了主（他們只能說，姑娘你有空來我們家看看電視呀）——但這沒關係，這種事情本身就很有滋味，莫家有誰能像皇帝這樣選妃啊？這些事情做完了，他們就回家休息，泡一杯茶，看兒子留下的書，翻他過去做的作業，提前進入退休狀態。

直到有一天，他們打開門看到一個老年人，記憶才回來了。這個老年人因為過度瘦弱，骨架顯得巨大，像個骷髏站在那裡，但因為把胡茬刮乾淨了，又顯出特有的尊嚴來。老年人看了很久，眼睛迸發出一種親人才有的光火，說：「衛華還好嗎？」

衛華爹眼淚一下流出來了。可是他很快明白這眼淚一點都算不得什麼，這眼淚甚至是恥辱。外地人像一二十年前一樣風風火火，沒吃飯就頭也不回地走了，走之前他說了七八句話，最後衛華爹只記得三句。一句是：我最近才知道我們世代沒什麼病都是因為坐那把椅子，翡翠，中醫說翡翠養五臟，安魂魄。一句是：孩子快不行了，死馬當活馬醫。最後一句是；要是不在的話，就當我沒說過。

他走的時候眼神沒有任何怨恨，沒有任何責難，他寬容地把自己走成一棵矮樹，一根短棍，一個點，最後點與浩渺的空氣融為一體。衛華爹像是被兜頭澆了一盆冷水，舌頭一直搭在牙齒上，直到女人走過來他才找到話，他罵道：都是你，他媽的都是你，我堅持了那麼久都沒交代，你一天就賣了！衛華媽瘋狂地回擊道：你怪我？當時是誰說要劈了這禍根的，是誰看著椅子運走了手舞足蹈的，是誰一再交代不要說是我們莫家送給你韓老師的，是誰？是誰送走了還擺老酒給自己慶功的？

這種嘴仗男人是打不過女人的，但是在女人只顧鏖戰時，男人卻準確找到事情的核心所在，

註二：吃商品糧的是城鎮戶口，吃農業糧的是農業戶口。

這就是背叛，這是很重要極其重要的事情。因此他悲愴地攤開雙手說：「怎麼辦啊？」女人停住叫罵，跟著一起被嚇著了，後來她自欺欺人地說：「也不見得一把椅子就能救命啊。」

「就是只有百分之一的希望，也是要救的啊；就是什麼希望也沒有，也是要讓孩子坐在他祖傳的東西上安心去的啊。」衛華爹開始拿頭碰牆，碰了幾回，這個少見的沒有任何狡詐的漢子推出自行車將女人拉上，一路風風火火騎到韓老師家。還沒到，衛華媽就大喊：韓老師，五十塊錢呢！五十塊錢呢！

韓老師竟然記不起有這件事來，他說是什麼時候的事，八幾年，還是七幾年？衛華的爹媽一起幫他回憶，還倒茶，請菸，幫著揉太陽穴，這個因為腦病而遲鈍的老鰥夫才記起他有一個帳本，卻不記得放哪裡了。衛華爹媽像紅衛兵抄家一樣把他家抄了，終於在尿桶下翻到一個極其潮濕、腥臭的《工作筆記》，又送到陽光下一頁一頁翻，才終於找到筆跡模糊的一條：翡翠椅子；一九八〇年十一月十五號賣給秦茂生老闆；一千元。

再問秦茂生是誰，住哪裡時，韓老師嘴裡白沫都吐出來了。不過看見他們要走，倒是又醒了，他說吃飯吧，誰吃你的飯！衛華媽說。韓老師又說，老莫你是實在人，你說我當年沒給你錢那就是一定沒給，我補給你五十吧。誰要你補！衛華爹吼道。他這個時候想，秦茂生大概是縣裡人說的那個文物販子秦老闆，說不定這椅子正在他手裡要交易呢，說不定晚一步人家就賣到市裡了，再晚一步就賣到省裡了，再晚一步就賣到廣東了，再晚一步就流失到海外了，那樣他就只能望洋興嘆了。

衛華爹將女人撂下了，一個人蹬著車往縣城飆，上坡了騎不動，他就下來跑著推；下坡了他也不捏閘，像箭矢一樣衝下去。他聽到風在耳邊呼呼地喊，大卡車在身後邦邦地叫，他想這麼急幹嘛呢，那東西秦老闆八〇年就買到了，過去這麼久，說不定早到海外了呢，你趕死趕活有個屁用？

因此他把自行車停下來，試圖讓自己優雅一點，他還抽了一根菸，但他很快就明白過來，孩子不等人啊，報紙上不是說，要是早幾分鐘送醫院的話，孩子就有救了。我這耽誤的不就是人家的幾分鐘嗎？

衛華爹沒有吃沒有喝，武官不下馬，就在自行車上把秦老闆的家問到了。他轉進兵馬壟，穿過剪刀廠，從食堂背後的土坡溜下去，溜到一戶裝了琉璃瓦的人家門前，把車子靠在一隻石獅子上，算是停下來。然後他吸動喉結，開始拍門，出來的是個滿臉橫肉的男人。他個子很矮，但是卻拿小眼睛居高臨下地研究衛華爹，聽說來意後，他鼻孔噴出一道氣，冷漠地說：「早賣了。」

然後他把門闔上，闔到最後被一隻手擋住了，他又闔了闔，那手仍然待在那裡，而人竟然是嘻皮笑臉的。秦老闆眼睛凸出來，吼道：「你幹什麼！」

「我就是問賣給誰了。」

「你們鄉下人事情真多。」

「你看秦老闆，抽根菸吧，我就是想問賣給誰了。」

「被一個廣東老闆買走了。」

「你知道姓名和地址嗎？」

「我怎麼知道？」

「你回憶回憶。」

「戴墨鏡，皮膚比較黑。其他不記得，他收購完了就走了。」

「你真不認得他？」

「你這人說話好玩，中國十億人口，我認得完嗎？」

然後那扇門被關上了，連帶一根菸被抛了出來。也就是這根菸吧，像是導火索，把孤苦無靠、極度絕望的衛華爹給惹火了，這個五十歲的農村會計一腳就把門踹開，對著轉身走過來的秦老闆就是一拳，然後又用膝蓋頂，頂到人家海納百川的肚子上。那邊廂秦老闆女人急了，過來扯頭髮，扯不脫，又拿菜刀出來用刀背狠剁，才算是剁開了。閃躲開的秦老闆奪下菜刀，揮舞著說：「你他媽幹什麼呢？你還講不講道理？」

衛華爹本來要說「你輕死了（註三），你輕誰呢？」忽然想到這不是個人恩怨，這是來求人家，因此他說：「我是來救命啊。」

「滾。」

「我是來救命啊，我求求你秦老闆，你告訴我賣給誰了，我自己去找。」

「滾。」

菜刀刃口反射出一道光，秦老闆像是趕一條惡狗，把衛華爹趕出門外了，然後那扇門又關上了，不單關上了，還頂上了。衛華爹拿手拍著牆，一邊拍一邊哭，莫動才啊莫動才，你是頭豬，你是條狗，你是個死人，你一點用都沒有。這樣哭足了，哭飽了，把自己哭得空空蕩蕩了，他才魂兮無歸地走了。那天縣城的人們都應該看到了這幕奇觀：一個農村幹部旁若無人地流著淚朝前走，褲腿上濕黑一片，連尿都忘記拉了，他就這麼筆直地朝前走，又筆直地往回走。他們想他是瘋了。

衛華爹僵硬地走回來，走過兵馬龍、剪刀廠、食堂，就要下土坡時，發現自行車安穩地靠在石獅子上，想還好還好——這個時候他還看到門被拉開，一輛人力板車被推出來，接著一把椅子被搬到板車上，他想這就是做夢啊。他想等他們走了，他就去把自行車推回來。可是在椅子跟隨板車移動時，他猛然見到一種顏色閃了一下，那不就是翻滾起伏、那塊翡翠上的綠嗎？我操他媽啊。衛華爹兩腿一軟，幾乎要暈倒了，然後他扶住樹，躲到樹後邊，他發現自己其實很冷靜，冷靜是因為仇深似海。然後他像幽靈或者隱形人一樣，靜靜跟在這對鬼鬼祟祟的夫妻後邊。跟了四五哩路，他看到他們將板車停下，打開獨立倉庫的巨大鐵鎖，推開厚重泛白的大門，小心將椅子抬下來，搬進去，又小心朝裡邊張望了幾遍，然後關上門，鎖上一道鎖，再加一把鎖，最後像小生意人那樣相視一笑，興高采烈地拖著板車走了。

衛華爹也笑了。他去買了幾只饅頭吃，吃飽了走到縣委等，等到一輛鄉裡的吉普車，坐著回了。一回到家他就一聲不吭，把黑白電視機、縫紉機、手電筒、沒吃完的豬肉通通丟到板車上，拉著就走，他的妻子則像是拉扯著自己的孩子一樣拉扯著板車，她是拿兩隻手扯著擋板的，他是拿兩隻胳膊拉著車臂的，他拉不過她。他就像當年他的兄弟踢孩子一樣，走過來將她將像條狗一樣踢翻了。

他說：「你知不知道人家託付給我們什麼啊！命啊！」

然後他像販子漢一樣拖著板車遊村轉巷，聲嘶力竭地叫賣——他叫得很好，很吸引人，他也賣得很好，因為他賣得便宜。他像是受到鼓勵，又回家拖了一板車的櫥櫃、桌椅、衣服、首飾出來賣。他把這些代表著家族榮譽和面子的東西置換成第一桶金，然後他帶著這第一桶金和一幫姓莫的村民聲勢浩大地開到縣城，開到秦家。

他很講禮甚至是惴惴不安地敲門，秦老闆的女人一開門，忽而見到林立的鋤頭和釘耙，就像見到血，暈倒了。她的丈夫比她硬朗多了，鎮定多了，他吸沒吸涼氣不知道，但他拿胸脯貼著了衛華

註三：指非常瞧不起人的意思。

爹的胸脯。他說：「你有人我就沒有嗎？」

「我是來講道理的。」

「你講道理？你講什麼道理？我說了不在我這裡，就不在我這裡。」

「我們並沒有說在你這裡啊，你慌什麼？」後頭傳來一句大喊，大家馬上騷動起來，一個個惡狠狠地說「可是你自己說在的」，然後齊刷刷地揮舞傢伙，迸發出審判已經結束隨時可以處死對方的熱情來。這時衛華爹揮了揮手，說：「你把它從倉庫裡取出來還給我吧。我不是來打架的，秦老闆我給你跪下了。」

「別跪！」後邊喊出憤怒的聲音。衛華爹半弓著身子，沒跪下去，他轉過身來又給大家擺手，意思是事情快成了，不要壞了快成的事情。那秦老闆聲音小了點，頭卻仍然是歪斜向天的，「我也是花錢買來的，我的錢也是血汗錢。」

「我賠給你。」

「你賠得起嗎？」

「你要多少？」

「我花一萬塊買的，我就要一萬。」

「你是花一千買的。」

「我是花一萬買的。」

「你明明是花一千買的。」

「我誑你幹嘛？你不信拉倒。你賠不起可以，你們打死我，我就不信沒有公道。」

「那好，我租。」

「我花一千塊租，租完了原封不動還給你。要是不能原封不動還你，補足你一萬塊。」

「怎麼租？」

「你說了誰信啊？」

「我立字據。」

「你立了字據誰信啊？」

「你他媽把我們姓莫的當成什麼人了！你是不是敬酒不吃吃罰酒！」後頭有人喊，然後眾人一擁上前，好似鯽魚一樣往門裡鑽。秦老闆連口說「我信我信」，倒退著跌坐在地，臉色煞白。倒是衛華爹又攔住大家，自兜裡掏出一千塊錢，立了字據，按了手印，又對著停靠在牆角的那輛自行車說，也押給你了。然後他們慌慌張張看著圍觀過來的縣城群眾，跟秦老闆去把那翡翠椅子取了，倉促撤回鄉村了。

一天後，衛華爹聯繫到鄉裡唯一一輛跑運輸的解放車，運著翡翠椅子上了公路，路過縣城時他買了三袋饅頭，說對不住了，本來要請你好好吃的。然後他們風馳電掣地奔行在外地兄弟離去的方向，有那麼一陣子，衛華爹疑神疑鬼，以為還能在路上碰見兄弟的背影，卻始終沒碰到。衛華爹就帶著這一半的心急一半的踏實，像夢中的衛華一樣，突然擁有了辨別迷宮的神蹟，對司機指點出了最經濟的路線——雖然那個省那個城市那個醫院他從來沒有到過。卡車像鯊魚一樣闖入平靜的城市後，在緊急揮舞指揮棒的女交警身上留下一堆藍色的尾氣，然後在粗魯地拐了七八個必要的彎後，猛然看見醫院的木牌。它像人一樣嘶叫一聲，徹底熄火了。衛華爹和司機跳下車，取下翡翠椅子抬著就衝進白色的醫院，先是找服務崗問，人家姑娘說的是正宗普通話，他們說的是機關槍一樣的方言，待他們明白過來，焦急地調動少有的普通話儲備時，她又說不清楚，你們說的我不清楚。他們便一間一間地推門，推了七八間看見一個女病友正準備小解，才面紅耳赤地明白這裡是門診區。他們跌跌撞撞地穿越門診樓，奔跑在花園過道的水泥磚上，奔跑在台階上，奔跑在平滑如鏡的走廊上，繼續粗魯地撞開一間又一間的門，看到了很多驚慌失措的重症病人——他們的臉是很蒼白，但都比不上衛華兄弟那樣蒼白，衛華兄弟的臉就像白裡過濾了一層白。

然後是一個只有十平米左右的獨立病室浮現在他們眼前，它的門上包著厚厚的皮墊，窗上塞了黑色的X光照片，它就像一個不需要說話的帝王，威嚴地浮現在他們眼前。直到這時，衛華爹才顫抖起來，大腿好像灌滿鉛，再也抬不起來了。他意識到他是來晚了，他一直沒想到他來晚了這個可能，但現在他想到了，因此他的臉上落滿惶恐。僵立幾分鐘後，他像任何一個遲到的人那樣悲傷地推開房門。他先是看到一團漆黑，接著在那漆黑中慢慢分辨出病床的模樣，被單是疊好的，枕頭放在疊好的被單上。牆壁上，一面錦旗因為風的消失正慢慢貼回它原來的位置。什麼都沒有。

衛華爹將手裡摟著的翡翠椅子輕輕放下來，然後自己慢慢蹲下去，抱著頭，晃著頭，像是享受快樂一樣享受著這空寞的痛苦。司機聽到他嗨嗨，嗨了好幾聲，好像是要把哭泣從喉嚨裡嗨出來，可見他是已經忘記掉怎麼哭的。司機就讓他這樣慢慢蹲著。不一會兒，醫院叫來的民警趕來了，司機用了很久才把這件事情解釋清楚。那時候的民警比較好，他叫來醫院的領導，複述了這件事情，領導又找來主治大夫，複述了這件事情。這位滿頭銀髮，皮膚黃黑，戴著黑框眼鏡的老醫生坐到床上，說，死得很慘，到死我們都查不出來是什麼病。然後他掃了一眼翡翠椅子，以他這個職業所擁有的傲慢口氣說：「沒有用的。」（感謝程益中為我講述這個故事的雛形。）

兩生

兩生

1

周靈通的人生最低谷出現在二十六歲。二十六歲了，同學有的生孩子，有的大學畢業幾年都教到高三了，而周靈通還在復讀。這一次高考結束後，周靈通失蹤了，待成績出來很久，他才步履沉重地潛回校園。在那裡，野草從水泥裂縫間生長出，可怕的高，而牆上白紙的一角垂掛下來，像是打盹。周靈通撫平白紙，一個個往下讀，讀到自家名字時，號啕大哭起來。哭完了不知如何抵擋，四處瞎走，走到東，走到西，無路可走，眼見著夜像黑色的泥土，一層層清楚殘忍地澆蓋下來，便走到河裡去了。

河的水面泛著點光，能聽到田裡各種各樣的蟲子開會，周靈通一截一截走到涼冷裡頭。快淹到脖子時，草窠裡冒出一句婦女的話：靈通，你做什麼？

我洗澡。周靈通說，然後身子一縮，從水裡游走了。爬出水面後，岸上只剩個提衣桶的背影，越走越小，而天邊擦過一道閃電，照亮了山峰。周靈通吸口氣上岸，滴著水，獨自往山峰走了。

山峰的頂尖有個寺，喚龍泉寺，建於清末。周靈通走到時，脫漆的寺門緊閉著，周靈通也不敲，撲通跪下去。跪了一陣，膝蓋麻疼，承受不住這廢物般的肉身，便趴著。趴了一陣，背後來了很多鬼，眼前多出幾十床被褥，便臥倒，像條狗臥倒睡死了。清晨，一陣雨掃來，掃醒了周靈通，周靈通挺直身體繼續跪。約莫光亮大了些，寺門才吱呀一聲開了，得白癜風的和尚德永抬眼望天走出來。看到門前跪著一團冒氣的活肉後，德永又跳回檻內。

周靈通對著泥水磕下頭去，德永指著他說，你做什麼？

我要出家。周靈通說。

德永嗨了一大聲，拚命搖頭。周靈通繼續說：師父，沒法活了，你收留我吧。

德永小心不讓布鞋沾上泥水，走過來端詳周靈通，問：你青春正好，為何要出家？

周靈通說：我高考八年考不上，無路可走了。

德永背起手站起身，說：依我說呀，你六根未淨，拘泥執著，和佛門無緣。

周靈通猛然抱住德永一條腿，說：師父，我這就要死了，死了。

討厭。德永抽出腿，頭也不回走回寺。周靈通想喊戳你媽癟，卻是沒力氣了，寺門吱呀關上時，周靈通昏死過去。醒來後，周靈通兩眼兒昏花，許久才看到面前有只皺皮蘋果，便像條豺吃光了它。然後他看到德永手持巨大門閂，舞來舞去。德永說：滾。周靈通撐持起身軀，軟軟地往下走，走了一陣子，回頭望，德永手扶門閂，屹立山坡，又洪鐘似地喊了一聲：滾。

2

周靈通吃光山下一地幼鼠大的白薯，看到山尖露出寺廟一角，本想上去燒了它，卻是覺得路途遙遠。坐了一會兒，本想回家向父母投降，卻是又看見一高級女子騎鳳凰自行車沿柏油路下坡了。那女子燙著關牧村的髮型，細皮嫩肉，嫌惡地看了他一眼。

看什麼看？有什麼好看的？老子不就是八年沒考上嗎？周靈通抬起泥猴的臉，大吼道。

那女子應了一句「神經病」，快速踩起腳踏來。下坡路不用踩的，一踩鏈條脫了，連人帶車咯噹撲到路面了。女子手掌蹭出血印，血印裡冒出血珠，唉喲唉喲的，周靈通走過去說：你說誰神經病？

女子皺著眉不理，周靈通提起她的衣領，說：你說誰神經病的？那女子咬著牙不說，周靈通就把她拖向路邊，拖往田間，拖到蒿草後邊。女子大喊救命，周靈通就掐她喉嚨，聲音喀喀地沒了。周靈通剝開她的衣服，讓她白花花、顫慄慄地掙扎了一陣，躺好，一把操下去。周靈通操進去時用了蠻力，說：你說誰神經病的？

這把力把女子的眼淚操了出來，女子拿頭不停蹭背後經了雨的土，蹭得一塌糊塗。周靈通說：你媽的癟，我讓你說。這時柏油路深處傳來汽車奔馳的聲音，周靈通趕忙捂住對方的口，汽車路過自行車時慢下來，周靈通背脊冒出許多汗來，不過汽車又聲勢浩大地開走了。草草完事後，周靈通用女子的衣服綁住女子手腳，用女子的內褲塞嚴女子的口，搜出女子鞋裡的錢，走到柏油路，拆開蓋板，安好鏈條，騎上自行車跑了。跑過小鎮時，賣菜的、賣肉的、賣包子的、開飯館的、聽收音機的都看了他一眼，張開嘴要說什麼，一下反應不上來。周靈通說，你們不是想說，快來抓啊，強姦犯嗎？

周靈通氣喘吁吁地通過小鎮，向著逃亡的深處奔行，而人民群眾和人民警察直到一小時後才明白過來。等他們提著槍和菜刀，坐上兩輛大卡車往前追時，周靈通已經棄自行車上船了。等他們喂喂喂把電話打到對岸時，周靈通已經坐上一輛貨車去遠了。對岸的兩省聯誼派出所說，好像是輛藍色的解放，又好像是輛白色的東風，具體情況不是很清楚。

後來，追捕隊伍精兵簡政，以縣公安局刑偵大隊長為組長，組織了三人去南京繼續追。四個人把綠色吉普停到南京車站，看到人流像魚苗，向一個方向湧去，又向另一個方向湧去，傻了眼。

3

周靈通待在湧過來湧過去的人流裡，孤寒恐懼，總是感覺有一隻有力的手要抓住他的肩膀，對他說，看你往哪裡跑。時不時回頭看上一眼，又不過是些素昧平生的工人騎著自行車奔來奔去。這樣幾日，周靈通又想往人多處走，又想往人少處走，走累了，便坐在陰涼的石基下，坐成一個乞丐。百貨大樓恢弘的鐘聲響起時，半空中飄過來一角錢。

周靈通在這嘈雜過後的蕭條裡慢慢察覺到安全，慢慢失卻恐懼。這恐懼正如當日的淚水，一旦消失了，人就沒法抵擋了。周靈通又被殘忍清醒的東西裹挾了，畢竟是一路考了八年，畢竟是掛了帳的強姦犯，什麼希望也沒有了，以後只許磕頭向路人喊謝謝了。就是這樣，他們走路，直立行走，我是爬行動物。兩個世界。

問題是做了幾天乞丐後，因為睡水泥路面，夜來濕冷，隔日便腰痠背疼，好端端一年輕人竟真控制不住向病殘靠攏了。周靈通閒得疲乏，覺得生命灰暗，像是要慢慢失血死掉了，就不如現在去死，反正已經動過一回死心了。可是這事情並不迫切，要先吃雞汁湯包、六合牛脯和白雲豬手，這些吃過了，便去紫金山上看日出，看過了，才好作別。屁股底下的《南京日報》寫著：放眼望去，莽莽群山接天際，濤濤綠海奔眼來。幾百座山，幾萬叢綠，哪裡容得下一點浮世的纖塵。

山也只有三四百米高，周靈通爬得不難，有時湊到一支隊伍後頭，饒有興致地聽導遊拿喇叭介紹，說待會呢我們要去看的是孫權墓地，孫權呢大家都知道，字仲謀，生子當如孫仲謀。有時又真的跑到一棵千年古樹前頭，伸開手滑稽地合抱，樹冠巨大，他想不清楚為什麼一條巨蛇能將它搖得嘩嘩作響。如是逍遙，忽見石階上兩個轎夫打起一個高挑女子來，好像武松打虎一般，打得不過癮，又用手揪扯捲髮。

待那女子的臉轉過來，周靈通看到她的嘴角和鼻孔冒血，眼光浮出一絲絕望來，好像魚兒上了砧板，面對屠刀最後浮了一眼。周靈通被同命相憐的東西刺了下，忽然迸發出人生意義，想自己終歸是死了，換條命回來也值，便拿起石塊衝上去。南京人欺負女的厲害，看到石塊啊呀呀叫著過來，就跑了，一氣跑到原始森林裡了。

周靈通扶起這女子，扶了幾次，總算把她扶立在高跟鞋上了。女子卻是個馬臉，眼睛奇小，耳朵和鼻孔巨大，十分嚇人。不一會兒，幾個西裝革履的年輕人衝過來，推開周靈通，扶住女子，又有他們中的幾個跑到森林口上，踮起腳往林深處察看。周靈通目瞪口呆時，女子已被圍擁著走遠了，面前只留下若有若無的哼唷聲。

女子走著走著，停了，問：「有紙和筆嗎？」旁人馬上奉上，她寫了一行電話，對周靈通招起手來，說：「謝謝你，以後去北京有什麼事不方便找我。」周靈通跑過去嗯嗯啊地接了，心想，你終歸救不了我，吃頓飯而已，大城市人都這樣，人走茶涼。

然後周靈通才知往山尖上跑，跑得四周沒人了，坐下來睡覺。他打算睡到清晨，看完日出，找個死法死了。

4

日頭浮出後，像個巨大的紅乒乓球，周靈通全身爬滿愉快的蟲，又刺又癢。待到日頭回復平常，周靈通連吼三聲，開始四處找軟藤子。軟藤子不好找，找到了，又要找合適的樹，高不成低不就的。待一切可將就了，周靈通兩手巴住藤子，作引體向上，將頸窩伸進去，卻發現小路遠處爬來四個穿綠色警服的人。他們中的一個以領導慣有的氣勢說，我說了要找個導遊的，你不聽，說來過一次，還不是走錯路了？

周靈通一聽這不是我們鵝山縣口音嗎？跌落在地，四下想跑，卻是沒路可跑，此時那刑偵大隊長已是一聲大喝：周靈通，我看你往哪裡跑。周靈通聽得分明，卻好像笨鵝呆立在原地，眼睜睜看著四條豺狗呼哧呼哧包抄過來。大隊長的手長滿汗毛，像把黑色老虎鉗撈過來，眼見要撈住什麼時，周靈通心一橫，往山下一滾，好多黃色的、白色的小花和大片的青草翻轉起來，長到天上去了。許久，他才被一塊土坎攔住，他爬起來腦袋還在轉，可是又不能轉了，一粒子彈叮的一聲打在旁邊石頭上，往旁邊蹦開了。

周靈通跳到樹叢後邊，看到警察手拉著手往下走，便像瘋了，向陰黑的深處猛跑。跑到四處都是樹了，日光傾斜進來，四下只有隱祕的蟲子在叫，他才算是痛起來，原來左腳的小腳趾已經折斷了。他不敢大哭，只是擠著臉冒眼淚，傷悲得很。他悲得越多，就越心懷仇恨。

他靠著這德永和尚的門閂、高級女子的白眼和刑偵大隊長的子彈回到人世，回到人山人海的南京城，白天埋頭做乞丐，晚上睡一會兒，然後在子夜走進小街小巷，拿起一塊磚頭等獨行人。他先拍麻人家的肩膀，說，拿錢來。別人就把十元、五元和角票都掏出來給他。他又說：跑。那些人兒就撒開腿跑了。

這樣打了幾場游擊戰，周靈通轉戰到鎮江、無錫、蘇州，自我感覺好像晃暈了鵝山縣的追捕隊，便要在街道安定下來，做個臥薪嘗膽的乞丐，卻不料蘇州城因為創衛（註一），時常整車整車地拉衣衫襤褸的人收容，周靈通便又困苦起來。這一日，街頭那邊的乞丐忽然跳起來，整個一條街的乞丐便跟著彈跳起來，奪路而逃，周靈通肚皮飢餓，跑幾步就摔倒了，一個穿制服的青年衝過來拉他胳膊。這個環節他老早想清楚了，他真要被收容了，被遣送了，就是直接去監獄，如果強姦罪還加上拒捕，被槍斃也不是沒可能。他一口咬下去，咬穿了袖子，咬壞青年的手腕，然後躥到小巷裡。他跑到盡頭時回頭望了一眼，七八件制服正奔湧過來，他又撒開腿轉進橫巷，轉了幾圈，瞅著無人，翻起垃圾箱，把自己塞了進去。

一直到天黑，周靈通才爬出來，月色照在石板上，牆壁高聳，拒人千里。他悽楚地走著，又冷又餓，又怕又嚇，竟覺天下之大，無半尺容人之地，便給自己吟詩：長風破浪會有時，直掛雲帆濟滄海。直掛雲帆濟滄海，長風破浪會有時。

吟到巷頭一間小賣部，見燈泡下有六字：國際國內長途，他便掏錢，把那些角票摞成一堆，又掏出紫金山得來的紙條，開始撥打。電話嘟、嘟、嘟地響很久，沒人接聽。他想她能幫我什麼呢，可能只會說幾句謝謝，要不就用些客套話教育他，生活總是有希望的，別放棄啊小夥子。他對老闆說，沒撥通是不是不收錢？老闆嫌惡地擺擺手。

這時，話筒裡飄出聲音，喂喂。

周靈通說：是我。

女子說：你是誰？

周靈通：我就是紫金山上拿石頭的人。

女子說：哦，恩公啊，近來可好？

周靈通忽然哭了，說：小姐，我活不下去了。

女子說：你怎麼活不下去了？

周靈通說：我快餓死了。

女子說：你現在在哪兒？

周靈通說：我在蘇州。周靈通偏過頭，抹了抹淚眼，看清路牌，繼續說，我在蘇州長瑞巷往北走第二棵電線杆旁的垃圾箱裡。

女子說，你在那兒等著，別動。然後掛下電話。

5

周靈通付完電話費，買了塊小脆餅，所有家當就空了。靠坐在鐵皮箱上時，他感覺喉嚨越來越大，越來越有力，總是控制不住要一口吞了脆餅。他抖索著手拿嘴唇去湊餅上的粉末，嘴唇也抖起來，跟著全身也抖起來。這樣舔了很久，舔到最後只剩渣渣時，他憂傷了，這點東西好像釣餌，把肥大的餓神活活請出了。他便翻垃圾箱，看到蘿蔔根、菜葉就吃，吃到後頭嚼不爛，扯出來，卻是塑膠袋。

夜晚有些涼風，他聽到天空傳來電話掛掉的聲音。啪。活人的聲音消失了，聯繫消失了，女子洗了澡，睡了覺，醒過來就故意忘了這事情。可是他又覺得有必要等，實際上是除開等也沒別的辦法。他推起鐵皮箱，撥開一些穢物，就著惡味蜷縮著睡去了。夜裡他醒來幾次，跑出來看，巷道裡卻只有風從屋頂躍下，就著石路躥跳。小賣部的燈火也關了，什麼也沒有。

黎明時，周靈通恍惚聽到鐵皮被踢了幾腳，覺得不可信又睡了，剛入深港，又猛然醒來。從箱

註一：創建衛生城市的簡稱。

裡急急爬出後，周靈通看看巷道，還是什麼也沒有。擦擦眼又看，又看到一個高挑的背影從小賣部那兒走過。

是你嗎？周靈通大喊。對方停住。周靈通又大喊：是我。對方轉過身來，周靈通繼續大喊：石頭，石頭。

那女子走回來，說：是我。

周靈通覺得心間的煙花齊刷刷放響了，然後朦朦朧朧看見一只黑袋子伸到眼前，袋裡有自己一直想要的東西：烤鴨、火腿、麵包，無窮無盡的食物，以及可口可樂。他撲上去撕包裝袋，撕不開，就咬，咬開了，兩隻手捉著狠吃起來，吃得喉嚨塞滿碎骨，就使勁嚥下去了。

周靈通掃空這些東西，抖抖黑袋子，什麼也找不到了，便抬頭看女子，女子搖搖頭。兩相木然時，女子拿高跟鞋的鞋釘靠了下街面，說走。周靈通就傻乎乎起身。女子將走時，躬下身將那只真皮袋子拎起，小心拋在垃圾箱上。

周靈通嘴裡想冒出一句謝謝，卻是冒不出，跟著走出巷道，走上大街，清潔工人正在拿竹帚掃街，嚓嚓的響，好像進入聊齋。周靈通也知道這個世界有的人腎出了問題，然後就有別的人出來騙人喝酒，灌醉了，打麻藥，活活把腎割走。周靈通看著前邊來歷不明的背影，飽暖起疑心。不過他又覺得死便死了，早死過了，吃得那麼飽了。

女子一直把他帶到酒店。門口有個穿紅色呢子布的衛士，先是對雍容華貴的女子鞠了一躬，又對著衣衫襤褸一身惡臭的周靈通鞠了一躬。周靈通忽而感覺自己是她的人了。辦好房，女子把周靈通領進房，放開熱水，試試水溫，說：你給我洗三個小時。

周靈通對鏡自視，是個鬼，就跑到水裡狠狠洗，洗得水全變黑了，又全變白了，又對鏡左右端詳，像個人了。如是來回幾趟，沒什麼可洗了，他才知沒衣服穿，跑到門背一聽，外邊什麼聲響也沒有，輕輕拉開一個縫，又看到門口堆著乾淨的內褲、襯衣和長褲。

周靈通穿好衣服，深呼吸一口氣，赤腳走進毛茸茸的地毯。早晨的光茁壯強大，投射到女子身上，在白色的被褥上留下一團陰影，女子正迎著光抽一根菸，長而柔的食指像彈鋼琴，把菸灰彈向垃圾桶。這個時刻，周靈通看到溫暖以氣體的形狀，從優雅的背部和赤裸的手臂上層層生出，忽而淚流滿面。周靈通跪下來說：我愛你，我愛你，娘。

6

周靈通也就是在二十六歲時否極泰來。那個叫張茜娜的北京女子作為一個不可能的烏托邦，一個不可能的觀世音菩薩，清清楚楚地讓周靈通拉住了手，咬住了舌頭，成為他錢財和生命的保護神。

很長一段時間內，周靈通還保留著那種卑賤的本能，跟著張茜娜去北京時，緊緊拉著她的手，生怕她跑沒了。有時候就是把陽具塞進去，還是感覺不安全，等到終於有一日，張茜娜情不自禁地舔起那根東西來，像舔一根冰棍，他才全身心放鬆起來。他撫摸起她的頭髮，說，別，娃兒，別這樣。

第一次拜見張茜娜父親時，周靈通還有點緊張，只敢坐在真皮沙發邊沿，不敢正視對方的濃眉大眼。老頭子端詳了很久，端起大茶缸，咕咚咕咚喝了幾口，問：小周哪裡人啊？

周靈通臉唰地紅了，說：安徽人。

老頭子擺擺手，說：這個我早知道了。我是問你是城裡人還是農村人啊？

周靈通被一下問矮了，小聲說：山裡人。

老頭子說：大聲點，哪裡人？

山裡人。周靈通含著屈辱叫道。然後他聽到一對巴掌拍起來，老頭子哈哈大笑起來，笑得周靈通全身震顫，忽而又煞住不笑。老頭子說：山裡人，我就喜歡山裡人，踏實。接著又把笑聲續起來。周靈通也跟著笑起來。

吃飯時，老頭子扯著喝了好幾盅，眼見著周靈通臉色紅赤赤，又拍來一肩膀，說：踏實。

飯吃完後，周靈通想此地不宜久留，要找個藉口走掉，卻見老頭已走到沙發旁邊，自顧打起電話來，慢條斯理說了幾句，又掛了。老頭子看了眼拘謹的周靈通，說，過來，女婿，給個公司你開開。

這句話周靈通後來坐在總經理辦公室時，拿筆複寫了好幾遍，過來，女婿，給個公司你開開。事情就是這樣難以想像，昨天還在垃圾桶裡和塑膠袋、死老鼠混跡的人，如今雙腳搭在巨大而光亮的紅木辦公桌上，一閃一閃，一晃一晃。

後來公司的分公司開到馬來西亞去了，周靈通第一次君臨該國時，找到一間酒店，派一個親信打電話，不一會兒，英國、法國、德國、俄國、美國、日本、義大利、奧地利各來了一個妓女，她們一起笑著鞠躬，用中文說：老闆好。

周靈通伸出手指，點著數目，說：你們呀，當年是八國聯軍，侵占了我國首都北京，我現在是來整你們的。他說的時候莊重嚴肅，八女子面面相覷，也不真懂中文，哈哈大笑起來，幾下就褪掉他錚亮的皮鞋和筆挺的長褲，拉出那個東西，一人一口嘗起來。又幾下把果漿給誘引出來，周靈通魂飛魄散，氣急敗壞，說，真雞巴不划算。

如此八載，周靈通混得理所當然，平平安安，只是一日要走出辦公室，卻見幾人強闖進來，對著他就喊靈通靈通。保安攔也攔不住。他一聽是鵝山口音，慌了，大叫道：我也是有槍的。

來者居頭的堆著笑叫道：不是那回事，不是那回事，當年都是有人誣蟣你。

周靈通又看了一眼，幾人一齊諂笑起來，他才算放心了，擺擺手說坐。坐下來說幾句，入港了，才知是鵝山縣駐京辦的，要打通關節撤縣建市。周靈通不搭這個，只說自己人微言輕。那主任副主任的就知道了，說，都是誣蔑你強姦，哪裡來的強姦，證據呢？當年是抓錯人了。

周靈通好茶招待了，又好酒招待了，只是不應。未過幾日，當年的縣刑偵大隊長，現在的鵝山縣政法委副書記在縣長帶領下趕來，拍胸脯，立字條，才算說清楚了。周靈通喝多了時，搖晃著政法委副書記的肩膀說，當年你槍法很準啊。副書記的臉色馬上白了，轉個話角說，你我都是骰山鎮表親啊，我就是念及舅舅、舅娘吃苦啊。

周靈通心說你跟我算哪門子親戚，想想又覺自己不能落個不孝，就問，我爹我娘怎樣了？

你走沒多久，就過世了。副書記哀傷地說。周靈通目瞪口呆看了一圈，拿起餐巾紙擦，來回擦了十幾遭，把眼擦紅了。大家蜂擁而上，說別哭別哭，都過去那麼多年了，周靈通才算哭出來了。

7

整整逃亡八年後，周靈通第一次回到故鄉。他沒有坐飛機，也沒有坐火車，他讓司機開著林肯房車，慢悠悠地載著他和張茜娜。開到距鵝山界碑還有一公里時，看到鵝山市委書記、市長帶領六套班子和一批桑塔納恭恭敬敬地立在路邊守候。

進入市區後，每間大樓都掛著歡慶撤縣建市的紅色條幅，每個街口都立著紅色虹橋氣墊，天空中飄浮著氫氣球，地面上鋪墊著鞭炮渣，鵝山老百姓一齊湧到街道，排著隊上公共廁所。在車隊開過來後，無論開道警車怎樣鳴笛，都無法控制無數雙手摸向那黑漆漆的房車。周靈通西裝革履地坐在裡頭，看著一雙雙眼神驚詫地擠過來。他們看不到他，他卻可以看到他們，一直看到內心。

在市裡參加了幾個會議，作了幾個講話後，周靈通忽而厭倦，想想就是這麼回事，就要回鄉掃墓，掃完墓就回京，永遠不再回來了。

妻子有點頭風，周靈通一人坐上縣長專車來到骰山鎮周家莊。他把一疊紅包交給村長，讓其代為分發到每個村民，然後去找父母的墓，找了很久，大家不好意思地說，那個沒有碑的就是。周靈通說哦，又撒了些銀兩叫堂兄弟們幫襯處理。

中午喝了幾杯谷燒，周靈通就離開周家莊，走到一半時，忽然想起什麼，便叫司機往山峰那兒開。桑塔納兩千開到山腳只花了一刻鐘，周靈通下車看了看柏油路坡道，和乾燥的薯地，唏噓莫名。然後他對司機說，我去山上燒個香。司機要陪著去，他說免了，一個人心誠。

周靈通比八年前上山時更添了一口惡氣，他本來油脂增多，卻是走得更快，好像心焚火燎，要急迫地看到什麼。等到襯衣濕透，外邊的西服也丟掉時，他走到峰巔。他就立在八年前跪下的位置，在一片陰涼中看著破敗不堪的龍泉寺。寺門緊閉，有些濕氣從瓦片上升起。周靈通上去狂敲，一邊敲一邊說：老子來了。

門裡傳來聲音，來了來了，周靈通聽得熟悉，卻一下想不起是誰。待到門吱呀一聲拉開，他不禁連退幾步，那和尚和他反應相若，竟是往後跌坐。周靈通看到他留著光頭、穿著海青、掛著佛珠，向後跌坐過去。

那和尚竟然和他一模一樣。

周靈通待要開口，和尚也要開口，周靈通便讓他先說，和尚豎起手掌說，阿彌陀佛。這聲音一出，陌生的徽斑就從那張熟悉的臉龐擴散開，最後終於徹底區分開了。和尚是和尚，周靈通是周靈通，粗鄙是粗鄙，豪華是豪華。

周靈通踏實了，就輕慢地問：德永呢？

我師父死去八年了。和尚點頭鞠躬，抬頭時眼仁裡露出不可遏止的豔羨光火來。周靈通試著把戴勞力士手錶的手往右擺擺，那目光就跟著往右擺了擺。周靈通說你過來摸摸吧，那和尚就不好意思地過來摸這摸那。

周靈通說：德永死時說了些什麼？

和尚說：罵我呢，說廟裡一個人吃飯就可以了，我來了，把他餓死了。

火星

火星

當生日快樂歌響起時，奧克拉荷馬州是白天，水軍縣是黑夜。美國的母親走出遊樂場大門，忽然意識到什麼，回頭望了望摩天輪，摩天輪的玻璃泛著白光，四野寂靜。不一會兒，從摩天輪上方的白雲深處飄落下一首歌來。美國的母親躬下身對兒子湯姆・詹姆斯說：「聽，你爹地給你點了一首歌。」湯姆點著頭，聽著歌聲像肥皂泡消失於街面，然後他看到母親嘔吐了，對面蹦過來一個獨腿人，像一隻獨腿雞蹦過來。母親應該是從空蕩蕩的褲腿看到了血淋淋的傷口截面，那裡，綠色的神經像蚯蚓扭來扭去，黑色的血痂成塊成塊墜落。在地球的另一面，中國的母親拉亮了二十瓦的燈泡，光芒聊勝於無，照在她一大一小兩只乾癟的乳房上，兒子李愛民中斷拉箱式的哭泣，撲上去。可是就像我們今天吸一罐已經吸乾的酸奶一樣，李愛民和母親很快都悲哀地意識到奶源乾涸的事實。

碩大的眼淚從李愛民眼皮上的大瘤子下冒出來，母親憐惜地說：「崽吔，沒有奶啊。」

李愛民卻還是一邊叼著奶頭一邊哭嚷，母親便伸手四處亂摸，終於摸到一個音樂盒子。那是破四舊時偷回來的，母親扭緊發條，它發出嗡嗡的聲音。Happy birthday to you, happy birthday to you.

李愛民鬆開嘴入神地聽了一會兒，很快明白精神食糧解決不了飢餓問題，張開嘴又撲上去。中國的母親發出一聲聲低嚎：崽吔，你咬壞老娘了。

很多年後，李愛民還保留著這種動物性。他脫光了一個又一個女人的衣服，尋到那輝煌欲碎的乳房，叼起那紅的黑的乳頭便撕扯。據說在這可怖的瞬間，女人感覺到身體的閥門被惡狗死死拉開，生命之水就要流淌一地，不禁個個使起雙峰貫耳的武術來，你幹什麼！幹什麼！

這個時候，李愛民就會訕訕地望你一眼，卑賤死了。

惱怒的女人這個時候都氣勢洶洶地整理好衣冠，蹬著高跟鞋走了，也有意志不那麼堅定的，拉開了門又輕輕把它關上。李愛民在後頭強調道：「就是因為你高貴。」意志不堅定的女人狐疑不安，慢慢走回微微顫動的床鋪，小心坐在床邊。李愛民眼含淚光，開始試探性地敘說，試探了一會兒，女人的手撫摸到他頭髮上，他便像摩托艇自小港駛到寬闊的湖面，劈波斬浪地說起來。

他並不否認自己的卑賤，他說自己卑賤而充滿熱情，像可憐的于連（註一）。他背誦下了某個劇本的整整一段：我無數次想像的終點，都團聚在她們高聳的乳房上，那高聳的乳房，像是高聳的雲層，閃現在我仰望的瞳仁，我看到那裡，綠色的血管像綠色的河流，貫穿在綢緞一樣的皮層下，而紅色的乳頭將一切攏成一團。它如此觸手可及，如此遙不可及，弄得我像被颶風颳過的村莊，憂傷得空空蕩蕩。我總是在睡夢中盼望用手抓住它，但手自己卻在退縮、害怕、自卑，彷彿不能玩弄這靈魂的深處。但是現在我想要的便是玩弄它，我要死死捏住它，揉它，將它揉成我熟悉的東西，揉成我與生俱來的證據。為了這一切，為了這比陽光晃眼、比牛奶柔軟、比春天溫暖的東西，我願粉身碎骨。主，這就是我要走的窄門。我崇拜乳房，甚過崇拜你。

當然，他也會背誦下小說裡的一句：比如有兩塊完全一樣的手錶，一塊給一個蠢人買了，另一

註一：François Jullien（1951－），法國當代著名的哲學家、漢學家。

塊給一位名人買了。

這後一句像風颳倒晾衣架，刮倒了女人。女人眼睛一閉，看到自己像塊手錶，在黑夜裡隨著一隻長滿汗毛的、粗俗的手上下起伏。「這樣的生活不值得再留戀了。」小提琴師李愛民適時地說。

李愛民第二次吸吮這些飽滿的乳房時，女人又想到血淋淋的畫面，可是咬咬牙握握拳挺過去了。她們帶著亂倫的悲壯，和這個毫不掩飾自己缺陷而充滿奇蹟的孩子周旋，她們將指甲深深嵌入到李愛民的後背。

風停雨息時，李愛民丟過來一些衛生紙，躺在床背上一邊彈陽具一邊抽菸，然後又打電話叫吃的。送餐的門鈴響起時，睡衣都穿好了，李愛民接過筷子撥弄起飯盒來。女人那一份卻是沒有訂的，女人說：我的呢？

你難道要吃嗎？李愛民說，我忘記訂了呢。

女人的眼淚在眼窩旋轉起來，這次終於氣勢洶洶地甩門而去。又折回來把睡衣換成了來時的衣裝。

李愛民在女人間的旅行中止於三十一歲。三十一歲這年，他從平遙回來，好像魯智深頓悟，只會說五個字：「沒什麼意思。」喝酒的朋友問如何沒有意思，他就用手指在餐桌上比畫著：

莫家鎮—水軍縣—江州市—省會—深圳—首都，沒什麼意思；

村姑—護士—女教師—女博士—女演員—女畫家，沒什麼意思。

李愛民解開長髮，找個胡同邊的白背心白頭髮老漢絞了，絞成勞改犯那樣，有一遭沒一遭地去酒吧拉琴。往日他還會和下邊不通文藝的觀眾發發騷，現在卻是盲人一般斜耷著頭顱，呆坐在音樂裡。有一天，一個叼著雪茄的魚眼人走上台，扠著腰盯了他很久，但旋律還是像蒸汽一般從魚眼人的腋窩、腰窩、兩腿之間以及油膩的髮絲上穿越過來。魚眼人轉過身來說：睥睨。

李愛民想也沒想就說：fuck you.

後來李愛民這個裝逼犯（註二）就逐漸消失於人們的視線，就好像他意識到自己完全不需要這個世界一樣，他不用來了。一具行屍走肉完全可以躺在有些異味的被窩裡，依靠少量的養分和氧氣，像珊瑚一般存在著。

在平遙時，矮子李愛民還像拿破崙那樣生龍活虎，提著松黃色的小提琴穿梭在嘻嘻哈哈的女士叢中。夜晚的時候，白色的月亮掛在古樹的樹冠上，他像慣常一樣釣到一隻魚，拉著她走向農家院。這次他沒有去折磨對方的乳房，因為對方幾乎沒有乳房。對方只有一雙仰視的眼睛，像溫順的小孩仰視著。

李愛民只是扒掉了她的褲子，進入時，女子顫抖了一下。李愛民感覺自己好像一個錘子，砸碎了冰面，內心忽然有了犯罪式的神聖，端著她的頭看，果然發現黑髮之下隱藏著白髮。原以為這樣下去會冷場，女子卻抱緊了他的背。原以為會慢慢升溫，會操起來，女子卻又只是拘謹地緊抱他的背。

事情結束後，李愛民問，你和誰一起來的？

我一個人來的。女子說。

怎麼來的？

註二：傲慢的人。

就是在太原的廣場碰到一個舉牌子的老頭子，老頭子說山西話，說來平遙玩吧，我就跟著他的麵包車來了。

就這樣？

就這樣。

不怕被拐賣了？

不知道。

是不是別人拉你的手，你也會跟著走？

不是。

那是什麼？難道你喜歡我拉的曲子？

說不上喜歡，說不上不喜歡。

那是什麼？

就是一下看到你很孤獨的樣子，沒有朋友，也沒有親人。我也一樣。

李愛民心裡閃了一下。

後來，兩個人緩緩地聊天，李愛民記得是自己先睡著了，有隻小手在他額頭上撫摸了一下，他就睡著了。清晨醒來時，鳥兒叫得很歡，李愛民發現自己一個人在床上，急匆匆下來拉開大門，跑到天井裡一望，只有幾只篾筐放著要曬乾的果蔬。李愛民跟失了一個天下似的。

有幾分鐘後，女子提著一塑膠袋的油條、豆漿走進來。李愛民怨恨地說：你去哪裡了，你急死我了。

這個女人叫施坤。她在平遙、太原、北京給李愛民洗頭，她把手伸進河流一般的頭髮時，像享受臨死前的最後一片歡樂。她說，你是我的哥哥，穿著長褲，赤裸著上身，帶著我在向日葵間的小路奔跑。在我落下後，你回轉過頭來，心無芥蒂地對著我笑。你在那裡取笑我，心無芥蒂。

施坤的眼淚偷偷冒出來，偷偷乾掉了。

施坤終於是要走了。通過安檢口時，她回頭望了一眼，然後頭也不回走掉了，好像死刑犯匆匆把頭伸向斷頭台。她應該知道，李愛民看著光滑的地面，倒映著空空如也，然後機場廣播的聲音越來越大。

坐上飛機的施坤像是走入另一條時間隧道，在她降落到美國並換乘列車和大巴後，那些奧克拉荷馬的垂柳撲入眼簾，幾隻天鵝飛起來。她聽到輪胎疾馳的聲音，好似摩托艇在湖面奔馳，奔向藍天白雲。

施坤上一次回到中國，是因為太原的父母死於一場車禍，她趕回時，屍體已經火化了，殯儀館拿出骨灰盒，她卻不要看，眼淚也不曾流，好似不關於自己，沒幾天就匆匆回到奧克拉荷馬的大學。在那裡麻木地讀了幾天書後，她去garfish酒吧喝酒，遇上一個美國的父親。她暈頭轉向地和這個叫威廉・漢根的土著回家了，暈頭轉向地懷孕了，又在一片惶恐中和對方結婚了。

好似被五馬分屍幾日，施坤生產出蒂姆・漢根，肚皮內空空蕩蕩，充滿焦灼莫名的思念。這個時候，一堆陌生的洋人在陽光下抱著啼哭的蒂姆・漢根走過來，施坤感覺到強烈的痛楚。直到這時，她才開始考慮自己是不是愛著威廉・漢根。

她以為父母離去是很近的事情，其實已經遙遠。她控制不住出了很多眼淚，在歡天喜地的英語中昏天黑地地睡過去。後來她回到大學，以為那裡會有永遠，可是畢業答辯很快來了，威廉・漢根開著和他一樣蒼老的車過來接。她不知道那些中國同學的眼神是嫉妒還是恥笑，她匆匆鑽進車裡，再也沒有回到校園。

她在威廉的房子裡找到一個閣樓，買了一台舊鋼琴，在那裡細心擦拭陰沉而光亮的木蓋，慢慢彈一個下午，也沒有人聽，連自己也不聽。蒂姆・漢根大了一點時，抱著她的腿，她感覺好像抱著一根死去的樹木。她說，蒂姆，我的手不知道往哪裡放，我的命也不知道往哪裡放。

蒂姆蹣跚著走開，一個人爬在地上追逐光線裡的灰塵。

這次回來，威廉・漢根站在門前尷尬地笑，快要笑出眼淚了。施坤看到對方的眼睛窩在一堆褶皺中，比離去前要蒼老一點，便過去抱了抱，然後像遠房親戚一般由著對方提起行李，跟著走進這陌生的家庭。

吃飯時，威廉・漢根吃上幾口，就望一眼施坤，施坤哀傷地對望一眼，收回目光。施坤在刀叉碰擊盤子時，想著威廉的壽命，興許還有五年可活，興許十年，興許二十年。吃完飯後，威廉單手提起一串粗重的電纜，走向車庫。然後施坤看到一股藍煙從窗外冒出來，威廉開車去那片廉價的農場了。

施坤走到窗口，看到樹木中間洩露出凜冽的陽光來，四周熱得有些變形，便被一顆寂寥的心驅趕到閣樓。她拉上窗簾，細心擦拭著木蓋，摸了摸，覺得像是鏡面了，掀開它，開始彈。她彈，就像寫一封情書。在她的語言裡，李愛民是一個被講述的他者，又是一個聆聽的你。她假設他在天空中聽著，可是一個尷尬的異音冒出來，她被甩到現實中來。她又彈了幾次，那個地方還是不能協調，她聽到窗外汽車嘩嘩開過的聲音。

她從這個時候開始生，證據是痛苦。

大約一年一次的樣子，施坤在丹佛的密友會過來一趟，或者施坤去丹佛一趟。密友是個話癆，見到她就說，你怎麼穿得像療養院一樣？你的孩子呢？你不能把他放在寄宿學校，你應該讓他接觸點漢語。然後密友故意恬不知恥地露出笑容，小聲問，嘿，你們家威廉還行嗎？施坤不置可否，密友便又講她老公的尺寸以及習慣，有時候她還按照《金瓶梅》向對方傳授一些祕技。密友說，高潮那一下像是觸電，全身抖動一下，僵直了。施坤說，不知道。

施坤在後頭說，我喜歡上了一個人。

誰？誰？密友誇張地撐出眼球。

施坤說你別插嘴，你聽我慢慢說，可是她說到一半時，密友就斬釘截鐵地下結論：婊子無情，戲子無義。

密友說，玩藝術的都是這樣，操人勝過愛人，沒操上時，說是等一百年一千年都可以，操上了，一分鐘也等不得了，你連下身都還沒擦好，人家就穿好衣服走了，攔都攔不住。

施坤說，不是這樣的。

密友說，好，不是這樣的，那是怎樣的？我給你個測試男人的辦法，我也是從笑話裡看到的，但是很有道理。笑話說，一個男人苦追一個女子，女子不勝其煩，就說，你是愛我吧，你借我一萬吧。男人馬上溜了。你也可以測試下，你去問那個李愛民他願不願意放棄現在的生活，傾家蕩產來找你。如果他愛，就算我說錯話了，如果他不愛，就很明顯。這個比懷孕試紙還準確。

施坤說，是我不能犧牲。

你怎麼一生都在為別人考慮？密友說，我現在跟你說，我愛你施坤，我願意為你赴湯蹈火，我願意為你犧牲一切，你看到我也說了，你覺得我丟一分錢了嗎？話語是廉價的，關鍵是看行動。你也不小了，怎麼就相信這些花言巧語，你看過豬威格《一個陌生女子的來信》嗎？男人的成本是一夜，女人的成本是一生。

施坤說，嗯。

施坤知道密友的性格是操縱型的，非要把對方說服為止，她就開始像個犯錯的小孩頻繁點頭，然後思謀著早些回到閣樓。埋單時，施坤和她都掏出錢包，你推我搡，很是激烈，可是帳房的走過來時，施坤發現只有自己的錢包還舉在空中，密友已經閱讀起手中的報紙來。施坤被這寂靜鬧得慌，不禁惡毒地想，這次相會密友是沒掏一分錢的，不僅這次，這些年也是。

回去時，施坤嘗試回憶李愛民的樣子，卻是把一張臉回憶成一枚雞蛋。還好她在走的時候帶走了李愛民身體的三個祕密。李愛民引導著她的手說，我的左眼皮小時候生了個癤子，現在還有點疤痕；我的左耳廓被老鼠鑽進蚊帳咬了一口；我的上唇因為搶吃被鍋鏟燙了。

施坤的腦海裡留著這三個肉眼看不太出來的證據，一時覺得自己像是個母親，日後要到救濟站的陌生人裡找尋有這三樣證據的兒子，一個個地摸。李愛民說：窮給肉身留下了歷史，我不知道思念會不會。也許白白思念了吧。

施坤流了眼淚，想，也許白白流了吧。

消失了的李愛民重新出現在酒吧時，老闆擁住他，拍他後背，走到一邊卻問別人，這人誰呀？死活想不起來。李愛民像表叔一樣呵呵笑著，老闆走過來又拍他，說，兄弟你跳屍啊，皺紋長得真多，瘦了。

中年李愛民重新開始演奏生涯時，桌邊人碰杯喝酒，大聲聊天，許久了才發覺拉畢一曲，乾瘪瘪地鼓幾下掌。李愛民是聰明人，便直接從高潮處拉，拉一些初學者拉不出的技術，大家轉過身來，貌似很懂地看著他。有時候本該是停頓一下的，觀眾卻熱烈地鼓掌，李愛民索性順水推舟，起立鞠躬。老闆說，你沒以前傲慢了。李愛民裝逼起來：斯特林堡（註三）說過，演員發現了某種恰到好處的表現方法時，就會動不動地運用它。

李愛民有時候從小提琴裡拉出二胡，有時候又用手指在弦上撥出鋼琴聲，有時候還會弄出點急煞車、烈馬嘶鳴的聲效，把自己弄得像雜技團的小丑。酒吧給他漲了一百元。也好似貪得無厭，把這樣的討巧弄到家庭宴會、結婚宴會以及夜宵攤上去，在夜宵攤，他挨著桌子走場，也不管人家同意不同意，先拉上一段。有時候，人們還能看到他圍圍巾戴眼鏡靠在地下通道牆上演奏，面前是兩個紙盒子，一個碼著李愛民的CD，一個空著等待人民幣。說到人民幣，三百元他要，兩百元他要，五十元、二十元、十元也掙。掙到手了，悄悄地走，不像過去買杯莫西多慢慢地喝。

後來，酒吧老闆看不得，請了他一杯。

他說，我要存錢去美國。

酒吧老闆的喉嚨就像風箱拉開了，嘶嘶地冒出笑。

後來，一些往昔認識的哥們慢慢冒出來，跟著冒出來的是一些死去的債務。他們說，愛民啊，你這是學史玉柱呢。李愛民看著錢包裡多，就還掉了。好似這是個好事情，大小債主都來了，李愛民記得的畢竟是少數，不記得的是多數，錢包很快見底。李愛民抽完票子後，訕訕地說：「給點回扣吧，打車呢。」那人就給了他五十元。

註三：August Strindberg（1849－1912），瑞典劇作家、詩人，現代戲劇之父。

拿著這五十元，李愛民方知一道理：世間本沒有信譽，講得多了就慢慢有了。

李愛民便開始坐在酒吧耍賴，看到來者不善便虔誠地將一軍，能不能借我點錢，就幾百。來者潰退而去，嘴裡忿忿地說，錢就不能借給這孫子。

李愛民最後一次離開酒吧時，喝了一瓶普通燕京，出門時數著電線杆，第一棵上寫著辦證，第二棵還是寫著辦證。李愛民有些絕望，想，自活不暇，何況飄洋過海。

又到理髮季節時，李愛民去了一間孤獨的髮廊。在這裡只有一個長著啤酒肚和鋒利指甲的姑娘，鋒利的指甲快要把頭皮抓出血，肚腩卻總是越過靠椅貼過來，貼得李愛民心慌意亂。李愛民看到鏡裡的自己吸了一下喉結，莫名飄出一句話來：有什麼保健？

有泰式的，港式的，中式的。

泰式是什麼？多少錢？

泰式是跪著按摩，從頭按到腳，一百八十元。

港式呢？

港式一百六十元，差不多，跪在背上按摩。

中式的呢？

中式都沒有人做，八十元。先生也不差這幾個錢。

那還有什麼呢？李愛民又吸動了一下喉結。

全套的，全套的三百八十元。

全套是什麼呢？

先生那麼聰明，肯定知道的。

這麼貴。李愛民摸著對方的肚腩說。

貴啥子喲。姑娘走到門前望了望，猛然拉下捲簾門，然後走到按摩床邊，脫掉T恤，牛仔褲，又反手卸下胸罩，將內褲脫到一半時，埋怨道：快呀，還要做生意呢。李愛民卻將手伸到褲兜，掏出一個本子義正詞嚴地背誦道：看好，這是警官證，我是治安大隊的，根據《中華人民共和國治安管理處罰條例》第三十條之規定，你的行為已經構成賣淫，我們可以拘留你十五日，也可以對你實行勞動教養。

姑娘馬上把內褲穿起來，怨恨地說，早說了不搞這個不搞這個。

李愛民沒什麼台詞可說，又覺得要說，就說，從現在開始你可以保持沉默，不過你所說的一切都將作為呈堂證供。想想不妥，又加了一句，老實點。

姑娘研究了他半天，研究得他心慌，以為要被識破了，姑娘又衣冠整齊地跪倒在地，死死抱住他的腿，乾嚎道，我家還有伢兒，伢兒還要讀書啊。李愛民踢了踢她，說，早知今日，何必當初。姑娘就爬起來去找錢盒子，找了一千元，李愛民忙不迭地接了，然後自己去拉捲簾門，拉不開，姑娘拿鑰匙來開。兩人蹲在那裡，狐疑得很，李愛民溫柔地說：下次注意點。姑娘信誓旦旦地說，嗯。

出了門，李愛民叫自己走慢點，可是腳步自己邁得飛快。轉個彎他就跑了。

這件事做幾趟就順手了，李愛民定的金盆洗手次數是十，可是做到第八次時，問題出現了。跟著濃妝豔抹的紅髮姑娘和經理模樣的男人穿街過巷走到一處偏僻的出租屋時，他確信周圍並沒有什麼情況，找到廁所換警服時，也沒見著人方便。聽到龐大而虛假的叫床聲後，他一腳踢開門，經理馬上翻身下來，像蛇一般向牆壁縮去。可是姑娘不是想像中的那樣，姑娘找到手機就撥，李愛民跑過去搶，可是姑娘已經撥出去了。

姑娘說，想看嗎？讓你看。

李愛民倒是木了，未幾，姑娘赤著腳走過來，光溜溜地抱住他，他咕噥著說，你幹什麼？你幹什麼？可是姑娘纏得更緊了。不到半分鐘光景，幾個戴墨鏡的彪形大漢跑進來，氣喘吁吁地問：小翠，怎麼了？

警察強姦我了，警察操我了。小翠神經病一樣笑著。

下來，下來，幹什麼呢？為首的漢子撣了一下小翠，掏出一根中華來打給李愛民，李愛民顫抖著手接了，又顫抖著用手護住對方打出的火苗，汗如雨注。

叔叔你怎麼一個人來啊？漢子問。

我不知道。李愛民腳軟綿綿的，心臟也是。

你戴的是三級警司吧。

是，是。

是你媽個頭。漢子拿手機劈頭砸了李愛民一下，李愛民腦袋一片空白。早就聽說你了，你玩命玩到祖宗頭上了。

李愛民閉上眼，然後感覺粗硬的拳腳毫無規律地奔過來，自己的身軀像颶風中的樹，東倒西歪。栽了，腦子失憶了，只剩下周而復始的暴力。李愛民說，閉上眼睛，閉上眼睛就過去了。後來經理過來搖他時，他以為是結束了。可是後頭的漢子兇狠地說：趕緊地，磨蹭什麼呢。

經理就從身後抽出顫巍巍的匕首，小心翼翼地在李愛民右臉頰劃了一刀，從右耳根開始朝右唇劃了一刀。好似剪刀剪開一塊平整的布，血沿著下巴齊刷刷流下來，染紅了半邊脖頸。

施坤停經時，去醫院檢查了一次，醫生說，這樣的年齡停經只占百分之三點一。她卻究竟是老了，覺得畫眉毛、描口紅都有些奢侈，靜靜望著鏡子，眼角將將平整，可是輕微一笑，魚尾紋就像煙火一般放射開來。

威廉・漢根還能背著木梯去門前修整樹枝，雖然有些咳嗽。施坤看著他的背影，覺得自己一直以來就沒怎麼工作，廚藝也沒學好，不禁虧欠起來。放鋼琴的閣樓放了一件雜物後，雜物慢慢多起來，終於變成徹徹底底的雜物房，鋼琴灰塵滿面。

有時候坐在空空如也的公路邊，看著遙遠的山脈幾隻鳥兒飛過，施坤會想到，我現在做夢都是英語，那許諾不過是一張被歲月烤透的紙，焦黃乾燥，吹一下就碎了。我現在就活在種種合理當中，諸如我要等待李愛民、我要抱著那個可憐的靈魂睡去，不過是一種想像。想想也就可以了。

我連月經都沒有了。

施坤慢慢坐到天黑，一些過往的車輛亮了幾下燈，按了幾下喇叭，施坤招招手，都是熟人。然後在有一天傍晚，當她走回到二十米遠的房子時，看到威廉・漢根往餐桌上吐麵包渣。她走到一邊扶住他，讓他咳嗽咳完。威廉抬頭時，眼神是狐疑的，旋即充滿敵意。威廉惡狠狠地說：你這個狠毒的女子，你在麵包裡下毒。

施坤在越來越大的咆哮聲中戰慄起來，不知如何自處。後來她坐到對面，一邊抹過桌上的麵包渣吃，一邊溫順而堅定地看著對方，直到對方的怒火慢慢熄滅下去。

這樣的事情發生了幾次，加劇了，有一天深夜，施坤聽著蟲子的叫喚睡香了，卻生生被一頓演說吵醒了，睜開眼看，卻是威廉撕扯開睡衣，單手指著黑暗中的前方，喊：戰爭已經結束了，已經結束了，我沒有害你，你不要過來。我命令你，大橋，倒下！我命令你，大橋，帶著三千士兵一起倒下！

施坤過去撫摸，被揮開了。威廉掛著口水，精神越來越亢奮，施坤嚇得去打電話，先打給兒子蒂姆・漢根，蒂姆說我在英國呢。施坤又打給精神病院，半小時後他們來了，他們讓汽車的頂燈晃著，走進來鄭重地拿手電照了一眼威廉，威廉便似孩童遇見打針的醫生，騰跳起來。施坤看著那些訓練有素的人將威廉綁在擔架上，像綁住一隻垂死的獅子，驚懼地流下淚來。

威廉一進精神病院，一穿上號服，眼神就耷拉下來了，雙手垂著，枯萎得像一具腐屍，眼見著瘦了許多。被帶進去時，威廉回頭看了一眼，好像盲人望這邊看了一眼，旁邊幾個神祕兮兮的病友端著畫筆追著在他身上畫奇怪的符號，得手了便一起大笑。走到一半時，又有一個年輕的壯漢走過去，冷不丁抽了威廉一耳光。施坤孤身站在欄外，好像就此別過了，回頭已是淚眼婆娑，她問醫生這裡能讓人復原嗎？

醫生說不能肯定。

她又問可不可以帶回家。

醫生說當然。醫生開了一堆各種顏色的藥，囑咐什麼時候吃，吃多少。施坤認真地聽了下來，開車把挨了好幾針的威廉帶回家。陽光灑在車窗上，被綁在安全帶裡的威廉偶爾伸手過來扶方向盤，說，應該這樣開，不對，應該這樣開。施坤就說打針，對方消停了。

起先吃藥，威廉還知道抵抗，後來卻是不抵抗了，可是吃再多的藥，也抵擋不住演說的欲望，起先是一兩個小時的演說，後來變成十幾個小時的演說。施坤覺得人的生命力真是頑強，可到最後等到威廉只能睡上一兩個小時，她知道，自己的丈夫死期將至。

情況不行時，先後有三個醫生過來探視，都說了一些安慰的話，有的說生命指標只有一天，有的說不到半天。龐大的威廉如今像一捆柴禾，老年斑和鬍子瘋長，嘴裡冒著泡，餵什麼都吐出來。

施坤摸著他的手，看著他昏迷過去。

有一段時間施坤睡著了，醒來時以為威廉死了，卻看到他撐著焦渴的雙眼，對著俯身過去的她哭泣。施坤貼著耳朵聽，聽到他咕噥：我想吃五千美元的果醬。然後施坤感覺到他的手慢慢涼下來，涼到冰冷的時候，看到威廉的嘴唇哈開，露出一動不動的牙齒，像夜色中一動不動的尖石。

威廉・漢根的棺木即將下葬時，蒂姆・漢根才開著租來的車輛回來。他穿著筆挺的黑色西服，挽著嬌嫩的女朋友，鄭重地向著父親鞠躬。鄰居一片騷動，然後這個十八歲的青年帶著好奇的目光探尋著墓地的樹叢，在找到一片綠蔭後，他帶著女朋友走過去，坐在那裡點著了一根萬寶路。

回到家後，蒂姆・漢根單膝跪地，對著瘦成樹根的施坤說，以後我來撫養你吧。

施坤看了幾次他的眼神，那裡黑黑的，像東方人，又深深的，不像東方人，是真誠的。施坤撫摸著他的頭說，不。

施坤說，你父親留下了兩樣東西，一件是這棟房子，一件是農場。你挑一個吧。

蒂姆有些為難，只是將黑圍棋子般的眼睛對準母親。施坤說，我得農場吧。

蒂姆的眼淚忽然迸出，他撫摸著她的膝蓋，喊了一聲媽。

施坤看了看天花板、牆壁上那些陳年油畫，以及奔行在光柱裡的灰塵，篩糠起來。蒂姆還要過來安撫，她用漢語說：「滾。」

蒂姆帶著純種的美國姑娘開著車跑了，當年他老子的車冒出的一股藍煙，瀰漫整個公路，現在他什麼煙也不冒，低哼一聲就跑不見了。施坤在椅子上坐了很久，走到電話前，給密友打電話，但是結果還是一樣，她已經消失三年了。

施坤又顫慄著撥向中國，在中國她無親無故，只有一個李愛民。停機了。後來她回到桌邊寫了一封信，從這個時候開始她習慣寫信。

她寫：我自由了。

湯姆・詹姆斯習慣靠在斑馬線這邊的樹上，昂著頭，叼著菸，手插在兜內，將視線向遠處拋，研讀一個個行人。他和水軍縣的那個人一起長大變老，只是他並不怎麼顯老，因為常去健身房並進行飲食修行的緣故，他沒有一絲贅肉，牙齒潔白，瞳仁明亮，還有很多女人主動愛著。可是同樣的，他也會在這樣的黃昏，感受到生命的蕭條，以及一些時不我待的東西。

當一個背著包的青春女生路過時，他自慚形穢起來。就是閉著眼睛他也能想到她未曾腐爛的皮膚，那裡，穿行著美好的綠色枝脈，血液流過枝脈，滲透出乳液式的體香。他目送著這個像當年蘿倫・詹姆斯的尤物消失在人行道，悽楚起來，因為永不可再見了。可是這並不是他來此地的目的，他習慣性地在這裡守株待兔，是在等待一些奇異的人士。

在這裡，他看到一個矮小的老年女人，乾瘦的雙腿呈外八字形，陰森森地走過來。有輛福特車在斑馬線前頭急煞住，路面躥出一道厲聲。湯姆閉上眼睛，看到車輪輾過腿和腰部，像輾過衰竭的石棉瓦，乾癟的腸子流了一地，生命像片血紙，四仰八叉地躺在人間。睜開眼時，老婦人搖搖晃晃地走了過來，手裡提著廢舊的袋子，一定是裝著腐朽過期的食品。

他看到一個高個子中年女人，前額突出，鼻孔扁塌，嘴唇寬大，沒有脖子，整個腦袋窩在上身，駝著背走過來。他想到了這個州關於印第安人的歷史，以及猿人。風吹拂起時，他又看到她稀疏的頭髮，和下邊可怖的頭皮。他想走過去對她說，別駝背了，就因為你老是覺得自己駝背，你駝背了。

他還曾看到一個過於肥腫的中年男人，一邊向嘴裡塞著薯條一邊蠕動過來，像一隻巨大的肉蟲。他想到了米其林輪胎，想到一桶又一桶反胃的漢堡進入巨大的胃，變成巨大的糞便向著消防水帶一般的腸道蠕動。他看到對方的肉身在下墜，像是霜淇淋不停塌陷，他蹲在路邊，感覺臭蟲向著肥山兇猛躍去。

他像是X光，看到了太多這樣的東西。可是他控制不住地要去看，他曾經祕密地去找心理醫生，那個神父式的角色緩緩地說，只能說你有肉體潔癖。這本身是件讓人羞恥的事情，但是母親的死讓他感到仇恨。

他的整潔乾淨的母親蘿倫·詹姆斯經歷長年累月的乾嘔後，終於在嚴重的抑鬱症中崩潰，口吐白沫，撕扯衣服，癲狂起來。待到強制安定下來，她清醒地看著床上的一切和鏡中的自己，悲傷莫名，選擇一個眾人疏忽的機會，將自己掛在衛生間的掛鉤上縊死了。湯姆進去時，看到一只從未見過的舌頭吐出唇吻，而眼睛突出，往下則大小便失禁，污穢了雙腿。解開繩索時，蘿倫·詹姆斯嘆息了一聲，那是多餘的氣。

湯姆·詹姆斯當著母親的面嘔吐起來，那些生理上的淚水逐漸變成記憶中的屈辱，這樣的屈辱迫使他遠離醜陋的肉體，又驅使他幽靈似地回到人行道邊。他就站在這天的黃昏裡，感受到生命的蕭條，和時不我待。

一個中國男人提著松黃色的小提琴走出斑馬線對面的garfish酒吧，尊敬地望了望天空。街燈正好照在他臉上，像是有兩張臉疊放在一起。湯姆·詹姆斯挺直了背部。在中國男人就要穿越斑馬線時，酒吧裡跑出一個戴白帽子的女招待，天真無知地和他說了幾句，他返身捏了一下女孩子的屁股。湯姆感覺到一種糟蹋，咬緊了腮幫。

中國男人矮小的身軀越走越大，嘴角還掛著淫邪的笑。及至快走完這段時，他衰老可惡的面容便全部顯現出來，那裡原本不是兩張臉，而是一道刀疤將半邊臉頰分割開來，就像一道荊棘做的軍事防線，就像變硬的肉團做成的耐吉商標。湯姆・詹姆斯的心臟像是被長久地劃了一刀，他一下看到起初揭開包紮時那裡像爬了條肉紅色的蜈蚣，一下看到匕首切開時，皮肉袒開時黏黏乎乎的景象，好像很多寄生蟲湧出來。

湯姆蹲在那裡嘔吐了好一陣子，起身趕了過去。

那人聽到腳步聲，轉過身來，攤開生疏的雙臂。

湯姆盯著他的眼球說：你太讓我噁心了。

那人又攤開一次雙臂，說，why?

湯姆從兜裡掏出槍，對著他的腦袋打了一槍，子彈像鑽入西瓜，西瓜裂開了。小提琴掉在地上，木料發出很好聽的聲音，接著男人噗地倒於地面。湯姆騰出很好看的皮鞋，蹬了他胸脯幾下，像個年輕人一樣矯健地跑了。

施坤一個人在農場的傍晚起床。窗外是一輛老爺車，老爺車上放著舊鋼琴，施坤一個人搬不下來，就找雨布蓋上了。遠處的植物退化了，這裡值不得幾個錢吧。

施坤巡視了一遍平房，覺得牆壁有塊地方斑駁了，就找報紙黏貼上了，裁下來的多餘報紙，她就找粗筆塗上一個福字，又貼在門前。這樣簡單地忙碌一陣，她便吃不消，又餓著睡過去。醒來時已經是夜晚，她熬了一鍋玉米湯，慢慢喝，喝出甜味，整個身體溫暖起來。她就來到檯燈下寫信。

施坤寫道：親愛的民，我的頭髮全部白了，病情又重了一點。現在窗外有著很大的金黃色的月亮，它清楚地照著這塊土地的每一塊石頭，和石頭中間的紅土。我就像看到火星，能看到很遠很遠，一直看到地平線，可是看不到一個人來。

先知

先知

我已經有兩年沒去潘家園舊書市場了，這個周六去是因為要在那附近見朋友。我已經忘記了他們收攤的時間，等趕到時，攤主們像是巨大的軍團，正騎著三輪車撤退呢。我於是蕭條起來，走到門外一個水泥台階上抽菸，卻是又要走掉時，眼前停下一輛三輪車，一個攤主取出成捆的信箚往垃圾桶裡塞。我問：「什麼寶貝啊？」攤主說：「盡是些投稿信、應聘簡歷和自薦書，你要嗎？」「我不要。」可手還是胡亂去取了厚厚的一封，就好像手伸到獎池裡，明知摸不到什麼，心下還是有隱祕的期望。這是一封沒拆開的掛號信，封面上寫：

北京中國社科院
袁笑非博士（親啟）
見信內詳

坐上地鐵後我拆開信，起先只想打發點時間，後來卻被這幾十頁的陳述給帶進去了，及至讀完，人流中的我已是唏嘘慨嘆。我想我何德何能，竟被賦予這麼大的使命，也正因為如此，現在我將這封信一字一句敲到電腦上，傳告諸君。

袁博士親閱並告天下人：

考慮到這項發現的重要性以及本人時日無多的實際情況，我就不說什麼「冒昧」、「打攪」的話了。我思慮再三決定將最後的希望託付給您，除開因為您虛懷若谷、不恥下問，還因為我對學術界其他人深感絕望。我曾在無數個夜晚想，我們是何其類似，只有我們滿懷對人類的熱愛，在田野山間尚苦苦思索，以至廢寢忘食，嘔心瀝血，鞠躬盡瘁，死而後已，而他人，不過是藉此添官進爵，混跡名場。

我和您唯一的區別是：您考上了大學，碩博連讀，而我中途輟學，什麼學歷也沒有。這也就是我為什麼一直困阨不堪而您為什麼一直廣受尊重的原因，同樣的事業在您那裡成其為神聖，在我這裡卻變成別人嘲諷的玩意。

我永遠不會忘記這樣一個場景：一位留美歸來號稱是國內人類學泰斗的教授接過我的稿子，只看了半分鐘不到就說：「你想要我說些什麼呢？」當時我的眼淚幾乎要衝出來了，我清楚地感覺到他世俗的眼神正在我全身上下爬動——那眼神和一個婦女有什麼區別啊！他在研究我雜亂的頭髮、灰暗的衣服和拘謹的坐姿，而不是比我生命還重要的稿子。我顫抖著站起來，指著稿件說：「你不認為這幾句是真理嗎？」可是他表現得像是被打攪了午休的獅子，粗暴地回擊道：「你真要我說實話嗎？你要的話，我就告訴你，我還沒見過比這更空洞、更操蛋、更不知所云的真理了。」我羞憤難當，急欲離開，錯亂中卻拉開他家衛生間的門，他又過來拍我的肩膀，說：「門在那邊。就和你的人生一樣，你進錯了房間。」

我進錯了房間，作為一個初中肄業生，我應該成為一個一事無求的農民，不應該來吵著他們。可是我倒想問問這十九家核心期刊、二十六家圖書館以及五十四位編輯、教授——在艱難環境下寫出《堆壘素數論》、《數論導引》等知名論文的數學家華羅庚，面對歧視不屈不撓完成《羅密歐與朱麗葉》、《亨利四世》等三十八篇宏偉劇作的文學家威廉・莎士比亞，憑藉一己激情發明電報、留聲機、活動電影機等一千五百餘種人類必需品的發明家托馬斯・阿爾瓦・愛迪生，以及最終成長為無產階級哲學家、經濟學家、軍事家、語言學家、文學家、史學家和自然科學家的弗里德里希・恩格斯——他們哪一個中學畢業了？愛迪生連小學都沒畢業呢。真理和學歷有關係嗎？一個人心靈深處有如大海般的思考和學歷有關係嗎？

是不是吃碗麵條也要出示學歷證書啊？

後來，甚至於還有人以沒有學歷為由認定我瘋了。我今日之所以用書信形式向您彙報，僅僅因為貴院保安始終將我堵諸門外，他們老遠說「又來了」，就不分青紅皂白將我架出大門，我說幹什麼呢，他們就說我神智不清醒，我說你們得說清楚我哪裡神智不清醒了，他們就恥笑著說：「一個初中都沒畢業的人跑來討論哲學問題，不是神智不清醒是什麼？」而更令人氣憤的是，就在我最終要推導出人類公式的關鍵時刻，我家薄薄的木板被三個中學老師推開，他們神經病一樣看著我，歇斯底里地大笑，說：「我們騎了四十哩路的車，就為了專門來參觀你這個瘋子。」袁老，您有見過如此的侮辱嗎？您可曾想及，就是伽利略、布魯諾（註一）、哥白尼三人加起來，也沒受過這樣的侮辱啊。

而我的健康也就在這交替而來的羞辱中節節下降，長期的壓抑、焦慮、沮喪、苦悶、恐懼、悲哀導致我的腎上腺素皮質酮增加，該物質進入血液迴圈後，步步蠶食了我的免疫系統。今天我在這裡給您寫信，已經是一個不可救藥的肺癌患者，持續的氣短常使我以為自己就要撒手而去——而實際病例恰有許多如此。就在剛才，我還因為咳血污染了信紙，出於對您的尊重我想換紙重抄，可實在是沒有氣力了——醫生曾警告我不要情緒激動，我卻怎麼也控制不了，也不需要控制了，古人云：朝聞道，夕死可矣，夕死可矣！

袁老，在疾病發作時，我是如此厭恨人生，可有時候卻又要感恩戴德呢。要不是這不斷擴散的東西糾纏著我，使我坐立不安，我哪曾如此充實地度過每一秒？阿根廷文學家波赫士曾說：「對於永生者來說，沒有輓歌式的，莊嚴隆重的東西」，是啊，現在，垂死者我所看到的日出不正是最後一次日出？所走過的馬路不正是最後一條馬路？所寫的信不正是最後一封信？在這稍縱即逝的經歷中，我無法不感到悲壯，我為此熱淚盈眶。

先生，我曾動搖過。當別人說我瘋癲，說我當著大眾吊著陽具走路時，我也曾擔心自己是不是真的瘋了。我關上門吊著陽具在鏡子前走來走去，感覺到了羞愧，我據此相信自己並沒有瘋，我只不過是專注於思考而已，開國元帥陳毅不是專注於讀書而將糍粑蘸著墨汁吃了嗎？數學家陳景潤不是專注於思考一加一而撞樹上了嗎？古希臘數學家阿基米德都快要被砍頭了，還在說：「讓我算完這道題。」我想我也如此。可是那持久的求訪經歷還是使我猶豫——那垂直的建築、冰冷的門衛、先進的電腦以及來去自如的編輯教授構成了一道森嚴的秩序，將我鎮壓，使我意識到自己終究不過是隻井底之蛙，我讀的書畢竟屈指可數，所受的訓練畢竟少之又少，我費盡千辛萬苦研究來的理論說不定別人早已研究過。我忽而害怕於自己，恐懼於自己，我真想一把火燒掉那幾頁紙——甚至連我這個人也可以燒掉的了！我們那裡曾有一位工廠青年，他憑藉自己的悟性推證出幾何原理，去學

註一：Giordano Bruno（1548－1600），義大利思想家、自然科學家、哲學家和文學家。他勇敢的捍衛和發展了哥白尼的太陽中心說，並將其傳遍歐洲。

院宣告時，教授們拿出初中課本告訴他歐幾里德早在兩千年前就已經推證出，他五雷轟頂，羞而自殺，我想我真可以和他做一對鬼哥們了。

有段時間，我學會了自嘲，當熟人荷著鋤頭笑話我是「哲學家」、「馬克思」時，我就跟著他們笑話：「哪裡是馬克思，我看我是個豬克思。」我發現自嘲是個好擋箭牌，自打如此之後，我便好像不能受到傷害了，生活中也免了很多騷擾。我嘗到甜頭，竟以此為樂，終於在有一夜，在我恬不知恥地對自己說「你只是一介農夫」時，悲痛排山倒海而來。我想：世間諸多自嘲不過是人際交流的防禦手段，帶著它天生的虛偽性，而我這一樁，卻分明是斬了自己的首，我是在和人們一起謀殺自己的尊嚴呀。於是我提筆在牆上寫：

你可以為之死！
你可以為之死！

我告誡自己：學歷高低和真理沒有關係——正是無畏比城府先帶來創見；瘋癲與否和真理也沒有關係——德國人尼采和我正是上帝死後哲學領域並立的兩座山峰；我有幸生而為哲學家，即當承受他應當承受的磨難與哀傷，我是神之子，就應當上十字架，我不下地獄，誰下！

袁老師，我相信當年您下放到知青農場時，也一定會對著宇宙發這聲誓。我猶記得您寫的詩，您說：「世人啊，不要說我貧窮卑賤！眼前這沉甸甸的手稿，正是我命內最大的財富！」這樣的話我也用以自勉，不正是這樣的誓言使我們遠離世俗，最終站立於蘇格拉底、柏拉圖、笛卡兒、尼采、黑格爾所構築的哲學之河嗎？我現在就願意成為這哲學的殉葬品，我願意用死亡來撬開人們沉重的眼皮，告訴他們祖先的來歷和未來的去路。那些刊物編輯和哲學教授已經用傲慢阻擋了真理的來臨，現在這個任務落在袁老師您手裡，我曾因敬重您而畏懼將稿子呈交給您，但我現在決定將它完全交給您，就像聖潔的處女將貞操完全呈獻給您。您完全合格，您的業務水平和治學品格保證了您是唯一合理的受託人，您將帶著驚喜的目光看著我顛覆整個哲學體系，您擊節，鼓掌，馬上打電話給我，您馬上就要坐火車來看我了。

您會的。我現在停下來閱讀這信件，就感覺自己是您，我感受到您的歡愉，並由您的歡愉生產出自己的歡愉。我在這歡愉的溫暖中想，哪怕人們最後不知道發現者是誰，但只要他們知道了真理——也行！這個注定影響並改變人們生活的真理，概括起來只有一句話：人類的本質是一場戰爭。

在完整敘述這個發現之前，我先簡單介紹一下我本人。我叫朱求是，原名朱國愛，一九六七年十二月二十八日出生於一個偏僻的農村，族譜修下來七代務農，至我也不例外。初二沒讀完我就被父親從學校叫了出來，我沒覺得有什麼不妥，我接過遞過來的鋤頭，幾乎是天賦性地完成田野的工作，就好像一隻鳥生下來就會飛。我在稀少的田地和果林中套種出甜玉米、木瓜、西瓜、柴胡，也套種來我的妻子，她是一名家底殷實人家的女兒，我們的婚姻被鄉人認為就是皇帝皇后也不過如此。但這並不是我和他們的區別，我和他們真正的區別是讀書，我看到書就和常人看到錢一樣，懷有親切的愛。我今天向您彙報，您是一定能懂得的，您懂得每個字所隱含的悠久歷史、新鮮資訊以及知識快感，您懂得這裡邊的美學，而那些鄉人並不懂。包括我的父親、妻子都在說我中了蠱，如果不是中蠱，為何走路看書，如廁看書，就是吃飯也看書？我讀《毛澤東文選》，讀《讀者文摘》，讀村支部墊桌腿的《拉丁文詞典》，讀赤腳醫生讀本和小學課本，我就像一條飢餓的鯨魚，瘋狂地吞噬一切，最後連藥物說明書和電線杆上的廣告也大聲朗讀出來。

但在那時我並沒有深層次的激情，我很理性地向親友解釋：我讀書就和你下棋、打牌一樣，僅只是個愛好，這愛好是有點嬌貴，但不至於傾家蕩產，我現在就是用務農得來的錢豢養它。我很好地處理了工與讀的關係，從來不曾因讀書而耽誤農作物的耕種。然後有一天，這樣的平衡被徹底打破了。那是一個稀鬆平常的夏天，有點熱，又下了點小雨，就這樣。但是今天回憶起來時，卻覺得這天遠甚開國大典，遠甚武昌起義，其意義堪比上帝創世。這天稻穀有點熟，我捏了捏，還沒到收割的時機，回家吃過飯後我躺在床上發呆，很自然地與妻子發生關係，然後兩人沒有完成必要的程序就各自躺在一邊。歷史性的時刻就蘊含在這世俗的事件當中，那時應該有一匹駿馬掠過我暈暈沉沉的腦袋。

我問：「你想做嗎？」

「不想。」妻子說。

「我也不想。」

然後我震顫起來，既然兩個人都不想性愛，那性愛為什麼又舉行了呢？您知道，哲學的基礎就在於發問，原初的問題甚至決定了不同哲學體系的最終走向——比如我是誰，宇宙是什麼，為什麼在正負之間有個零。我的問題雖然粗俗不堪，卻最終也將我帶到危險而富足的今天。是啊，既然兩個人都不想性愛，那性愛為什麼又舉行了呢？

我從床上起來，急迫地尋找答案，卻是徒勞。那種感覺真可憐，就好像你隱約記起了一個人，卻完全不知他的名字，你像驢一般轉圈，試圖通過周圍環境的刺激來牽扯記憶，卻終於是精疲力盡地敗下陣來，你被上帝放逐了，帶著血淋淋的創口被上帝放逐了。

我甚至要向妻子懇求，「告訴我，為什麼？」

我愚笨而不自知的妻子驚恐地搖頭，說：「不知道。」

我咆哮著追問，她便哭泣著跑進屬於他們的世界，我追進那個世界，向那些小孩、老人發問，結果他們像看見妖怪一樣倉促避開我。也就是從那天起我被認為瘋癲了，可是他們哪裡知道，只是從那天起，我從被認識的世界進入到自我認識的世界而已。瘋掉的不是我，而是他們，他們像牲畜一般對生命逆來順受、俯首稱命，他們玷污了人這個充滿尊嚴的字眼，他們怎麼可能知道我正像孔子、釋迦牟尼、蘇格拉底一樣，以孩童般的純真，擔負著為整個人類探尋存在問題的巨大使命呢！

我咆哮著喊「你們真傻啊」，果決地離開寢食、農活、親友以及一切世俗生活，開始成為一個孤獨的求索者。就像一切先賢，很快我受到更大的折磨，那個原初的問題像黴斑一樣越長越大，終於塞滿我不堪重負的腦子：

——既然我明知稻穀還沒到收割時節，為什麼還要到稻田去一趟？

——既然小孩子讀不進書，父母為什麼還要將他送到學校？

——既然成年人不喜歡打麻將，為什麼還要組織人打麻將？

——既然事情呈現出無意義的特點，人們為什麼還要去做？

今天我可以輕巧地將答案說出來，但當日我卻痛苦得要撞牆，我的頭還真撞上去了，我聽到砰砰的聲音，這聲音似乎也在嘲笑我——既然你明知沒有答案，為什麼還要一遍遍去想？我像是進入到一個恐怖的迷宮。

最終我像是要完成任務，勉強做了一個答案：打發時間而已，可是我幾乎就在同時否定了它。在我所熟知的知識領域，時間被鎖定在「珍惜」這個詞身上，形容它就像形容一隻從你眼前跑掉的兔子，稍縱即逝、日月如梭、光陰似箭、一刻千金、時不我待、只爭朝夕、一眨眼十幾年過去了——你說，在這種境況下，人們還有什麼權利打發時間！上海文化出版社一九八八年曾出版勞倫斯・J・彼得的一本小書《往上爬》，當日讀到它裡邊一句話時，我好像獲取了生命的汽油，全身振奮，禁不住要朝天大呼。它說：「當你在一件事情上表現得猶豫不決時，不妨問自己一個永恆的問題，我還可以活多久呢？」

是啊，我還可以活多久呢？我不禁來算，以世界平均壽命計，我有六十六年可活。六十六年減去六年混沌的孩童時期，是六十年；六十年減去六年無效的退休時間，是五十四年；五十四年減去平均教育時間十二年，是四十二年；四十二年減去占三分之一比重的睡眠時間，是二十八年；二十八年減去占八分之一的食物補充時間，是二十四點五年——如果剔除必要的交通時間、排泄時間以及醫療時間，它的總量僅夠二十年，這還不包括人生中各種各樣的意外。

而二十年能幹什麼？它不夠銀杏樹生長一次，不夠烏龜爬二十公里，不夠作家寫出一本《大英百科全書》，我可憐的妻子僅是懷胎就被苛扣了十個月。我們的生命啊，在經歷了艱難的學習之後還沒派上用場，就謝幕了。我們還有什麼理由不去賦予每次行動以意義？我們性愛不就是為了傳宗接代？探尋稻田不就是為了撈到收成？讀書不就是為了獲取知識？打麻將不就是為了在勞作間歇進行體能調配？列寧說，不會休息的人，就不會工作。

我這樣否定自己，可是又很快意識到自己的虛偽，因為我知那日之性愛並非為著生兒育女，那日之探田並非為著憂心耕作，人們之打牌也並非為著體能儲備，對農民來說，勞作並不是持續而高強度的，其間歇甚至可以用漫長來形容。

我就像一匹踩在答案上面四處張望的獸，陷入到新一輪的痛苦當中，甚至比沒有這個勉強的答案還痛苦。然後我失眠了，我提醒自己如果得不到有效的休息，來日將白白浪費，因此我採用數阿拉伯數字的辦法催眠。我開始數的時候心煩意亂，接著我知道要順著牆鐘的響聲去數，牆鐘嚓一聲，我就數一，以此類推，當我數到兩千餘位時，忽然看到腦海裡閃出一面猩紅色的熒屏，我不知道是上帝還是我自己，在那熒屏上寫了五個字：龐大的時間。

我不敢相信，又看了一遍，那五個字還在，明確無誤。我就像始終以為一個人是男人她卻自揭為女人一樣，驚呆了。我淚流滿面，手僵立在半空，任內心的雨珠慢慢變成泉水、溪流、小河、大江，最後它變成汪洋大海，要掀起巨浪將我淹沒時，我趕緊跳起來，奔跑到書桌那裡，找來筆在稿紙上狂書。因為用力過猛，筆尖很快斷了，我連忙去找另外一枝，墨水卻不暢通，我不停甩不停甩，甩得滿地都是，這樣好不容易寫了幾行又沒了，我便用它直接蘸瓶裡的墨水，可是蘸著蘸著也好像是在故意阻擋上帝所賦予的超意識，我便把墨水一把倒在桌上，直接往桌上蘸。袁老師，我如今還能體會到當初巨大的快感，那快感使我遺忘性愛，遺忘美好的食物，使我放浪形骸，我想就是最毒的毒品也不能比及其一了，我想我真是配得上死。當最後一個字終於落下時，我像一個被挖空的產婦，莫名哭起來，一直哭到清晨。

現在，我這就要告訴您我到底發現什麼了。我那麼傻，一直以上帝的視覺來俯視時間，將生命的總量視為一份簡單的蛋糕，這裡粗放地切一塊，那裡籠統地割一塊，切割的計量單位是年，甚至是幾年幾十年。我真是饕餮啊，真是奢侈啊。可是作為生命本身的我卻在這個夜晚聽到自己的聲音：生命確實是一塊蛋糕，但肉身不過是一隻螞蟻。如果將計量單位計算為秒，一秒鐘我們啃一次蛋糕，一分鐘是六十秒，一小時是六十分鐘，一天是二十四小時，一年是三百六十五天，一生是六十六年，那麼其總量將到達多少？二十億八千一百三十七萬六千秒，在計算器上它甚至超出了計算範圍。我們什麼時候能將其啃完啊？誰來替我們經歷這龐大的二十億八千一百三十七萬六千秒秒啊？就算計量單位是分鐘、小時、天，你又要經歷多少分鐘、多少小時和多少天啊？

睡眠？你不可能整日睡眠；

工作？你不可能整日工作。

而只要你一閒下來，時間就像細菌一樣瘋狂繁殖，它們揮舞著尖銳的鉗子排著隊來夾你。如果你是四肢癱瘓的病人，你一個小時就要無助地看天花板三千六百次，兩個小時就要看七千兩百次，一天就要看八萬六千四百次，你受得了這無窮無盡的折磨嗎？你難道不會為永生而嚎啕大哭嗎？而如果你是四肢健全的健康人，你就必然要拖著可憐的雙腿四處躲避，你要逃避這巨大的空虛，因此即使不想性愛，你還是舉行了性愛；即使不想上學，你還是選擇了上學；即使不想打牌，你還是組織了牌局。你唯一的目的便是殺時間。

是的，就是殺時間，我原本已經給出的答案。但是前一次的認識是「看山是山」，這一回卻是「看山不是山」，是哲學上的一次螺旋式上升。袁老師，您別急，事情還沒有就此結束，在此後的日子裡，我的思維又迎來一次更大的飛躍，這質的飛躍正如我所說，注定將顛覆整個人類的自我認知系統。我以為：人類並不只是在沒事可幹的情況下才殺時間，人類在所有情況下都殺時間。殺時間這種行為貫穿了所有的生命和所有的歷史，是人類存在的本質，是元行為。

這個認識的產生，主要得益於三件事的啟示。

第一個啟示來自於通宵錄影廳，那裡上演了美國人馬丁•史柯西斯一九七六年導演的電影《計程車司機》。自戰場歸來的計程車司機特拉維斯購買了槍枝，並組織自己進行訓練，在刺殺總統候選人未遂的情況下，射死若干黑社會成員，並救出雛妓。這件事經媒體渲染之後，特拉維斯成為英雄，但是我卻想，倘若特拉維斯刺殺總統候選人成功，他是不是又成其為敗類呢？我忽而豁然開朗，所謂善原本不在特拉維斯內心，特拉維斯所追求的唯一目的是找點事做，是將子彈射出去，至於射誰他並不關心。

如果說這只是虛構世界的一次演習，那麼來自多家報紙的一組系列報導則證明類似事件在這個世界真切存在。二〇〇五年五月二十五日，某省學生Z將同學殺害，這件案子之所以受關注是因為殺人動機難以考證，人們不能用情殺、仇殺、財殺等常規思維來解釋，即使它有著姦殺的某些特徵，但通過深入瞭解又能發現強姦只不過是作案過程中附帶的隨意行為。當時，幾乎大半個中國的社會學家、心理學家以及教育學家都參與到對答案的尋找當中：是什麼使一個衣食無憂，獨自在大城市上學的青年向沒有利害關係的同學舉起屠刀？這些學家們絞盡腦汁，最終認定是高考帶來的壓力摧垮了Z，可是這樣的結論怎能服眾？報導裡明明說Z的父母已經通過關係提前給他解決了大學問題。那段時間我守在省會查閱每天的報紙，不停研究Z的供詞和被發掘出的日記，最終把嚇人的真相梳理了出來：正因為在錢財、情感、仇恨以及前途方面毫無牽制，Z陷入到虛空，在屢次自我調劑失敗後，他決定將自己送交到某種壓力渠道下，以使自己振作起來——而這沒有比殺死一個年輕貌美、品格善良、前途光明同時代表弱者的女性，然後讓警察和整個社會來追捕更好的辦法了。

在犯罪前，他的每一秒長得像一小時，都需要自己安排；在逃亡後，他的每一小時都短得像一秒，他甚至不敢睡死，他必須像《烏龍山剿匪記》裡的土匪那樣點著菸打盹，在菸頭燒著指頭時，他必須爬起來繼續狂跑。他夢想以此贏得充實的果子，實現所謂的生命質量，卻在逃亡多日後徹底失望，因為他並未嗅到對方緊密的呼吸聲。沒有人懷疑他，沒有人打攪他，他跟陌生人說我殺了人，人們還是面不改色，最後他被這更龐大的空虛折磨得不行，便給同學打電話，將行蹤準確暴露出來。幾天後，警方如約找到一間娛樂城，找了很久沒找到，又是他疲乏地走出來，說：「你們太嫩了。」

我想那一刻，他是悲戚地看著他們，他腦海深處想說的是：我生命的交響樂還沒走向高潮就熄滅了，我好不容易壓縮起來的時間又像一攤爛肉渙散開來了，我好絕望啊。可是他只是說「你們太嫩了」。他要到一顆子彈，結束了自己漫長的生命。計程車司機特拉維斯也一樣，在屠殺多名黑社會人員後，他坐在血泊中伸出手指瞄準自己的太陽穴，嘴裡發出噗噗的聲音。在那一刻他應該回到了越南叢林，在戰場上他從來沒有無聊過，可是在紐約他除了開車就是開車，他的車輛周而復始地行駛在時間之河裡。

我起先以為，這兩者的殺人只不過是極端事件，但在某天當第三個啟示降臨在我身上時，我便知他們並非異類。那同樣是個稀鬆平常的日子，有點熱，下了點小雨，我遵照醫囑沒有用腦，就靜坐在醫院渾渾噩噩的下午時光裡。坐了很久，我乾渴起來，便找水喝，卻是消解不了，最後我知道自己是想說話，便無意識地往外說：要是有場世界大戰就好了。這話一出口我就驚呆了，我怎麼能有這麼卑鄙無恥的想法呢？可是它卻被病友們熱血澎湃地續接起來：

是啊，要是有場世界大戰就好了。

是啊，那樣我們就能上戰場。

是啊，我們就不用坐在這裡。

是啊，我們就沒工夫考慮這些噁心的光線了。

我聽著這些樸實的願望、真誠的話語，淚水狂湧而下。我想，如果特拉維斯不是正常人，那麼Z至少是吧；如果Z不是，那麼我至少是吧；如果我也不是，那麼這十四五個病友我就不信沒有一個不正常的！我問自己，倘若病好了不用待在醫院，你是不是還渴望世界大戰？內心的聲音告訴我，還是！我又逐一問那些病友，他們也沒有一個否認這一點！

這樣的時刻，我好似看到特拉維斯和趙大偉從面前赤條條地走過，他們的肌肉呈現時間殘忍的鞭痕，臉上浮現人類本真的痛苦，他們歪過頭來對我說，真難熬啊，然後義無反顧地走向與時間對砍的道路。

而整個人類呢，仍然自欺欺人地活在所謂的意義中，以為性交是為著取悅肉體，藝術是為著開拓精神，戰爭是為著獲取和平，工作是為著增進發展。可是他們怎麼不知道性交也在為著毀滅肉體，藝術也在為著毀滅精神，戰爭也在為著毀滅和平，工作也在為著毀滅發展呢！那些給公務員打下手（註二）的中老年臨時工，拿著豬食一般的酬勞幹活兒，他們是在等待編制，等待金錢，是在給單位和事業增進發展嗎？不是，他們僅只是想找到一個按規律殺時間的地方。他們對著領導和話筒講，來這裡是為了理想。但是私下裡他們就會坦誠地說，我來這裡只是想找點兒事情做。

這就是人類潛意識中共同的話語，而由這潛意識帶來的行為只有一種，那便是殺時間。手淫是一個人殺，談戀愛是兩個人殺，搞三角戀是三個人殺，扭秧歌（註三）是十幾個人殺，打世界大戰是組織地球人一起殺，人之初，性本殺。那些善良，光榮，清白，上進，慈悲的詞語，那些意義感十足的詞語，不過是人們為著掩飾自身羞慚而發明的內褲，不過是一種自我致幻的偽裝。你看啊，那些軍事家自命為偉大，卻讓人類吃上了樹皮；那些科學家自命為仁愛，卻讓地球隨時處在核武器的

註二：指擔任下屬的意思。

註三：一種漢族舞蹈，源於插秧耕地的勞動生活，與祭祀農神，祈求豐收所唱的頌歌有關。

威脅之下；那些弱小的人群自命為善良，可是只要街市裡有點血腥，他們就像吸毒犯，熱火朝天、興高采烈地去看，看什麼呢？看熱鬧。這熱鬧就像一小塊麵包，饑餓的人群一哄而上。吃完了巴不得街道、城市、世界到處是麵包。

人們啊，你卑賤；人類啊，你受苦了，你像芻狗一樣剛剛降生於這世界，就被上帝照腦門貼上一道終身擺脫不掉的符咒。這符咒就是二十億八千一百三十七萬六千秒的時間，龐大的時間。這就是上帝賞賜給人類的所謂福祉，這其實是架在人們頭皮、眼球、咽喉、肌肉、皮膚上的刮刀！

說到這裡，我不得不佩服瑞士人亞伯拉罕・路易士・寶璣，正是他在一七八三年發明出時鐘，使時間最終成為可以直觀理解的圖騰，那便是一架凌遲的刑具，便是一把遊走的刮刀，在你以為死期將至時，血跡斑斑的它才遊走到開始，你欲哭無淚，四肢動彈，卻怎麼死也死不了，你被拋丟在巨大的曠野，讓鹽塊似的風一遍遍穿過。

你如果像其他動物一樣也好，你就可以在光陰的變遷裡只感到寒冷和溫暖，就可以和時間並立為兩條互無干系的河流，可是上帝他偏偏給你意識，讓你意識到今生、來生，今年、來年，今日、明日，今秒、下一秒，一秒復一秒，秒秒無窮大。你被迫成為它牢固的囚徒，接受它無盡的懲罰，你像薛西弗斯一樣將巨石推到山頂，又眼睜睜看它滾下去，你被迫喪氣地下到山去。因此你最終像阿爾貝・卡繆那樣，思考這樣的人生是否值得經歷，並將自殺列為極其嚴肅的哲學問題。

袁老，您應該清楚，目下世界福利，要數歐洲最好；歐洲福利，又數瑞典最好，可以說，一個瑞典公民從出生到死亡，從搖籃到墳墓都被國家包養了，可為什麼就是這樣的國家成為世界上自殺率最高的國家之一呢？難道是貧窮與不幸將他們殺死了嗎？不是。恰恰是空虛這把刮刀將他們逼到了懸崖。

綜上所述，人類的主要行為只應有兩種：一是自殺；二是選擇與時間對砍（殺時間）。而在殺時間的過程中，只會出現兩種結果，它要嘛是1／∞，要嘛是∞／1。要嘛是人類（1）短暫征服了（／）時間（∞），要嘛是時間（∞）徹底摧垮了（／）人類（1）。第一個公式的答案是充實，第二個公式的答案是空虛。我以為，推導出這兩個簡潔的公式，有利於指導人們認識到人類存在的本原是什麼，主要使命是什麼，以及人類的歷史因何驅動，未來的路應該怎麼走。卡爾・馬克思的理論解決了資本主義社會不能解決的問題，但是它卻不能最終釋放全人類，在按需分配的政治經濟體系裡人們還是得承受時間的擠壓（甚至是更多的擠壓）。我呢，我雖然到目前為止還沒有找到完美的解決渠道，但是我至少清楚地告訴了人們你們真正的敵人是誰。

我以為，刺破這樣的混沌，其意義就像盤古開天地，就像上帝說要有光，於是就有了光。我相信，這根巨針經過您的不懈努力最終會刺進人們麻木的腦髓，最終讓悲苦的他們自發走在一起。我預言到那時，高矮胖瘦、黑白棕黃、男女老少的區別消失殆盡，人類作為團結、合作的整體會走向一個四季分明，開滿鮮花的莊園。在那裡，他們感覺到寒冷了，就一起抱團取暖；感覺到孤獨了，就一起唱歌跳舞；在那裡，天天有聯歡晚會，天天有朋友聚會，天天有愉悅的勞作，天天有嗑不完的瓜子，打不完的牌和歡聲笑語。在那裡，瞄準單個人的時間之刀被捆起來的人叢折斷了，人類成其為宇宙的主人。在那裡，人類和煦美滿。袁老師，請相信這個時代的到臨，即使我們一時等不到，我們的子孫在不遠的將來也一定能等到。

如上這一切，就是我向您託付的一切。

您的學生朱求是

二〇〇七年十二月二十八日

附錄一

學生朱求是關於人類未來終極作息表的不成熟想法

在未來，人們約定，將自己的作息交予管委會管理，並受法律監督執行，對一經出現的違背情況採取人性化強制措施，以防時間之刀反攻。

06：00-06：15　起床、梳洗
06：15-07：00　做飯
07：00-07：30　吃飯
07：30-08：00　乘坐交通工具
08：00-10：00　勞動
10：00-10：15　排泄
10：15-12：00　勞動
12：00-12：30　乘坐交通工具
12：30-13：15　做飯
13：15-13：45　吃飯
13：45-15：00　午休
15：00-15：30　乘坐交通工具
15：30-15：45　排泄
15：45-18：00　勞動
18：00-19：00　集體做飯

19：00–20：00　集體吃飯

20：00–22：00　集體演出、玩樂、性交

22：00–22：15　集體排泄

22：15–22：45　乘坐交通工具

22：45–23：00　洗漱

23：00–06：00　睡覺

無休息日，每周六15：45–18：00為集體醫療時間

附錄二

朱求是女兒朱金燕附信

袁博士您好：

我父親於二〇〇七年十二月二十九日早晨在家中自縊去世，我們發現了這封信件，按照葉老師的要求，我把它按照父親留下的地址寄送與您。

敬禮！

果園小學五年級學生朱金燕

二〇〇八年一月一日

〈後記〉我比我活得久

這是我的奢望。前幾天一位朋友說：幾百年後小說就沒了，或者很多年後人類也沒了。我循著他的思路想，涼意襲來。就像有一天我跟一人說，如果明天車禍死了，會留下什麼？他好像也被什麼襲擊了一下。這些問題既嚴肅又可笑。被我說的人照舊去經營他的地位，被人說的我照舊寫著小說。什麼都沒有意義了，貪欲就是意義。

我的貪欲是我活得比身體久點。哪怕只活到一季稻子那麼長。

但我覺得自己是獻身的。倘若什麼希望也看不到，或者什麼回報也不到來，那麼我還會寫。我已經感受到一些東西在阻礙它和我的關係了。比如一次路途遙遠的飯局，或者一次耗時數天的旅行。我坐在無望的車輛上，感受著被綁架的痛楚。就像情人待在原地，自己被解送去西伯利亞。這種不能寫的痛苦在芥川龍之介的〈戲作三昧〉裡有刻畫，我自己也寫過一篇〈一個鄉村作家的死〉，我寫一個民辦教師被劫持著去喝酒，越喝越沒有盡止，多次找話要走，被挽留。終於能走時，他騎著自行車在小道飛奔，就像家中書桌是茫茫孤海之上的星星，但車和人都摔壞了。天亮時，他回到家，靈感飄散得無影無蹤。

為安撫這巨大的遺憾，他打了一個手槍。這篇不成功的文章原型是我的舅舅。有一年我去吳村拜年，不小心走到他陰暗的居室，翻開抽屜，看到厚厚一疊寫滿字的稿紙。我就像在無盡的江南山脈看見一望無際的冰川，極盡震撼。在我們印象中，舅舅在教育一撥又一撥的小孩子，課餘便碎步跑回家餵豬，退休後發揮餘熱，在自家院內搭了一個幼稚園。但是我終於是知道他強悍的祕密。他的另一半生命在寫作。就像《刺激一九九五》，一半的生命是坐牢，一半是挖地道。

我保留著舅舅那樣的羞慚。有很多年都不承認自己是寫作者。我如果堅持認為自己是作家，就會像民哲、民科一樣不自知。我這樣勸導自己：你自己也踢球，可是為什麼進不了國家隊。同理，你自己也寫作，憑什麼就能當作家？我覺得這中間有很多需要天賦和訓練的東西。有一次我參加酒局，碰到一個小有名氣的作家，東家熱情地介紹：「阿乙也是寫小說的。」我臉臊得通紅，覺得被出賣了。我不敢承認自己和對方從事的是一樣的事業。在這本集子裡，有一篇〈先知〉，寄託的便是自己的哀傷。我每次在報紙上看到民科、民哲和我這樣的文青，便會觸目驚心、五味雜陳。我寫〈先知〉時已能洞見那位原型一生的悲劇，之所以熱血澎湃地寫，是因為此前周國平針對他寫了一篇極度無理的文章。我覺得後者沒有資格展露自己的高貴，我也不希望別人踩滅我的火把。

為了讓自己繼續下去而又不致瘋狂，我時刻調解自己。我說：你寫作就跟你爸爸下棋一樣，是個興趣愛好，你吃飽喝足了，用你的工資養養它，無可厚非。你爸爸下的是臭棋，你看他也很快樂。我就這樣也很快樂。我逐漸知道寫作也好、彈吉他也好、發明火箭大炮也好，都是權利，一種獨自與上帝交流的權利。它不需要牧師，不需要教堂，不需要旁證，獨自等到天黑，上帝就會下來。

我以為這一生就這樣度過。我將自己掩藏得很好。直到今天我還害怕說我其實也寫詩，我寫的詩總是安上瓦西里這樣的名字，有時還會加上括弧（一八四一——一八八六）。我想人們對死人特別是英年早逝的死人總是尊敬，而且他可能是一位蓋棺論定的名人。我後來敢於以阿乙的名字大張旗鼓地寫小說，是因為老羅（羅永浩）在看過我悄悄發去的博客地址後，給我打了一個電話。他認為我是一個小說家。其實那時我還沒有成型的小說，是在那時，我決心開始正兒八經像一名職業作家那樣寫。後來有很多人也表揚過，我還會細細分析自己與對方的關係，以免落於城北徐公的圈套。但是這一切都在慢慢變化，我自己也在，我心理再陰暗，也不至於在今天認為這些人是完全出於愛心。

我覺得我的文字稍許能打中部分人的心臟。

我應該感謝秦軒、葉三、黃斌、北島、楊典、楚塵、胡思客、何家煒、王小山、李敬澤、陳曉卿、王二若雅、彭毅文還有余學毅，還有很多。有一段時間，我會掐著指頭算計這些飄進我耳朵裡的直接的、間接的表揚。我以前怕借你們的名字自重，現在覺得適時感謝是起碼的禮貌。我一直反覆回味你們說給我的話，並以你們的姿態讀我自己的文章。

希望原諒我的可笑。

我仍舊走在黑夜中。我仍珍惜這黑暗，即使黎明遲遲不來。我喜歡當牙醫時的余華，我喜歡他在那時候的狀態。那時寫作者膽小如鼠。但當他寫完，當他看到床上熟睡的女人，會充滿前所未有的愛意。天下寧靜，好像窗外飄滿大雪。我想在大雪天，和我的兄弟阿丁一起繼續談論著這自給自足的生活方式，這讓我們注定活得比我們自己還久、笨拙而真誠的生活方式。我們可以選擇自己的時間。

國家圖書館預行編目資料

鳥看見我了／阿乙著－－初版. －－寶瓶文化，2014.01
面； 公分.--（Island；217）
ISBN 978-986-5896-59-1（平裝）

857.63 102028041

island 217

鳥看見我了

作者／阿乙

發行人／張寶琴
社長兼總編輯／朱亞君
主編／張純玲・簡伊玲
編輯／賴逸娟・丁慧瑋
美術主編／林慧雯
校對／張純玲・陳佩伶・劉素芬
企劃副理／蘇靜玲
業務經理／李婉婷
財務主任／歐素琪 業務專員／林裕翔
出版者／寶瓶文化事業有限公司
地址／台北市110信義區基隆路一段180號8樓
電話／(02)27494988 傳真／(02)27495072
郵政劃撥／19446403 寶瓶文化事業有限公司
印刷廠／世和印製企業有限公司
總經銷／大和書報圖書股份有限公司 電話／(02)89902588
地址／台北縣五股工業區五工五路2號 傳真／(02)22997900
E-mail／aquarius@udngroup.com

法律顧問／理律法律事務所陳長文律師、蔣大中律師
如有破損或裝訂錯誤，請寄回本公司更換
著作完成日期／二〇一〇年
初版一刷日期／二〇一四年一月二十三日

ISBN／978-986-5896-59-1
定價／三二〇元

AQUARIUS 寶瓶文化事業

愛書人卡

感謝您熱心的為我們填寫，
對您的意見，我們會認真的加以參考，
希望寶瓶文化推出的每一本書，都能得到您的肯定與永遠的支持。

系列：island 217　**書名：鳥看見我了**

1. 姓名：__________　性別：□男　□女

2. 生日：____年____月____日

3. 教育程度：□大學以上　□大學　□專科　□高中、高職　□高中職以下

4. 職業：__________

5. 聯絡地址：______________________________

聯絡電話：__________　手機：__________

6. E-mail信箱：______________________________

□同意　□不同意　免費獲得寶瓶文化叢書訊息

7. 購買日期：____ 年 ____ 月 ____日

8. 您得知本書的管道：□報紙／雜誌　□電視／電台　□親友介紹　□逛書店　□網路　□傳單／海報　□廣告　□其他

9. 您在哪裡買到本書：□書店，店名__________　□劃撥　□現場活動　□贈書　□網路購書，網站名稱：__________　□其他__________

10. 對本書的建議：（請填代號　1. 滿意　2. 尚可　3. 再改進，請提供意見）

內容：__________

封面：__________

編排：__________

其他：__________

綜合意見：______________________________

11. 希望我們未來出版哪一類的書籍：______________________________

讓文字與書寫的聲音大鳴大放

寶瓶文化事業有限公司

（請沿此虛線剪下）

廣　告　回　函	
北區郵政管理局登記	
證北台字15345號	
免貼郵票	

寶瓶文化事業有限公司　收

110台北市信義區基隆路一段180號8樓

8F,180 KEELUNG RD.,SEC.1,

TAIPEI.(110)TAIWAN R.O.C.

（請沿虛線對折後寄回，或傳真至02-27495072。謝謝）